엔드 오브 라이프

엔드 오브 라이프

End of Life

사사 료코 지음
천감재 옮김

STUDIO : ODR

■ 일러두기
본문 속 각주는 옮긴이 주입니다.

차례

이것은 내 친구 모리야마 후미노리 씨의 이야기다.

프롤로그

방문간호사 모리야마 후미노리(48세)가 몸에 작은 이상을 느낀 것은 2018년 8월. 그해 교토는 유난히 더워서 냄비 바닥처럼 펄펄 끓었다.

모리야마는 교토에서 방문의료 서비스를 제공하는 와타나베 니시가모 진료소 직원이다. 가미가모 신사 근처, 찻집과 가게 들이 늘어선 작은 상점가 모퉁이에 진료소가 있다. 여름이면 새파란 잎사귀를 무성하게 드리우는 멋들어진 벚나무가 있는 거리이다. 왕진을 담당하는 의사와 방문간호사, 요양보호사, 케어 매니저가 함께 일하고, 모리야마는 젊은 간호사들을 관리 감독하는 위치였다.

모리야마는 아침 미팅 때마다 진행을 맡았다. 그런데 그날, 목에 힘을 주고 말을 하려는데 기침이 나왔다. 목소리도 잘 나오지 않았다. 모리야마는 가슴을 누르고 가볍게 헛기침을 해봤다.

그러고 보니 한 달 전부터 이런 상황이었다. 가슴에서 느껴지는 이 막연한 불편함은 뭘까. 미팅 내내 그 생각이 머릿속을 떠나지 않았다.

한 간호사가 새로 담당하게 된 환자의 증상을 보고했다.

"기침이 도무지 멎질 않아서 검사해보니 췌장암이었어요. 폐에 전이된 상태라고 합니다."

그 말에 자료를 내려다보고 있던 모리야마가 고개를 번쩍 들었다.

며칠 뒤, 모리야마가 원장 와타나베 고스케에게 말했다.

"원장님, 이상하게 기침이 계속 나네요. 검사 좀 받아볼까 하는데요."

와타나베의 표정이 살짝 어두워졌다. 그렇다고 딱히 심각한 분위기는 아니었다.

"그래, 만약을 위해 검사를 받아보는 게 좋을 거야."

그러고는 교토 구라마구치 의료센터에 검사 일정을 잡아주었다.

8월 9일. CT 검사를 받고 난 모리야마는 평소처럼 조수석에 의사를 태우고 차를 몰아 시내 왕진을 돌았다. 그리고 오후 4시가 되자 의료센터에 들러 뒤쪽 주차장에 차를 세웠다.

"선생님, 여기서 뭐 좀 받아 가야 돼서요. 차에서 잠깐만 기다려주세요."

모리야마는 자세한 설명 없이 의사를 남겨두고 검사 결과를 받으러 갔다.

하늘에 옅게 드리운 구름 덕분에 날이 무덥지는 않았다.

봉투에는 '와타나베 고스케 수신'이라고 적혀 있었다. 하지만 모리야마는 평소 진료소에서 검사 결과를 가장 먼저 확인해왔기에 차로 돌아가면서 망설임 없이 봉투를 뜯었다.

모리야마는 초조한 심정으로 서류를 꺼냈다. 두 쪽짜리 결과 보고서로 두 번째 쪽에 사진이 첨부되어 있었다. 모리야마는 첫 쪽부터 읽어나갔다.

CT 영상 진단 보고서

일원적으로는 췌두부 종양과 다발 폐 전이가 의심되는 소견입니다. 감별 진단으로는 주췌관형 IPMN 등으로 보입니다. PSC나 IgG4 관련 질환 등 총담관 협착을 일으키는 염증성 질환도 고려되지만, 현저하게 확장된 주췌관을 보면 전형적이라고는 할 수 없습니다. 폐 병변에 관해서는 감염증이나 다발성 고분화형 선암으로도 감별됩니다.

췌장암을 원발로 하는 폐 전이가 의심된다는 얘기였다. 신기하게도 모리야마는 놀라지도 충격을 받지도 않았다. 오히려 지금까지 불편했던 원인이 이거였구나, 하고 납득하는 마음이었다.

모리야마는 다음 쪽에 첨부된 사진으로 시선을 옮겼다. 까맣게 나와야 할 폐가 눈이라도 내린 듯 새하얬다. "아아, 이건." 입에서 작은 헛기침이 나왔다.

순간 요란스레 귀를 때리던 매미 울음소리가 딱 그쳤다. 혼잡한 소음도 들리지 않았다. 한순간 주변의 모든 소리가 사라지고 적막이 흘렀다. 이곳은 은행나무 가로수가 아름답기로 유명한데, 어찌된 영문인지 푸르른 나뭇잎 사이로 쏟아지는 햇살이 세피아색이었다. 충격적인 일을 당하면 색채를 잃는다더니, 그 말이 사실이구나. 그저 멍한 기분이었다.

모리야마는 담담하게 차 문을 열고 운전석에 앉아 안전벨트를 맸다. 조수석에 탄 젊은 의사는 모리야마가 검사받은 사실을 몰랐기 때문에 모리야마에게 닥친 이변을 전혀 눈치채지 못했다.

시동을 걸었다. 검사 결과에 이상이 없었다면 눈 깜박할 사이에 잊어버릴 하루였을 것이다. 차창 밖으로 흘러가는 교토의 거리는 언제나처럼 변함없는 모습이었다.

모리야마의 안주머니에는 언제나 작은 노트가 들어 있고 노트 갈피에는 축소 복사한 옛날 달력이 끼워져 있다. 몇몇 날짜에 빨간 볼펜으로 정성스레 동그라미가 쳐져 있는데 멀리서 보면 새빨갛게 보인다. 빨간 동그라미는 환자가 임종한 날을 표시한 것이다. 모리야마는 지난 몇 년간 200명 이상을 떠나보냈다. 일주일에 두세 명, 많을 때는 다섯 명을 떠나보내기도 했다. 그 정도로 모리야마는 암 환자 간호 경험이 풍부했다.

암은 원발이 어디냐에 따라서 생존율이 달라진다. 췌장을 원발로 하는 암이라면 다른 암에 비해 생존율이 낮다. 폐에 생긴 암이 췌장에서 전이된 것이라면 모리야마의 암은 이미 4기. 이런 상황에선 수술도 방사선치료도 아무런 효과가 없다. 전국암센터협의회 가맹시설의 생존율 협동조사(2008년 ~2010년 증례)에 따르면 4기 암의 5년 상대생존율은 1.5퍼센트에 불과하다.

모리야마는 아내와 동료에게 암이 발견된 사실을 털어놓

았다.

그러면서 이렇게 빌었다.

"폐암이면 좋겠어. 그러면 그래도 어떻게든 될지 모르니까."

하지만 추가 검사 결과는 췌장을 원발로 하는 암이었다.

담당 호흡기내과 의사는 너무나도 침착한 모리야마를 보면서 이렇게 위로했다.

"의료 전문가라고 해서 참을 필요 없어요. 울고 싶으면 크게 울어도 됩니다."

그 한마디가 모리야마에게는 큰 위로가 되었다. 그래도 눈물은 나오지 않았다.

2013년

2013년, 지금으로부터 6년 전
신출내기 논픽션 작가였던 나는 재택의료 취재차 찾아간
와타나베 니시가모 진료소에서 방문간호사 모리야마를 처음 만난다.
취재에 들어간 지 얼마 지나지 않아
나는 와타나베 니시가모 진료소에서 걸려온 전화 한 통을 받는다.
말기 식도암 환자 시게미 씨가 가족과 함께
조개 캐기 여행을 떠나는 데 동행하기로 했다는 전화였다.
죽기 전 단 하루, 추억 여행에 나도 동행하기로 한다.

단 하루를 함께한 환자

1

2013년 당시, 나는 신출내기 논픽션 작가였다. 해외에서 객사한 사람들의 유해를 운반하는 일을 취재한 책《엔젤 플라이트, 국제 영구 송환사エンジェルフライト, 国際霊柩送還士》로 논픽션상을 수상하고 겨우 궤도에 오르기 시작하던 무렵이었다. 다음 작품으로 재택의료를 취재해보면 어떻겠냐는 편집자의 제안이 모리야마와 만나게 된 계기였다.

재택의료란 질병이나 부상으로 통원이 곤란한 사람 또는 퇴원 후에도 계속해서 치료가 필요한 사람, 자택에서 종말기 의료를 받기를 바라는 사람 등을 위해 의사와 간호사가 그들의 집을 방문해서 행하는 의료다.

나는 모리야마가 근무하는 와타나베 니시가모 진료소로 취재를 나갔다. 머리를 반삭으로 밀고 마른 몸에 보라색 유니폼을 입고 손목에는 염주 같은 팔찌를 찬 모리야마는 언행이 부드러운 사람이었다. 예전에는 고등학교 야구선수 같았다는데, 내가 본 그는 이제 나이를 먹어 선승처럼 보였다.

먼저 이런저런 말을 건네면서 나를 많이 도와줬지만, 워낙 바쁜 사람이다 보니 딱히 사적인 이야기를 나눌 틈은 없었다. 또 나는 나대로 아무것도 모르는 곳에서 한꺼번에 많은 사람을 만나게 된 상황이라 솔직히 인상에 깊이 남지는 않았다. 그때 그 모리야마와 훗날 다른 형태로 다시 만나게 될 줄은 꿈에도 몰랐다.

그 무렵 와타나베 니시가모 진료소에는 마흔 명 남짓한 직원이 있었고, 의사·간호사·물리치료사·요양보호사·케어 매니저 등 각 직종별로 데스크가 함께 모여 있었다.

의사와 간호사는 같은 조직에 있는 게 당연하다 여길 수 있지만, 재택의료에서는 의사와 방문간호사가 각각 다른 조직에 속해 있는 경우도 많다.

하지만 팀을 이루어 행하는 재택의료라면 같은 조직 안에서 얼굴을 마주하고 소통해야 훨씬 기동력이 있으며 환자에게도 이점이 많다. 와타나베 니시가모 진료소는 환자의 생활을 종합적으로 뒷받침하기에 매우 적합한 형태로 보였다.

상근 의사는 와타나베 고스케 원장 한 사람이고 일주일에 한 번씩 나오는 비상근 의사가 여섯 명 있었다.

와타나베 원장은 흰 가운을 입는 법이 없었다. 하얀 수염을 세련되게 손질하고 언제나 범상치 않은 화려한 셔츠를 입었다. 양복 가슴 주머니에 빨간 장미를 꽂는 날도 있는데 그 모습이 전혀 거북해 보이지 않았다. 몇 해 전 유행어로 표현하자면 '더티 섹시'라고나 할까.

취재 첫날이 지금도 기억에 생생하다.

"의사가 안 됐으면 미용사가 됐을지도 몰라요."

와타나베는 말투에서부터 부유층 특유의 여유를 솔솔 풍기는 매력적인 사람이었다. 교토 토박이 집안 출신이라 그냥 놔두면 교토 자랑이 끝도 없이 이어졌다. 나는 얼른 화제를 돌렸다.

"어쩌다 재택의료를 시작할 생각을 하셨어요?"

"왜 그랬을까요. 어려운 질문이네."

와타나베는 느긋하게 대꾸하더니 흐음, 하며 잠시 생각에 잠겼다. 마침 베테랑 간호사 요시다 마미가 곁을 지나갔다.

"요시다 선생, 잠깐만. 내가 어쩌다 이 일을 하고 있을까?"

"나야 모르죠."

시큰둥한 대답에 와타나베는 난감하다는 듯이 머리를 긁적였다. 교토 자랑을 할 때는 청산유수더니 자기 경력은 별로 드러내려 하지 않는다. 기본적으로 낯을 가리는 사람 같았다.

"일단은 인터뷰니까……."

내가 재촉하자 와타나베는 지나온 인생을 띄엄띄엄 이야기하기 시작했다.

"대학병원을 그만두고 마흔두 살에 나가오카쿄시에서 개업을 했어요. 아직 의욕 같은 건 딱히 없을 때였죠. 병원 경영은 동업자인 아내가 주로 맡았고요. 그런데 당시 중2였던 딸아이가 등교를 거부하지 뭐예요. 초등학생 때부터 집단 괴롭힘을 당해왔던 모양인데, 그게 폭발한 거였죠. 나도 아내도 아이가 그런 일을 겪고 있다는 걸 까맣게 몰랐어요. 왜 방에서 나오려 하지 않을까, 왜 학교에 못 가겠다는 걸까, 그런 생각을 하면서 옆에 있다 보니 어느새 저도 덩달아 집 밖에 안 나가고 있는 거예요."

"따님하고 같이요?"

"네."

2

어느 날, 와타나베 니시가모 진료소에 교토대학병원으로부터 한 가지 요청이 들어왔다.

"말기 암 환자분을 일시 귀가시키려고 하는데 재택 주치의를 맡아줬으면 한다"는 것이었다. 기타니 시게미木谷 重美라는 37세 여성으로 식도암 환자였다. 식도와 기관에 천공이 생겼으며 병기는 4기였다. 시게미는 남편과 초등학교 5학년 딸이 동석한 자리에서 시한부 선고를 받았다. 남편이 말했다.

"선생님이 상태를 정확히 말씀해주셔서 이 사람도 저도 남은 시간이 길지 않다고 각오하고 있었어요."

일시 귀가하는 목적을 시게미는 이렇게 말했다.

"식구들이랑 조개 캐러 가기로 얘기가 돼 있었어요. 6월에 가자고 약속했는데 몸이 안 좋아져버리는 바람에. 그래서 이번엔 무슨 일이 있어도 갈 생각이에요."

시게미는 가족과 추억을 만들기 위해 퇴원한 것이었다.

사정을 잘 아는 교토대학병원 주치의도 "좋아하는 걸 하면서 지내는 게 좋아요" 하고 조언했다. 시게미는 자신을 담당한 의료 관계자들이 "좋아하는 걸 마음껏 하세요", "마지막까지 하고 싶은 걸 하세요"라는 말을 하게 만들 만큼 강인한 사람이었다.

진료소 방문간호사이자 수간호사인 무라카미 시게미村上成美는 기타니 가족에게 "조개 캐러 꼭 같이 가게 해주세요" 하고 부탁했다.

무라카미는 와타나베 니시가모 진료소에서 방문진료를 시작했을 때부터 함께한 원년 멤버로 초등학생 때부터 간호사를 꿈꾸었다고 한다. 예전 직장인 응급 병동에서 일할 때 일손이 부족하자 갓난쟁이를 업고 간호했다는 무용담도 있다. 와타나베 니시가모 진료소에서 내세우는 진료 방침은 무라카미의 존재에 크게 영향을 받았다고 해도 좋다.

"뭘 그렇게까지, 괜찮아요."

설마 개인적인 가족 여행에 간호사가 동행하겠다고 나설 줄은 몰랐는지, 처음에 시게미는 당치도 않다는 듯 이렇게 말했다.

하지만 무라카미는 물러서지 않았다.

"걱정되실 텐데요. 저희 쪽에서도 차량을 준비할게요."

무라카미는 병세가 급변할 경우에 대비해 간호사가 동행하는 편이 낫다고 판단하고 있었다.

"방문간호사가 그런 일까지 다 하다니, 대단한데."

무라카미의 부탁에 기타니 부부는 신기해하면서도 동시에

감탄하는 반응을 보였다고 한다.

방문간호 표준 매뉴얼에 '외출에 동행한다'는 내용은 물론 없다. 하지만 당시 규모가 크지 않았던 와타나베 니시가모 진료소에서는 환자가 희망한다면 성묘나 결혼식에도 담당 의료팀이 동행했다. 조개 캐기 여행에 동행하겠다는 요청도 평소 하던 대로였다. 다만 간호사들은 '가까운 데 놀러 가는 거겠지' 하는 가벼운 마음이었다.

조개 캐기 여행은 7월 26일로 정해졌다. 따라서 의사 한 명과 간호사 두 명이 서둘러 의논을 하러 시게미의 집에 갔다. 비상근 완화치료 전문의 하스이케 시가, 완화치료 전문 간호사 오시타 레이코, 그리고 진료소에서 유일한 남자 간호사이자 내가 훗날 재회하게 되는 모리야마 후미노리였다.

여행 전날 저녁 8시. 하스이케, 모리야마, 오시타는 한때 교토의 환락가였지만 지금은 한산한 거리가 된 가미시치켄에 있는 시게미의 집으로 향했다. 죽 늘어선 오래된 상가 처마 밑에 하얀 등롱이 매달려 있었다. 시게미는 퇴원한 지 얼마 되지도 않은 몸으로 딸과 함께 기타노텐만구 신사 축제에 다녀왔다고 한다. 그런데 수액 맞느라 시간이 오래 걸리는 바람에 신사 경내에 좌판을 펼쳤던 노점들은 모두 문을 닫은 상태였다고.

시게미의 집에서 열린 회의에는 남편도 함께 참석했다. 시게미는 식구들의 빨래를 정성껏 개면서 회의에 참가했고, 유카타를 입은 딸 마유카도 옆에 있었다.

모리야마는 그때 모습을 이렇게 말했다.

"본인은 종종걸음으로 걸을 수 있을 정도로 건강해 보였어요. 혈중 산소포화도가 조금 내려가 있어서 '산소를 1리터쯤 넣어드릴까요' 그런 말을 했었죠."

시게미의 건강한 모습을 보며 모리야마는 한숨 돌렸지만, 이튿날 스케줄을 듣고 당황했다. '가까운 바닷가로 나들이 가는 거겠지' 하고 가볍게 생각했는데 웬걸, 남편이 지도에서 가리킨 곳은 아이치현 지타반도 남단이었다.

"상당히 먼데요."

모리야마는 교토에 있는 이 집에서 목적지인 바다까지 눈으로 죽 훑었다. 약 180킬로미터. 나고야 남쪽에 위치한 그곳은 주부국제공항 센트레아보다도 먼 거리였다. 교토에서 가자면 이세만을 빙 돌아 반도 끄트머리까지 가야 했다.

"여기서라면 꽤 걸리겠는데요."

모리야마가 에둘러 불안을 표시하자 남편이 대답했다.

"중간중간 쉬어가며 갈 거니까 네 시간쯤 걸리지 않을까요?"

정말 어지간히 가고 싶던 곳이었나 보다 싶으면서도 모리야마는 걱정스러웠다. 건강한 상태라도 네 시간의 드라이브는 몸에 부담이 된다. 교통 사정에 따라 훨씬 더 걸릴 수도 있다. 게다가 여름 햇볕이 내리쬐는 해변에서는 체력 소모가 크다. 예측할 수 없는 사태에 대비할 필요가 있었다.

진찰을 마친 하스이케가 솔직하게 말했다.

"피로를 느낄 수 있습니다. 병세가 급변할 가능성도 충분히 고려해야 하고요. 지금 상태에서 판단하자면, 본인에게도 가족에게도 각오가 필요합니다."

시게미가 하스이케를 바라보았다. 이미 각오했다는 표정이었다.

"그렇다 해도, 내일은 가야 해요."

그 말에 하스이케는 고개를 끄덕이고 확인하듯 말했다.

"저희는 시게미 씨와 가족분들 의향을 최우선으로 존중합니다. 당일에 진료소에서 대기하고 있겠습니다. 무슨 일이 생기거든 언제든 전화 주세요."

'퀄리티 오브 라이프'라는 말을 자주 듣는다. 하지만 애초에 삶의 질이란 대체 뭘까. 무리를 해서 본인에게나 가족에게나 후회할 일이 벌어진다면, 그것은 과연 도전할 만큼 가치가 있는 일일까.

확실한 것은 아무것도 없다. 과거로 돌아가 선택을 다시 하기란 불가능하다. 하지만 인간이란 '그때 그럴 걸 그랬다' 하고 후회하는 생물이다. 돌이킬 수 없을지도 모른다는 생각이 들면 담당 의료진도 "꼭 실현시키세요" 하고 환자의 등을 밀어주기를 주저하게 된다.

단 하루의 추억을 만들기 위해 시게미는 집에서 보내는 안락한 시간을 바쳐야 할지도 모른다. 정말 후회는 없을까. 아무리 각오했다 해도 만에 하나의 일이 생긴다면 어떤 심정이 들까. 누구도 알 수 없었다.

의료팀이 진료소로 돌아오자 모든 가능성을 고려한 대책 회의가 밤 10시가 넘도록 이어졌다.

먼저 여행 당일에는 와타나베 니시가모 진료소에서도 차를 한 대 동원해 기타니 가족의 차를 뒤따르기로 했다. 이어 차에 실을 산소통과 의료기구를 준비했다. 몇 명이 동행할 것인지를 놓고는 의견이 엇갈렸다. 그렇지 않아도 일손이 부족한 토요일에 여러 명이 온종일 자리를 비운다면 진료소에 남은 인력에게도 부담이 클 터였다.

하지만 모리야마는 목숨을 맡은 이상 만전의 태세로 임하고자 했다. 논의 끝에 모리야마와 갓 전근 온 오시타 그리고 사무국의 젊은 남자 직원 오카타니 와타루가 동행하기로 결정되었다.

와타나베 원장은 늘 그렇듯 여유로운 말투로 말했다.

"산소통 같은 거 실었다가 사고라도 나면 꽝 폭발이야. 병원 경영자 입장에선 괜한 트러블은 피하고 싶은 심정이지만."

리스크를 들자면 끝이 없었다. 어떻게 그렇게까지 할 수 있을까, 감탄이 절로 나왔지만 이들에게 동행하지 않는다는 선택지는 없어 보였다. 와타나베가 태연자약하게 말했다.

"뭐, 해보면 알겠지. 안 그래?"

그들은 이 짧은 여행에 동행하는 비용을 환자에게 청구하지도 않는다. 즉 자원봉사다. 두 간호사가 동행할 경우 1박에 10만 엔쯤 드는데 이 경비는 모두 진료소에서 부담한다. 진료소에 새로 온 한 간호사는 이렇게 말했다.

"환자와 가까운 편의점에 동행하는 것조차 허가가 필요한 업체도 많아요. 환자와 함께 어딘가에 갈 수 있는 간호사는 행복한 거예요."

간호 세계에는 제약이 많다. 그럼에도 이들은 어떻게든 환자가 희망하는 바를 이루어주려고 애쓴다. 이들은 왜 이런 활동을 계속하는 걸까. 그때 와타나베는 자기 역할에 대해 이런 식으로 말했다.

"우린 환자분이 주인공인 연극의 관객이 아니에요. 함께 무대에 오르고 싶어요. 모두 함께 신나고 즐거운 연극을 하는 거죠."

무대라니, 어쩌면 이렇게 안성맞춤인 말이 있을까. 오래된 골목과 사찰이 남아 있는 이 도시에서 얼마나 많은 사람이 태어났다 떠나갔을까. 나는 교토라는 화려한 무대에 올랐다가 사라져가는 무수한 배우들을 상상했다.

'웅덩이에 뜬 물거품은 때로는 사라졌다 때로는 나타나니 오래도록 머무는 법이 없다. 이 세상 사람과 거처 또한 이와 같다.'

와타나베가 중얼거리듯 읊조리던《방장기》의 한 구절이 다시 떠올랐다.

와타나베가 말을 이었다.

"작가님, '가마이이'라는 말 아세요? 이쪽 말로 '오지랖'이라는 의미죠. 하긴, 우리가 하는 일은 오지랖일 거예요. 세상 사람들은 자기가 하는 일에 경계를 만들고 싶어 해요. '내 일', '네 일', '누군가의 일' 이런 식으로요. 자기가 해야만 하는 일 말고는 다들 '내 일 아니야'라며 보고도 못 본 척하죠. 하지만 그러면 사회는 돌아가지 않아요."

하얀 수염을 매만지면서 와타나베는 이따금 신선이 할 법한 말을 한다.

담당 의료진끼리만 볼 수 있는 사내 인터넷 게시판에 이날의 기록이 남아 있다.

7월 25일 22시 19분. 의사 하스이케 시가
내일 지타반도로 가는 조개 캐기 여행에 대비해 평소 투여하는
약을 경구약이나 수액, 좌약 등 휴대가 간편한 것으로 대체했습
니다. 지금 직원들이 제 앞에서 준비하고 있어요. 요 며칠 환자분
의 산소포화도가 떨어지고 있는데, 방사선성 폐장염 또는 약제성
폐렴 증상이 다시 나타나는 거라면 병세가 급속히 악화될 가능성
도 있어요. 그럴 경우에는 응급 병원으로 가야 합니다. 내일 동행
하는 모리야마 선생님, 오시타 선생님, 오카타니 씨. 다들 조심하
세요!

그해 여름은 이상하리만치 더웠다. 교토의 밤은 낮 동안 쌓
인 열기를 고스란히 머금고 있었다. 이윽고 날이 밝자 담당
의료진은 긴장한 상태로 아침을 맞았다.

비가 내릴 법도 한 약간 흐린 하늘이었다. 모리야마와 오시

타를 뒤에 태운 채 오카타니가 차를 몰고 시게미의 집으로 향했다. 오시타는 시게미의 얼굴을 본 순간 상황이 심상치 않음을 알아차렸다. 시게미는 침대에서 새파래진 얼굴로 괴로운 숨을 헐떡이고 있었다. 얼른 펄스옥시미터로 혈중 산소포화도를 측정하니 겨우 70퍼센트였다.

"아침부터 안 좋아 보였어요."

남편이 말했다.

모리야마는 당황스러웠다. 정상치는 96퍼센트 이상이다. 이 수치라면 당장 응급 병원에 실려 가도 이상하지 않은 상황이다.

"시게미 씨, 정말 기대하셨는데 아쉽지만 드라이브는 연기하는 게 좋겠어요. 도저히 외출할 수 있는 수치가 아니에요. 지금 몸 상태만 생각하면 당장에라도 병원에 가셔야 해요."

모리야마가 말을 꺼내자 시게미는 힘없이 숨을 쉬면서 굳세게 말했다.

"괜찮아요, 괜찮아."

모리야마와 오시타가 서로 눈빛을 나누었다.

"목숨이 위험할 수도 있는 상태예요."

모리야마가 타이르듯 말했지만 나갈 준비를 하던 남편도 고개를 저었다.

"6월에도 계획했는데 입원하는 바람에 못 갔어요. 이번엔 무슨 일이 있어도 갈 생각입니다. 이 사람, 한번 말하면 누구 말도 안 듣거든요. 본인은 각오를 하고 있습니다. 오늘은 조개 캐러 바다에 갈 겁니다."

사람은 위험한 순간이 닥치면 살 방도를 먼저 찾고 싶어 한다. 지금 여행을 연기하고 가만히 있으면 시게미는 몇 시간이라도 더 살 수 있을지 모른다. 그런 생각이 들자 모리야마는 어떻게 조언해야 좋을지 갈피를 잡을 수 없었다. 필요한 구명 처치를 하는 것이 그러지 않는 것보다 훨씬 편하다. 병원에 입원시키면 적어도 '목숨은 지켜냈다'는 대의명분도 서고 어깨를 짓누르는 짐도 내려놓을 수 있지 않을까.

오시타도 속으로 갈등하고 있었다.

'시게미 씨가 여행을 포기하겠다고 하면? 충고에 따르겠다고 하면 어떻게 해야 할까?'

필사적인 각오로 퇴원해서 남은 시간 동안 가족과 마지막 추억을 만들려 하는 시게미의 바람을 꺾어버린다면 자신은 대체 뭘 위해 이 자리에 있는 건가 싶기도 했다.

머뭇거리는 간호사들과 달리 시게미의 마음은 마지막까지 흔들리지 않았다. 그 모습이 의료진을 안도하게 만들었다. 환자의 굳은 의지가 간호사들을 구원했다. 무엇보다도 남편이 아내가 내린 결단을 지지하고 있었다. 그는 내년 여름에는 시게미가 이곳에 없으리라는 사실을 잘 알고 있었던 것이다.

오시타는 어떻게 해서든 즐거운 추억을 만들어주기로 마음먹었다. 도중에 만에 하나의 사태가 일어나면 좋은 추억 만들기는 물거품이 되어버린다.

오시타는 하스이케에게 전화해서 지시를 부탁했다.

"선생님, 시게미 씨의 용태 말인데요, 산소포화도가 70퍼센트로 떨어졌어요. 본인은 어떻게든 조개를 캐러 가겠다고 하시는데……."

하스이케는 오시타에게 시게미를 바꿔달라고 말했다.

"시게미 씨, 지금 상태는 폐렴이 진행 중일 가능성이 높습니다. 몸을 생각한다면 입원해서 치료할 필요가 있어요. 치료하지 않고 그대로 드라이브를 가신다면 폐렴이 진행되어 오늘이 마지막 날이 될지도 모릅니다."

하스이케의 솔직한 말에도 시게미는 물러서지 않았다.

"전에도 가자고 해놓고 몸이 안 좋아져서 입원하고 말았어요. 만약에 오늘 갔다가 돌아오지 못하게 돼버린다 하더라도 전 후회하지 않을 거예요."

그 말에 하스이케는 남편을 바꿔달라고 하고 의사를 확인했다.

"폐렴을 치료하지 않고 이대로 가시면 병세가 단숨에 진행되어 오늘 돌아가실 가능성이 높습니다. 정말 그래도 괜찮으시겠습니까?"

남편은 조용히 결의를 표명했다.

"교토대학병원에서는 '다음에 입원하면 집에 못 돌아간다'고 했습니다. 선생님, 오늘밖에 없습니다. 어쩔 수 없어요. 각오는 하고 있습니다."

두 사람의 굳은 각오를 확인하자 하스이케는 다음과 같이 조언했다.

"응급 병원에 갈 상황이 되면 먼저 동행하신 간호사 선생님들과 의논하세요. 만약 도중에 호흡을 하고 있는지 모를 정도로 힘이 떨어지면, 응급 병원에 들를 것 없이 곧바로 교토로 돌아오시고요."

'부디 무사히 교토로 돌아와 주세요.'

하스이케는 그렇게 기도하며 수화기를 내려놓았다.

7월 26일 5시 45분. 간호사 모리야마 후미노리

5시 45분 출발함. 산소포화도 70퍼센트 전후. 산소 1리터에서 2리터로 증량했지만 변화 없음, 의식 수준 양호.

오카타니는 평소에는 의료 사무를 담당하기 때문에 여행에 동행하는 것은 처음이었다. 시게미의 병세가 악화되어 필요하다고 판단한 휠체어를 차에 실었다. 진료소 차량이 기타니 가족의 차량과 시게미 언니 가족의 차량 사이에 끼어 석 대가 한 줄로 이동하기로 했다. 모르는 사람 눈에는 화목한 세 가족의 당일치기 여행으로 보일 것이다. 하지만 모리야마와 오시타를 뒤에 태우고 핸들을 잡은 오카타니는 바짝 긴장한 상태였다. 차에 산소통 아홉 개가 실려 있었다. 이것이 시게미의 생명줄이었다.

'어떻게든 즐거운 추억을.'

세 사람의 간절한 바람이었다. 진료소에서 대기하는 와타나베와 하스이케 의사, 동행팀 업무를 대신 맡은 다른 직원들도 똑같은 마음이었다.

> 같은 날 8시 50분. 간호사 모리야마 후미노리
>
> 신메이신고속도로 휴게소에서 휴식. 산소포화도 50퍼센트대. 말초성 청색증* 현저. 산소를 4리터로 증량. 의식 수준 양호. 차를 돌릴 것을 다시 제안했지만 "힘내서 가보겠다"고 대답.

시게미의 새파란 안색에서 상태가 나쁜 것이 뻔히 보였다.

'어떻게 이런 상태인데도 괜찮다고 하는 걸까?'

모리야마는 그런 시게미가 신기하게 느껴졌다.

산소통 하나에 들어 있는 산소는 300리터. 1분에 1리터씩 공급하면 한 시간에 60리터를 쓰므로 한 통이면 다섯 시간은 버틸 수 있다. 원래 다섯 통이면 충분하다고 생각했지만 산소 포화도가 극단적으로 낮아서 산소 유량을 분당 4리터로 늘렸다. 이대로라면 산소통 하나를 한 시간이면 다 써버리게 된다. 저녁까지 버틸 수가 없다.

모리야마는 후쿠다 라이프테크라는 의료기기 전문업체에 전화를 걸었다.

"환자분께서 지타반도로 조개 캐기 여행을 가시는 데 동행하고 있습니다. 자정까지 산소가 부족하지 않게 산소통을 가지고 와주셨으면 하는데요."

후쿠다 라이프테크는 집에서 산소요법을 할 수 있는 기기를 제공하는 전문업체였다. 모리야마는 교토뿐만 아니라 이 근방에도 영업소가 있지 않을까 짐작했다.

"바로 고속도로를 타면 세 시간 정도면 갈 수 있습니다."

● 체내 산소포화도가 떨어져 산소 부족으로 손가락 등 신체 말단 부위가 파랗게 되는 증상.

수화기 너머에서 이런 대답이 돌아왔다.

"어디서 오십니까?"

"교토요."

"교토라고요……."

모리야마는 전화기에 대고 고개를 숙였다.

"감사합니다. 불안하던 참이었습니다. 정말 고맙습니다."

업체에서 보유한 휴대용 산소통도 많지 않았다. 후쿠다 라이프테크 교토 영업소에서는 주부 본사 보유분의 3분의 2에 해당하는 열 개를 긁어모아 트렁크에 싣고 미나미치타까지 이어진 길을 내달렸다.

산소포화도 50퍼센트대라는 것은 이미 목숨이 왔다 갔다 할 수 있는 심각한 상태를 가리킨다. 의료 관계자라면 대부분 이만 돌아가라고 강력히 권할 상황이었다.

같은 날 오전 10시. 간호사 모리야마 후미노리

완간나가시마 휴게소에서 휴식. 산소포화도 50퍼센트대. 안펙 20밀리그램 항문 삽입.

가래가 많지만 의식 수준 양호. 본인을 설득했으나 "병원엔 안 가겠다. 아이와 바다에서 헤엄치기로 했다. 아이와의 약속을 지키고 싶다"는 대답.

산소통은 한 시간마다 교체.

일행의 차량이 미나미치타 도로를 빠져나와 일반 도로로 들어섰다. 이 지역의 경트럭이나 승용차가 간간이 스쳐 지나 갈 뿐 차량 통행이 거의 없어 막힘없이 달릴 수 있었다. 바닷 가 휴양지답게 료칸이나 식당의 낡은 간판이 이따금 눈에 들어올 뿐 달리고 또 달려도 도로가 끝없이 이어졌다.

세 사람은 내비게이션으로 근처 응급 병원을 체크했다. 차창 밖으로 펼쳐지는 장면은 한갓진 전원 풍경이었다.

"꽤 걸리는데."

누군가가 중얼거리는 소리를 들으며 그들은 아무리 가도 변함이 없는 경치를 바라보았다. 말은 하지 않았지만 다들 시게미의 몸 상태가 바다까지 갈 동안 버텨줄까 싶어 불안한 마음이었다. 그래도 오카타니가 던진 소소한 농담에 다 함께 웃었다.

미나미치타 비치랜드 간판을 곁눈질하며 계속 달렸다. 이윽고 하늘빛이 한층 밝아지며 바다가 가까이 있다는 것이 확 느껴졌다. 낮은 지붕이 이어지는 바다마을 특유의 모습이 뚝 끊어지더니 갑자기 시야가 탁 트이며 눈앞에 연청색 바다가 펼쳐졌다. 저 멀리 희미한 잿빛을 띤 수평선이 보였다.

"바다다…… 이제 다 왔네요."

운전대를 잡은 오카타니가 말했다. 앞에서 달리는 차 안에서는 지금쯤 환호성이 터져 나오고 있을까. 세 사람은 말없이 바다를 바라보았다.

같은 날 12시 10분. 간호사 모리야마 후미노리

미나미치타 비치랜드 옆에 있는 해수욕장에 도착. 안펙 20밀리
그램 삽입. 차 안에서 점심 식사.

같은 날 13시 30분~14시 30분. 간호사 모리야마 후미노리

조개 캐기. 제철이 아닌지 많이 보일 법할 개량조개, 대합, 모시
조개는 못 잡음. 소라게 세 마리, 새끼 게, 대합 비슷한 놈 하나.

인적이 드문 바닷가, 연청색 바다 너머로 주부국제공항 센트레아가 보였다. 자동차 수송용 컨테이너선이 수평선 위에 드문드문 떠 있었다. 하얀 모래밭에 파도가 조용히 밀려왔다 사라지곤 했다.

시게미의 딸 마유카가 수영복으로 갈아입고 나왔다. 그리고 사촌들과 함께 튜브에 열심히 바람을 넣더니 빵빵해진 튜브를 껴안고 모래밭으로 달려갔다. 구름이 살짝 드리워진 하

늘이 뙤약볕을 막아준 덕에 무덥지도 않고 딱 좋은 날씨였다. 아이들은 모래를 파기 시작했지만 철이 지났는지 수확은 거의 없었다. 시게미의 남편과 아이들은 바다로 우르르 달려가 물보라를 일으키며 몸을 물에 담갔다.

평평하게 편 좌석에 누운 채 시게미가 오시타를 불렀다. 오시타가 시게미의 머리맡으로 다가가 얼굴을 가까이 댔다.

"저도 수영복으로 갈아입으려고요. 도와주시겠어요?"

오시타는 깜짝 놀랐다. 누워만 있어도 힘겨울 상황이었다. 간호사로서는 여기서 기다리라고 조언해야 하지만, 시게미의 절실함이 깃든 눈빛에 이끌려 갈아입는 걸 도와주기로 했다. 시게미는 기적적으로 소강 상태를 유지하고 있었다. 하지만 코에 연결된 산소도 온전히 가슴으로 들어가지 않는 모양이었다. 오시타는 시게미를 부축해 수영복으로 갈아입혔다.

시게미가 아버지 이야기를 하기 시작했다.

"아빠도 같은 병이었어요. 그런데 마지막엔 병원에서 아무것도 못 하고 끝나버렸어요. ……그래서 결심한 거예요. 오늘 꼭 여기 오겠다고."

커튼 너머에서는 가족들이 신나게 물놀이를 하고 있을 것이다. 마유카는 엄마의 심각한 병세를 제대로 모르고 있었다.

오시타는 한참이 걸려 겨우겨우 시게미에게 수영복을 입히고 어깨에 수건을 살며시 걸쳐주었다. 그리고 밖에서 대기하던 모리야마를 불러 힘을 합쳐 시게미를 휠체어에 앉혔다.

옷을 갈아입느라 커튼을 꼭꼭 쳐놓은 차에서 내린 순간, 눈부신 햇살에 오시타는 눈앞이 새하얘졌다. 바다 냄새가 나고, 파도 소리와 함께 한껏 들뜬 아이들 목소리가 들려왔다.

마유카는 벌써 바다에 들어가 있었다.

그 모습을 보며 시게미가 미소를 지었다. 오시타는 시게미가 탄 휠체어를 천천히 밀면서 모래밭을 걸었다. 모래에서 전해지는 무게감이 기분 좋았다.

"바다에 들어가 보실래요?"

"네."

휠체어가 천천히 바다로 향했다. 파도가 발아래까지 밀려왔다. 수면에 반사된 햇빛에 바퀴가 은빛으로 반짝였다. 오시타가 입은 치노팬츠 끝자락이 바닷물에 젖었다.

시게미의 남편도 언니 부부도 아이들도 웃으면서 시게미를 향해 손을 흔들었다.

마유카가 엄마 곁으로 달려오더니 뿌듯한 얼굴로 소라게를 보여줬다.

"엄마, 이거 봐."

시게미가 마유카의 머리에 손을 얹어보며 말했다.

"마유카, 물 자주 마셔야 돼."

"응."

마유카는 페트병에 잠깐 입을 대곤 다시 바다로 뛰어갔다.

"이거 봐——"

마유카가 발버둥 치자 물보라가 솟구쳤다. 오시타는 만족스러워하는 시게미의 얼굴을 지켜보았다. 이따금 의식이 흐려졌다가 퍼뜩 정신이 돌아오면 시게미의 눈은 아이들을 찾았다. 오카타니는 "빙수 좀 사 올게요", "사진 찍어드릴까요?" 하면서 이리저리 뛰어다녔다.

"휠체어를 타고 저기까지 가시다니, 대단한데요."

뒤따라온 후쿠다 라이프테크 직원 우스이가 해변으로 달려오더니 놀랍다는 듯이 말했다.

"덥지도 춥지도 않아서 물놀이하기 딱 좋은 날씨네요."

잠시 바다를 바라보던 우스이는 산소통을 내려놓고 교토로 돌아갔다.

오시타는 현실이 아닌 꿈속에 있는 기분이었다. 시게미는 한 점 흐트러짐 없이 똑바로 앉아 있었다. 고단한 티도 내지 않고 고통스럽다는 말도 꺼내지 않았다. 모리야마와 오시타는 눈앞에 있는 사람이 가진 강인한 마음에서 힘을 얻었다.

같은 날 17시. 간호사 모리야마 후미노리

'생선이 굉장히 신선하고 맛있다'고 가족들이 추천한 마루하 식당에서 식사. 오시타 선생님은 시게미 씨와 차에서 대기.

주차장에서 저녁놀에 휩싸인 하늘과 바다가 훤히 보였다. 하늘색과 오렌지색이 뒤섞인 환상적인 하늘을 바다가 고스란히 받아내고 있었다. 차 안에 누워 있던 시게미가 오시타에게 말했다.

"가족들이 식사하는 동안에 편지를 써줄 생각이었어요. 그런데 그런 걸 남겨야 할지 망설여지네요."

모든 스케줄을 소화해내자 마음이 놓였던 걸까, 얼마 안 있어 시게미의 상태가 악화되고 말았다. 오시타의 품 안에서 시게미는 급속히 힘을 잃어갔다.

"시게미 씨, 시게미 씨. 지금 가족분들을 모셔올게요. 곧 오실 테니까 기다려주세요."

가족을 기다리는 동안 시게미는 오시타에게 기대 있었다. 조금 전까지 씩씩하게 굴던 시게미의 눈에서 처음으로 눈물이 또르륵 흘러내렸다.

"저 애를 남겨두고 왜 이렇게 젊은 나이에 죽어야만 하는 건지."

오시타의 눈시울도 뜨거워졌다. 자신의 품 안에서 시게미가 떠나가려 한다. 오시타는 차창 밖을 가만히 내다보았다.

같은 날. 간호사 모리야마 후미노리

경련 발작. 호흡 상태 악화. 노력 호흡 현저, 전신에 청색증. 산소 포화도가 40퍼센트 아래로 떨어지기도. 질문에 확실한 반응을 보이지 않음. 앉은 자세로 안절부절못하는 모습.

걱정스러운 얼굴로 가족들이 달려왔다. 일단 차 안에 가족들만의 시간을 만들어주고, 두 간호사와 오카타니는 밖에서 기다렸다.

어느새 땅거미가 내려앉았다. 휴양지의 밤은 일찍 찾아온다. 인적 없고 한산한 곳이었다. 차를 움직이지 않고 가만히 있으면 여기서 임종을 맞을 것이다. 교토로 돌아간다면 차 안에서 숨을 거둘 가능성도 있다.

"어쩌죠?"

가족들에게 가장 좋은 선택은 무엇일까. 그들은 힘든 판단을 내려야 하는 상황에 내몰려 있었다.

잠시 후, 시게미가 찾는다며 가족들이 부르러 왔다. 모리야마와 오시타가 차에 오르자 의식이 흐려진 시게미가 "선생님,

선생님……" 하고 두 사람을 불렀다.

그리고 두 사람을 똑바로 바라보며 말했다.

"부디 잘 부탁드려요."

"차를 움직이면 힘들어하시지 않을까요?"

"어떡하지."

그때 걱정스러워하는 어른들 틈에서 내내 지켜보기만 하던 마유카가 엄마에게 말했다.

"엄마, 집에 가자. 우리 집에 가자."

그 말에 남편은 각오를 굳힌 듯했다.

"그래. 집으로 가자, 시게미."

순간 갈팡질팡하던 모든 사람의 마음이 정해졌다. 모리야마는 진료소에서 대기하는 와타나베와 하스이케에게 연락해서 시게미 집으로 와달라고 요청하고, 시게미의 가족에게는 이렇게 조언했다.

"남편분께서는 계속 곁을 지켜주세요. 마유카도 엄마 옆에 있으렴."

모리야마가 운전석에 앉았다. 남편이 시게미를 무릎으로 감싸 안듯 하며 자리에 앉았다.

오시타가 마유카에게 부채를 건넸다.

는 뭔가를 환자분들에게 잔뜩 받아왔어요.

만약에 환자분을 위해 뭔가를 했는데 그걸 가지고 너무 과하다고 말하는 직장이라면 얼마나 힘들겠어요. '무슨 일이라도 생기면 어쩌려고?', '왜 그렇게까지 하는데?'라는 반발을 사면 참으로 괴로울 거예요. 하지만 동료들이 메시지를 많이 보내주고 힘이 되어주어 정말 기뻤어요. 어쩌면 이것도 이 일을 통해 얻은 소득일지도 몰라요.

오지랖을 부리자면 힘든 일이 많아요. 뭔가 행동을 하려 들면 알력도 생겨요. 하지만 그걸 통해 얻을 수 있는 건 그 이상이에요. 아마 그걸 알기 때문에 행동으로 나서는 거겠죠."

나무 담장이 이어지는 가미시치켄의 어두운 길을 걸으며 그날을 돌아본 모리야마는 한마디로 "현실감 없는 하루"라고 표현했다.

"지금 심정이요? 감사하다고 말하고 싶네요. 든든하게 힘이 되어준 와타나베 고스케 원장님께도, 저희를 보내주신 무라카미 매니저님께도요. 그리고 빈자리를 메워준 동료들, 동행해준 오카타니 씨와 오시타 선생님께도요. 무엇보다 시게미 씨와 가족분들께. 사실은 우리도 즐거웠어요. 그 바다에 시게미 씨와 함께 갈 수 있었던 건 우리한테도 잊을 수 없는 추억이 됐어요."

.

2018년

2018년, 현재.

모리야마 후미노리, 1969년 12월 9일생.

니시가모 진료소의 방문간호사.

재택의료를 취재하며 처음 만난 뒤로 그와 나는 친구처럼 지냈다.

이 모리야마가 췌장암에 걸렸다는 연락을 받는다.

사실 나는 나 자신에게 지쳐 있는 상태였다.

해외에서 객사한 사람들의 유해를 운반하는 직업,

동일본대지진 이후의 복구 과정을 그린 논픽션을 취재하며

헤아릴 수 없이 많은 죽음을 묘사해왔다.

죽음을 테마로 계속 글을 쓰면서, 다른 사람의 불행을 쓰는 일을

생업으로 삼고 있다는 사실에 말할 수 없는 거북함을 느꼈다.

불행을 싫어하면서도 불행을 들여다보는 걸 멈출 수 없는 나.

게다가 부인과계 질환으로 난소를 제거하며

오랫동안 책을 쓰지 못하고 있었다.

6년 전에 시작한 재택의료 관련 논픽션도 개점휴업 중이었다.

이런 나에게 모리야마의 소식은 어떤 의미가 될까?

전직 논픽션 작가

1

2018년 9월, 내 아이폰에 메시지가 들어왔다.

보낸 사람은 와타나베 니시가모 진료소의 방문간호사 오시타 레이코. 몇 년 전에 재택의료 취재를 하느라 신세를 진 사람이다. 메시지 내용은 이러했다. "바로 전화 주세요."

안 좋은 예감이 들었다. 무릇 급한 용무라 하면 좋은 소식이 아니라는 것쯤은 짐작이 간다. 하지만 어떤 말을 듣게 될지, 나로서는 상상도 할 수 없었다.

전화를 걸자 다급한 목소리가 들려왔다.

"모리야마 선생님이 췌장암에 걸렸어요. 되도록 빨리 교토로 와주시겠어요? 사사 작가님께 긴히 부탁드릴 게 있다고."

힘든 상황이라는 것은 짐작이 갔다. 하지만 구체적으로 어떤 상황일까. 오시타는 어쨌든 만나서 이야기하고 싶다는 말만 되풀이했다. 평소의 침착한 말투가 아니었다.

"한심한 얘기지만, 이날 이때껏 일상적으로 병자들을 접해왔는데 친구가 병에 걸리니 평소처럼 되지가 않네요."

"그야 당연하죠."

모리야마 후미노리, 1969년 12월 9일생, 48세. 고등학생과 초등학생인 두 딸이 있다. 취재를 계기로 처음 만났지만지금은 친구나 다름없이 지낸다. 가끔 모리야마가 학회 참석차 도쿄에 오면 연락이 와서 그의 동료들과 함께 식사를 하는사이다.

"부탁이라뇨, 무슨 일로요?"

물어봐도 횡설수설이다. 어쨌든 빨리 오라는 것이다. 그런병에 걸린 상태에서 내게 용무가 있다면, 나더러 뭔가를 쓰라는 걸까. 하지만, 뭘? 생각하니 소름이 돋았다.

나는 '죽음'을 테마로 삼은 글을 많이 썼고 그러다 보니 자연스레 '죽음'을 소재로 하는 작업물이 모여들었다. 상을 받은 작품이 유해를 운반하는 직업 이야기. 그다음으로 출판한 책은 동일본대지진 이후 복구 과정을 그린 논픽션. 이루 헤아릴 수 없을 만큼 죽음을 묘사해왔다. 나는 그 일에 내심 다른 사람에게는 설명하기 힘든 콤플렉스를 안고 있었다. 분명 이 일을 좋아하고 내 나름대로 순조롭게 해왔다고 생각했다. 하지만 한 점 거리낌도 없이 내 일을 자랑스럽게 여기느냐고 묻는다면, 솔직히 그렇다고 잘라 말하지 못한다.

죽음을 테마로 취재를 계속하는 나는, 다른 사람의 불행을 쓰는 일을 생업으로 삼고 있다는 사실에 내심 말할 수 없는 거북함을 느끼고 있었다. 당연한 말이지만 나도 특별히 불행을 좋아하는 건 아니다. 하지만 마치 모순처럼 죽음을 테마로 하는 집필 활동을 어딘가에서 바라는 나도 있었다. 나는 불행을 싫어하면서도 불행을 들여다보는 걸 멈출 수 없었다. 그리고 그런 나 자신에게 지쳐 있었다.

나는 개점휴업 중이었다. 떳떳하지 못한 마음을 안은 채로 무리하게 일했던 탓이리라. 겉으로는 계속 가속페달을 밟으면서 속으로는 브레이크를 걸었다. 그런 갈등이 마음 어딘가에 있었다. 부인과계 질환으로 난소를 제거한 탓도 있을지 모른다. 자율신경의 균형이 무너져 이미 오랫동안 책을 쓰지 못하고 있었다.

미야자키 하야오의 애니메이션 〈붉은 돼지〉에서 돼지가

되어버린 비행기 조종사는 이렇게 말한다. "날지 못하는 돼지는 단순한 돼지다." 작가는 글을 쓰지 않으면 작가로조차 있을 수 없다. 그렇다면 뭘 하고 있었느냐, 지쳐버린 인생을 회복하고자 인도나 태국 등 해외를 방랑하고 불교에서 치유할 길을 구했다. 하지만 애석하게도 나는 논픽션을 써왔던 사람이다. 생각이 너무 현실적이어서 거룩한 존재에게 몸을 맡길 수가 없었다. '깨달음'도 '해답'도 전혀 찾아올 기미가 없었다. 나이도 먹을 만큼 먹었고, 이제 와서 뭔가를 온전히 믿는다는 태도를 취할 수가 없었다. 특별한 종교적 계시를 받는 일도 없이 결국 '속세'로 돌아오고 말았다.

지금은 헬스장에 다니면서 묵묵히 몸을 단련하고 있다. 즉 활동적인 '은둔형 외톨이'다. 나는 누구의 눈에도 띄지 않는 곳에서 조용히 내 인생을 재정비하고 있었다. 남들 눈에는 빈둥빈둥 노는 걸로만 보였을지도 모르지만 나 자신은 필사적이었다. 그렇게 인생을 치유하는 동안 몸이 바뀌고, 미각이 바뀌고, 읽는 책과 인간관계가 바뀌어버렸다. 몸과 마음 모두 건강을 되찾은 나는 이제 예전의 내가 아니었다.

내가 어떤 이야기를 쓰는지 아는 사람에게서 연락이 온다면, 그건 죽음의 그림자를 품고 있는 것이 아닐까. 그렇다면 미안하지만 힘이 되어주지 못한다. 작가로서 뭔가 해주기를 기대하고 있다면 번지수를 잘못 짚었다. 더는 그런 테마를 다룰 기력이 없었고, 아무리 스스로를 고무하려 해도 몸이 받아들이지 못했다. 아무리 기를 써도 뜻대로 되지 않았다.

모리야마를 처음 만났던 무렵을 떠올렸다. 와타나베 니시가모 진료소로 이직한 지 얼마 되지 않았던 그는 환자와 어떻게 관계를 만들어가야 할지 고심하고 있었다.

당시 말기 암을 앓고 있던 괄괄한 노부인은 모리야마가 심성이 착하다는 걸 알고 터무니없는 요구를 하기도 했다. 미꾸라지를 먹고 싶다며 고집을 부려대는 통에, 모리야마는 대충 흘려들어도 되는데도 한겨울 교토에서 어디서 파는지도 모르는 가늘고 길고 까만 물고기를 찾아 헤맸다. 그 생각을 하니 절로 입꼬리가 올라갔고, 동시에 좀 슬퍼졌다. 그 노부인도 이미 돌아오지 못하는 사람이 되었다. 내가 나가떨어지고 나서도 모리야마는 쭉 환자를 위해 교토 거리 여기저기를 누볐을 것이다. 나와 달리 그는 뼛속까지 착한 사람이었던 거다.

그날 밤, 나는 편히 잠을 이룰 수 없었다.

겨우 잠들었나 싶었는데 빗소리에 눈이 떠졌다. 방 안은 여전히 어두웠다. 베개 옆에 놓아둔 스마트폰을 집어 확인하니 4시. 동이 트려면 아직 멀었다.

지금부터 준비하면 교토행 첫차를 탈 수 있으리라.

옷장에서 검은 하이넥 스웨터를 꺼내 입고, 며칠간 갈아입을 옷가지를 트렁크에 던져 넣고 집을 나섰다.

집에서 교토역까지는 세 시간. 승강장에 내려서자 비도 멎고 햇살이 약하게 비치고 있었다.

이 승강장에 몇 번을 왔던가. 대부분이 환자 누군가가 위독해서 모리야마를 비롯한 의료팀을 따라 간호 현장을 찾아가는 길이었다.

역에 도착한 순간, 일해야 한다는 스위치가 반사적으로 켜진 건지 은연중에 긴장한 것이 느껴졌다.

개찰구를 나오니 낯익은 두 얼굴이 보였다. 언제나처럼 미소를 머금은 모리야마와 동료 오시타. 나를 본 모리야마가 '여기요' 하듯 가볍게 손을 들었다.

"뭐야, 쌩쌩하네."

무심결에 그렇게 말한 나는 더 이상은 불가능할 정도로 얼굴 가득 함박웃음을 지었다. 어떻게 된 사정인지 당최 모르는 상태였다. 불길한 예감이 진짜가 되지 않도록 그것들을 무시할 필요가 있었고, 그렇게 해야만 한다고 생각했다. 두 사람을 바라보며 스스로 생각해도 부자연스러울 만큼 억지로 밝은 모습으로 손을 흔들었다. 분명 모든 게 쓸데없는 걱정이고, 생각만큼 그렇게 심각하지 않을 것이다.

하지만 오시타의 얼굴에 드리워진 초췌함을 알아본 나는 웃음 띤 얼굴 그대로 얼어붙었다.

이제 듣고 싶지 않은 사실을 듣게 되겠지. 아픔을 떨치고 일어서던 내게는 잔인한 이야기였다.

2

"근처에 차 세워놨어요."

모리야마가 말했다. 셋이서 어색하게 날씨 이야기 따위를 하면서 모리야마의 하늘색 차에 올라탔다. 누구도 본론에 들어가지 않았다. 나도 굳이 물어볼 마음이 들지 않았다. 그냥 이렇게 무난한 이야기를 나누며 근처나 한 바퀴 드라이브하고, 아아 즐거웠다 하고 헤어지고 싶은 마음이었다.

차는 교외로 향했다. 어디로 데려가는 걸까. 길을 모르는 나로서는 알 수가 없었다.

모리야마가 아프다는 것 말고 우리 셋은 예전과 무엇 하나 달라진 게 없었다.

차 안에 하마다 쇼고*의 노래가 은은하게 흐르고 있었다.

"하마쇼다. 그때 생각 나네요. 왕진 갈 때 모리야마 씨가 차에서 자주 틀었잖아요. 지금도 여전하네요."

"하마쇼 없으면 못 살죠."

모리야마가 가슴을 쫙 폈다. 나와 오시타는 그제야 웃었다. 모리야마가 모는 차를 탈 때면 대학 시절에 친구와 드라이브하던 기억이 떠오르곤 했다. 모리야마와는 같은 세대라서 자라며 들은 음악도 비슷했다. 방문간호를 갔다가 밤에 배가 고파지면 교토 거리를 돌아다니다 라면을 먹으러 갔다. 마치 대학 시절 동아리 활동 같았다. 친하게 지낸 환자가 세상을 떠난 밤에도 공복은 어김없이 찾아왔고, 우리는 이렇게 드라이브를 하고 밤참을 먹었다.

차창 너머로 한가로운 전원 풍경이 펼쳐졌다.

"작가님, 작가님은 산이랑 바다 가운데 어느 쪽이 좋아요?"

모리야마가 뜬금없이 물었다.

왜 그런 걸 물어보는지도 모른 채 내가 대답했다.

"바다요. 이사를 여러 번 다녔지만 어째선지 늘 바다 근처였어요. 산에 살아본 경험이 딱히 없네. 그래서 바다가 좋아

●   1976년에 데뷔한 일본의 남성 싱어송라이터. '하마쇼'는 그의 애칭이다.

요. 창문을 열었는데 바다가 보이면 마음이 놓여요."

내 대답에 모리야마가 고개를 끄덕이더니 이렇게 말했다.

"나는 산이요. 고등학교 때도 산악부였거든요."

그러고 보니 모리야마가 자주 입는 플리스 점퍼가 등산용이었다.

"왠지 모르게 바다는 무서워요."

"네? 혹시 모리야마 씨 맥주병이에요?"

내가 장난스레 웃자, 모리야마는 진지한 얼굴로 잠시 생각에 잠겼다.

"내가 태어나 자란 집 바로 근처에도 바다가 있었어요. 히타치 출신이거든요. 바다가 바로 보이죠. 앞바다로 나가면 정말 아무것도 없고 아무도 없었어요. 태평양이니까 미국에 닿을 때까지 그저 바다만 펼쳐져 있는 거예요. 어릴 땐 그게 그렇게 무섭더라고요."

사방에 아무것도 없이 짙푸른 망망대해가 끝도 없이 펼쳐져 있고, 모리야마가 홀로 바다를 헤엄쳐 가는 모습을 상상해 봤다.

붙잡을 것도 없거니와 배 한 척조차 떠 있지 않은, 그 누구도 도와주러 올 리 없는 끝없는 푸른 바다. 아름다우면서도 더없이 고독한 장면이었다.

나를 부른 이유를 말해주지 않고, 나도 물어보지 않고, 흔들리는 차에 몸을 맡긴 채로 시간은 흘러갔다. 전방에 '오바마시'라는 표식이 나타나더니 잠시 후 언덕길이 시작되었다.

도로에는 '엔젤 라인'이라는 이름이 붙어 있었다. 숲 너머로 드문드문 바다가 보이고 수면에는 뗏목이 떠 있었다. 오가는 차량은 전혀 없었다. 오르막을 오르느라 자동차 엔진이 가벼운 신음 소리를 냈다.

모리야마가 음악을 빌리 조엘로 바꾸자 비로소 이야기할 계기가 생겼다.

내가 무심결에 큰 소리로 말했다.

"옛날 생각 나네. 내가 처음으로 산 앨범이 이거예요. 아마 중학생 때? 진짜 좋아했던 첫사랑이 있었는데, 빌리 조엘을 들을 때마다 가슴이 쓰리더라고요. 왜 그땐 겨우 사랑 같은 걸로 죽을 것처럼 힘들어했을까요?"

내 말에 모리야마가 맞장구를 쳐주었다.

빌리 조엘은 기억에 남아 있는 것보다 훨씬 맑은 목소리로 노래하고 있었다.

느닷없이 그리움이 솟구쳐 올랐다.

"모리야마 씨는 어떤 사람을 좋아했어요?"

"나요? 고등학생 때 배구부 주장을 하던 여학생을 좋아했어요. 그런데 교생실습 나온 대학생하고 사귄다지 뭐예요."

"그거 충격이었겠네요."

"그 대학생 면전에 대고 '그 애를 반드시 행복하게 해줘' 하고 말해줬어요, 남자답게."

나와 오시타는 깔깔거리고 웃었다.

"모리야마 씨, 상남자였네."

분위기가 따뜻해졌다. 잠시 침묵이 흐르다가 내가 입을 열었다.

"모리야마 씨…… 모리야마 씨, 혹시 암이에요?"

오시타가 뒷좌석에서 마른침을 삼키는 기척이 났다.

"그게, 8월이었어요. 기침이 당최 멎질 않더라고요. 처음에는 감기인 줄 알았는데 목이 쉬고 가래도 끊지 뭐예요. 그래서 병원에 갔지만 원인을 몰라요. 좀 있으면 낫겠거니 하고 있는데 아무래도 몸이 안 좋은 거예요. 처음엔 결핵인가 싶었어요."

나는 운전하는 모리야마의 옆모습을 바라보았다.

"CT를 찍었어요. 나도 일단은 의료 전문가니까, 그걸 보니 딱 알겠더라고요. 폐가 새하얬어요. 아아, 암이구나 했죠. 그런데 거기서부터가 어려웠어요. 어디서 전이돼서 폐로 왔는지, 원발이 어디에 있는지 통 알 수가 있어야죠. 췌장에서 왔다는 걸 안 건 그로부터 2주 뒤였어요."

"병기로 치면 어느 정도죠?"

"가장 심각한 4기요. 하지만 전이됐으면 어떤 상태든 4기나 다름없죠. 나도 간호 전문가라서 알아요. 예후는 짧으면 반년. 수술도 못 했어요."

예후란 흔히 말하는 시한부 기간이다. 하지만 모리야마는 이렇게 말을 이었다.

"그래도, 어떻게 될지는 모르는 일이잖아요?"

나는 살며시 고개를 끄덕이고 다음 말을 기다렸다. 모리야마는 다른 환자에게 그러는 것처럼 죽음에 대해 말을 꺼낼까? 남은 나날을 어떻게 보낼 것인지, 어떤 심경으로 죽음을 받아들이면 좋을지. 그리고 지혜로 가득 찬 말들을 들려줄까? 아무리 생각해도 터무니없는 일 같았다. 한편 나는 점점 마음이 차분해졌다.

이상 사태에 대비해 몸과 마음이 긴장 상태에 들어갔다. 그러면서 다치지 않게 마음의 문을 걸어 잠갔다.

시야가 탁 트이더니 바다가 나타났다. 길은 구즈야가타케 산 정상으로 이어지고 있었다. 아래로 진주를 양식하는 뗏목이 늘어선 오바마만이 보이고, 저 멀리 짙푸른 바다가 펼쳐져 있었다. 빛줄기 하나가 바닷속으로 떨어져 반짝반짝 빛났다.

마치 한 폭의 종교화 같은 광경이었다.

모리야마 입에서 나온 말은 낙관적이었다.

"난 포기 안 했어요."

나는 오시타를 살짝 돌아보았다. 오시타가 눈으로 대답했다. 지금 이 모습은 내가 아는 모리야마의 모습과 달랐다.

평소의 모리야마라면, 환자가 죽음을 받아들일 수 있도록 공감해주고 격려해줄 상황일 텐데.

모리야마가 하는 일은 환자가 죽음을 받아들일 수 있도록 마음을 허물고, 남은 시간을 후회 없이 살게끔 이끌어주는 것이었다. 모리야마는 자신이 이미 종말기에 다가섰음을 알고 있을 것이다. 하지만 그의 입에서는 이런 말이 새어 나왔다.

"앞으로 살아갈 일을 생각하고 있어요."

나는 내심 유언 비슷한 말을 듣게 되리라고 각오하고 있었다. 하지만 모리야마는 죽음에 대해서 말할 생각은 털끝만큼도 없는 듯했다. 죽음을 각오한 것도 아니었고, 인생을 갈무리하는 어떤 말을 남길 생각도 일절 없었다. 모리야마를 아는 사람이라면 뜻밖이라고 생각했을 것이다. 죽음을 받아들이고 준비 기간을 소중히 쓸 수 있도록 이끌어주는 일을 해왔던 그가, 오랫동안 함께 일한 파트너 오시타 앞에서 죽음을 받아들이기를 단호히 거부하다니.

바짝 긴장했던 몸이 스르르 풀렸다.

전망대 주차장에 들어섰다. 다 같이 차에서 내렸다. 휘잉휘잉, 바닷바람 소리가 귓가를 스쳤다.

내 앞에서 모리야마는 '간호사' 그 자체였다. 라면을 먹을 때도, 왕진차에 타고 있을 때도 그는 간호사 모리야마였다. 그는 직업이 간호사복을 입고 돌아다니는 듯한 사람이었다. 동이 트지 않은 이른 아침에도, 다들 곤히 잠든 늦은 밤에도 솔선해서 환자를 위해 달려오는 하드워커이기도 했다. 열정 넘치는 다른 간호사들처럼 모리야마 역시 그 일을 자신의 아이덴티티로 여겼다. 나는 모리야마라면 우주비행사처럼 냉철하게 자신의 예후를 예측하고 그 안에서 나을 가능성을 모색할 줄 알았다. 그런데 그 역할을 벗어던지고, 무방비하게 또 순진무구하게 삶에 집착하는 모리야마가 여기 있었다.

모리야마는 평소와 달리 자유로워 보였다. 그 모습을 보니 취재하면서 만났던 재택 환자들이 떠올랐다.

재택의료 취재를 하다 보면 독특한 삶을 살고 있는 환자를 많이 만나게 된다. 환자답게 살기를 거부한, 자유분방하게 지낸다고 할 수 있는 사람들이다.

재택의료 취재를 시작한 것은 꽤 오래전 일이다. 재택의료 전문가에게 "집에서 생활한다는 건 멋진 일이에요"라는 말을 누누이 들었지만, 유독 힘든 점에만 눈이 가곤 했다. 어떻게 글을 써 내려가야 좋을지 도통 알 수가 없었다.

특히 좁은 집 안에서 맞부딪치는 지나치게 가까운 인간관계가 성가셨다. 본인의 뜻 말고도 가족과 의사, 간호사, 요양보호사 등 다종다양한 사람들의 감정이 교차하는 모습을 보고 있자니, 핵가족 환경에서 자란 나는 도무지 엄두도 못 낼 일이라는 생각이 들었다. 온 가족이 일을 하지 않으면 생활이 안 되는 요즘 세상에, 집에서 환자를 돌본다는 것이 얼마나 부담이 가는지를 생각한다면 무턱대고 재택의료를 멋진 일이라고 할 수는 없다. 취재를 하기는 했지만 결국 책이 되지 못하고 이도 저도 아닌 상태로 방치되어 있었다.

하지만 모리야마의 달라진 모습을 두 눈으로 본 그때, '환자'라는 틀에 가둬둘 수 없는 일종의 자유로움이 반갑게 느껴졌다. 그들은 병에 침범당하면서도 그저 누워만 있기를 거부하고 살고자 하는 대로 살았다. 주위에 폐를 끼치지 않는 것, 제멋대로 행동하지 않는 것을 미덕으로 여겨온 우리에게 그 자유는 때로는 멀리하고 싶으면서도 때로는 부러움을 느끼는 그런 것이었다.

의사와 동행해서 나도 의사의 시점으로 봐버리기 때문에, 그들을 병자라는 틀에 가두고 만다. 하지만 병은 어디까지나 그 사람의 일부에 지나지 않는다.

모리야마는 간호사라는 역할에서 내려와 자연인 모리야마를 내게 보여줬다. 그 모습은 직업으로 병을 대하던 때와는 역시 많은 면이 달랐다.

"몸이 달라지니 나 자신도 달라져버렸어요."

그게 어떤 느낌인지 나도 알 수 있었다. 몸이 달라지면 생각도 달라진다. 우리는 병을 계기로 삶의 방식이 달라져버린 동병상련의 처지였다.

"예후를 신경 쓰고 살면 그것뿐인 인생이 되어버리죠. 나는 나 자신이지 '암 환자'라는 이름의 인간이 아니에요. 병은 내 일부에 지나지 않는데, 암 치료에만 정신이 팔려 있으면 암에만 신경 쓰는 인생을 보내고 말겠죠. 싸우는 게 아니에요. 사멸하기를 바라는 것도 아니에요. 무시하는 것도 아니고요. 암에 고마워하면서, 평소에는 암을 잊고 일상생활이라는 내 '인생'을 살고 싶어요."

그는 익숙한 손놀림으로 수많은 죽음을 다루던 평소의 모리야마가 아니었다. 직업인으로서의 껍데기를 벗어던진 모습이었다. 하지만 모리야마는 이야기 끝자락에 이런 말을 덧붙였다.

"그래도 방문간호사 하길 정말 잘했어요. 환자분들께 배운

게 참 많아요. 그분들은 내게 똑똑히 보여주셨어요. 도중에 고통스러운 지점을 지나간다 하더라도, 마지막에는 모두 편안하게 웃으며 떠난다는 것을요."

이야기를 나누는 동안, 모리야마를 따라 교토의 여러 집을 돌던 기억이 흘러넘치듯 되살아났다.

2013년

2013년, 두 번째
우리에게 '집'이란 어떤 의미일까?
재택의료는 정말 좋기만 한 것일까?
의료진이나 간병팀이 도와준다 하더라도,
가족 중 누군가를 옭아매게 된다면
차라리 병원에서 사무적인 보살핌을 받는 게 더 낫지 않을까?
나는 니시가모 진료소에서 일하는 두 의사를 따라
61세 췌장암 환자 시노자키 도시히코의 집을 방문한다.
시노자키에게 남은 시간은 2주에서 4주.
벚꽃이 흩날리는 아름다운 정원, 사랑하는 아내와 세 아들이 있는 집.
이 집을 사랑해마지않았던 시노자키에게 재택의료란,
통증을 관리해주는 완화치료란,
집에서 맞이하는 죽음이란 무엇이었을까?

으로도 사양하고 싶은 심정이다. 안타깝게도 나는 그들의 표정을 읽을 수 있다. 병원에 있으면서 간호사들의 사무적인 보살핌을 받는 편이 훨씬 편하다. 취재를 시작할 때 나는 40대였다. 겨우 일을 하러 밖으로 나올 수 있게 된 시기다. 가사와 육아를 혼자 할 수밖에 없었던 내게, 아이들이 학교나 교우 관계 때문에 바빠져버리니 집은 홀로 그곳을 지키는 나를 꽁꽁 옭아매는 곳밖에 되지 않았다. 그래서 나는 '집에 있고 싶다'는 다른 사람들 마음을 잘 이해할 수 없었다. 두 아들은 언젠가 내 곁을 떠나 홀로서기를 할 것이고 그것이 아이들에게 자연스러운 일이라고 예전에는 생각했다. 아이들은 자립하고 남편은 홀로 지방에서 근무하는 지금, 내게 '집'이란 텅 빈 둥지이자 꿈의 흔적이자 빈껍데기다. 남녀고용기회균등법이 시행된 이후에 사회에 나온 나였지만 가족 안에서 역할이 딱히 달라지는 것은 아니었다. 지금도 나는 부모 세대가 겪었던 가족 갈등을 똑같이 끌어안고 가고 있다.

"재택의료는 정말 좋아요"라는 말에 교토에 와보긴 했지만 나는 여전히 이런 마음이었다. 좋은 면을 아무리 많이 보여줘도 무엇 하나 와닿지 않은 채로 왕진차에 흔들리는 몸을 맡기고 있었다. 그렇다고 "재택의료에 딱히 끌리는 게 없는데요"라고 말할 수는 없는 노릇이었다. 나는 희뿌연 안개 같은 것을 품에 안은 채 그들이 하는 말을 이해하려고 했다.

　나에게는 거동을 못 하는 엄마가 있다. 엄마가 할 수 있는 일이라고는 눈을 깜박이는 것뿐, 일상의 모든 것을 아빠에게 맡기고 있다. 사람 한 명이 살아가는 것은 쉬운 일이 아니다. 엄마는 '락트인 증후군'[*]이라는 상태다. 엄마가 무슨 생각을 하는지는 알 수 없지만, 그런 몸이 돼서 남편에게 병수발을 받는 것이 당신이 바라는 바가 아니라는 사실만큼은 확실하다.

　방문간호사들에게 이런 질문을 해봤다.

　"마지막 날까지 집에서 간병받고 싶으세요?"

　그러면 대부분은 화들짝 놀라 쓴웃음을 지으며 머뭇거리다가, 겸연쩍은 듯이 이렇게 대답했다.

　"이런 일을 하고 있지만 병원이 좋죠."

　개중에는 "오바스테산姨捨山[**]에 버리고 와주면 바랄 게 없겠네요"라고 말하는 사람마저 있었다. 전문직에 있는 이들조차 어려움을 느끼고 있는 셈이니, 역시 병자가 집에서 지내는 것은 문턱이 높은 일이다. 게다가 그 문턱이라는 것은 심리적

●　　의식은 뚜렷하지만 전신마비로 인해 외부 자극에 반응하지 못하는 상태. '감금 증후군'이라고도 한다.
●●　나가노현에 위치한 산으로 늙은 부모를 산에 버렸다는 설화에서 이름이 기인하였다.

인 측면이 큰 모양이다. 함께 살아야 하는 가족들은 적지 않은 부담을 느낀다. 의료진이나 간병팀이 도와준다 하더라도, 가족을 집에 옮아매게 될 바에야 병원 신세를 지는 게 낫지 않나. 이것이 재택의료를 덮어놓고 칭찬하지 못하는 내 솔직한 심정이었다.

2

교토대학병원을 갓 그만둔 하스이케 시가는 일주일에 한 번씩 와타나베 니시가모 진료소에서 아르바이트를 하고 있다. 하스이케는 완화치료 전문의다. 간호사들 말로는 수많은 러브콜 끝에 이 진료소에 오게 됐다고. 하스이케의 완화치료는 바로 효과를 본다고 환자들에게 평판이 좋다.

완화치료란 신체의 통증이나 불쾌 증상을 누그러뜨리는 치료다. 종합병원 안내판에서만 봤던 이 말이 대체 무엇을 의미하는지, 창피하지만 나는 하스이케를 만나기 전까지 전혀 몰랐다.

재택의료, 특히 종말기에 완화치료는 굉장히 중요하다. 암 환자가 집에서 요양하는 경우, 가장 불안한 것은 통증이 아닐까. 나의 할아버지 두 분은 모두 암으로 돌아가셨는데, 통증이 대단히 심하셨다고 들어서 지금도 암이라고 하면 통증이 심한 병이라는 인식이 박혀 있다. 외할아버지는 통증을 견디다 못해 마지막에는 수첩에 '안락사, 안락사'라고 지렁이가 기어간 것 같은 글을 남겼다.

하지만 지금은 의학이 진보한 덕분에 예전과는 비교할 수 없을 만큼 통증을 컨트롤할 수 있게 되어, 통증을 억제하면서 충분히 집에서 지낼 수 있다고 한다. 두 명 중 한 명이 암에 걸리는 시대에 사는 우리에게 매우 반가운 소식이다.

암과 같은 질환은 진행되면서 통증이나 구역질, 호흡곤란, 권태감 등 고통스러운 증상이 늘어난다. 하스이케는 그 증상을 완화하는 약의 종류나 용량이 개인에 따라 크게 다르다고 말한다.

만약 나타난 증상이 통증이라면, 언제부터 어디에 어떤 통증이 있는지, 그 통증이 약해지거나 강해지는 요인은 무엇인지 등을 물어보고, CT나 엑스레이를 찍어놓았다면 그걸로 원인을 확인한다.

진통제가 필요하다면 환자 본인의 약에 대한 인식이나 연하(삼킴) 기능, 생활 사이클, 간병을 해주는 사람이 있는지 없는지, 약 부작용 등을 고려해 최적이라 판단되는 것을 투여한다. 그리고 그 효과를 보면서 시시각각 달라지는 증상에 맞추어 통증이 생활에 지장을 초래하지 않도록 미세하게 조정한다. '통증'이란 그 정도로 세심하게 대응해야 하는 것이다.

'의사 재량'이라고는 하지만, 완화치료 분야에서는 이런 세심한 대응이 환자가 누리는 생활의 질을 좌우한다. 하지만 그렇게까지 꼼꼼하게 환자 개개인의 통증을 생각해주는 의사가 얼마나 있을까.

하스이케는 "통증은 대부분의 경우 정확하게 컨트롤할 수 있어요" 하고 자신감을 내비쳤다. 그러면서 한편으로는 "증상 완화는 저에게 하나의 수단에 지나지 않아요"라고도 했다.

"괴로운 증상이라도 집에서 완화할 수 있어요. 그걸 알고 나면 환자분과 가족분들도 집에서 보낼지 입원을 할지 냉정하게, 안심하고 선택할 수 있죠.

그렇게 되면 그제야 우리 주치의는 환자 본인께서 뭘 해두고 싶어 하시는지 진심을 들을 수 있어요. 만약 종말기라면 저희는 가족이나 소중한 분들과의 작별을 옆에서 살짝 거들어드릴 수 있고, 환자분은 남겨진 사람들에게 필요 이상으로 슬픔이 남지 않도록 분명하게 작별 인사를 할 수 있어요."

일본의 완화치료 수준은 아직 갈 길이 먼 것이 현실이다. 통증 케어는 우리 생활의 질에 상당한 영향을 끼칠 법한데 어째서일까.

2013년 당시, 이 질문에 어떤 의료 관계자가 이렇게 푸념했다.

"대학병원에는 내과, 외과, 순환기과, 이렇게 전문과가 따로 정해져 있고 거기에 각각 교수가 붙어요. 그들은 전문 분야에 얽매여 환자의 통증을 없애주는 데까지는 어지간해선 손을 뻗지 않죠. 병원 안에도 피라미드가 있는지라 완화치료는 경시되기 십상이에요. 그렇다 보니 환부 치료 말고는 관심이 없는 의사가 많아요."

눈앞에서 통증을 호소하는 사람을 본다면 어떻게든 해주고 싶은 것이 사람 된 도리일 텐데 어떻게 무관심할 수 있는 걸까. 그 점에 대해서 관계자는 "의사는 그런 생물이다'라고 밖에는 드릴 말씀이……" 하고 말끝을 흐렸다. 그 무렵, 완화치료를 제대로 하는 병원은 그리 많지 않았다. 병원에 따라서는 아직도 약 사용이 미숙한 의사뿐인 곳도 있다고 한다. 하스이케처럼 열의에 찬 의사를 만난 것은 내게도 행운이었으리라.

나는 하스이케에게 이런 소박한 질문을 던졌다.

"모르핀을 쓰잖아요. 솔직히 좀 무서워요. 머리가 멍해지거나 마약에 중독된 상태처럼 된다는 이미지가 있잖아요."

"작가님이 그렇게 말씀하시는 걸 보면 세상 사람들도 많이들 그렇게 오해하겠죠. 그런데 그런 일은 없어요. 정확하게 사용하면 의식을 충분히 깨끗하게 유지할 수 있어요. 약을 어떻게 쓰느냐가 관건인데, 이것만큼은 아무래도 경험이 좌우하죠. 익숙하지 않은 의사는 사고가 무서워서 어중간하게 써버리니까 통증은 없애지 못하고 오히려 변비 같은 부작용만 심해지는 경우도 있어요."

"큰 병원에 가면 통증을 깔끔하게 없애줄 수 있나요?"

"그게 꼭 그렇다고는 말 못 해요. 대학병원이라도 사정은 마찬가지예요. 좋은 의사를 만나느냐 못 만나느냐가 환자의 행복을 좌우하죠."

이 무렵 전국 의사를 대상으로 완화치료 지식을 높이자는 운동이 일고 있었다. 일본은 서양에 비해 모르핀 사용량이 현저히 적은 것이 현실이다. 일본인은 인내심이 강하다. 지금도 많은 사람이 견디기 힘든 통증에 괴로워하고 있다고 한다. 게다가 많은 사람은 완화치료가 시작되면 죽음이 다가오고 있는 게 아닐까 하고 불안해한다. 하지만 완화치료는 보다 나은 생활을 위한 방책이다.

'근대 호스피스의 창시자'로 불리는 시슬리 손더스는 통증을 크게 네 종류로 나눈다. 신체적 통증, 정신적 통증, 사회적 통증 그리고 스피리추얼 페인Spiritual Pain이다. 신체적 통증은 설명할 필요가 없으리라. 철이 들기도 전부터 친숙한, 넘어지거나 열이 나거나 할 때 느끼는 신체의 직접적인 통증이다. 호흡곤란이나 나른함 등도 여기에 해당한다. 정신적 통증이란 불안이나 공포, 분노나 우울 등 마음의 통증을 가리킨다. 사회적 통증이란 어쩔 수 없이 직장을 그만둬야 했거나 가정에 문제가 생기는 등 사회적 고립이나 경제적 어려움으로 인한 통증이다. 사람은 관계 속에서 살아가는 동물이기에 그것을 빼앗기면 고통이 동반된다고 한다. 납득이 가는 얘기다.

그중에서 신경이 쓰이는 것은 스피리추얼 페인이다. 직역하면 '영혼의 통증', '영적인 통증'인데 딱 들어맞는 표현을 찾기 힘들어 영어를 그대로 사용하곤 한다. 이는 인생의 의미를 찾기 힘들어하거나 자신의 존재가 무無로 돌아가는 것을 상상하고 절망해버리는 등 감정보다 훨씬 깊은 곳에 있는 영혼의 고통이라고 볼 수 있다. 정신적인 통증은 살아가면서 인생의 일부에 대해서 느끼는 마음의 통증이지만, 스피리추얼 페인은 인생 전체의 의미를 모르겠다는 데에서 오는 통증이다.

나처럼 평소에 다른 사람 이야기를 듣는 일을 하다 보면 그런 통증을 털어놓는 사람을 많이 만난다. 그래서 어딘가 모르게 매우 익숙하다는 생각이 들기도 하는데, 정작 본인들은

'영적인 통증'을 안고 있다는 사실을 의식하지 못하는 경우가 많다. 자신도 모르는 사이에 품어버리고 떨쳐내지 못하는 통증일지도 모른다.

하스이케에게 이 분류법을 어떻게 생각하느냐고 물어보자 다음과 같은 대답이 돌아왔다.

"전 이런 분류는 잘 모르겠어요. 어디서부터가 스피리추얼이고, 어디서부터가 신체의 통증인지 단순하게 나눌 수 있는 것도 아니고요."

하스이케는 머릿속에서 정리를 하는 듯 잠시 생각하고 나서 이렇게 덧붙였다.

"통증에 대해서는 다양한 관점이 있고, 정말 사람마다 제각각이에요. 전 통증을 없앨 수 있다면 그보다 좋은 건 없다고 생각하지만, 모든 통증을 제거하지 않는 게 좋다고 주장하는 의사도 있어요. 신체의 통증을 제거하면 인간은 스피리추얼페인을 견뎌내지 못한다고 보는 거죠.

제 경험으로 보면, 통증 같은 고통스러운 증상 때문에 마음먹은 대로 움직이지 못하거나 우울해지니까 죽음의 공포라든지 뭘 위해 살아왔나 하는 의문이 더 쉽게 떠오르는 게 아닐까 싶어요.

하지만 지금까지 보아온 천 명이 넘는 환자 가운데 몇 분은 신체에 증상이 거의 없는데도 인생의 의미를 골똘히 생각하며 괴로워하셨어요. 그건 정말 스피리추얼 페인일 거예요.

그분들과 이야기할 기회가 생기면, 제가 지금까지 해온 경험이나 생각을 모두 끄집어내 보여드린다는 생각으로 대화를 나누었어요. 하지만 그 고통이 완화되었는지 어땠는지는 지금도 모르겠어요. 잘 대응했다는 실감이 없다 보니 스피리추얼 페인이 아리송하게 느껴지는지도 모르죠.

신체의 통증을 참는 분도 많아요. 주로 어르신들이 그러세요. 아프다고 말하면 안 된다고 어릴 때부터 교육을 받으셨겠죠. '통증이 싹 가시게 해드릴게요'라고 해도 어째선지 끙끙대며 참아버리세요. 귀중한 시간이니 통증을 없애고 여한이 없도록 여러 가지 일을 하는 편이 나을 것 같은데."

물론 강한 약에는 부작용이 따르기도 한다. 그 부작용과 통증과의 균형이 관건이리라.

하스이케는 기억을 떠올리듯이 이렇게 덧붙였다.

"운명과 거래를 하는 분도 계세요. 이렇게까지 통증을 참는데 틀림없이 신께서 고쳐주실 거야, 이런 생각을 내심 하는 거죠. 참으면 뭔가 좋은 일이 일어나기를 바라면서요. 몇만 엔씩 하는 흙탕물 같은 걸 마시기도 하고요. 그럴 바에야 통증을 제거하고 한정된 시간을 어떻게 유익하게 보낼지 생각하는 게 훨씬 낫지 않나요."

이날, 와타나베와 하스이케 두 의사를 따라 시노자키 도시히코라는 61세 남성 환자 집을 방문했다. 췌장암으로 교토대학병원을 다니며 화학요법 치료를 받고 있었다. 그런데 2월경 갑자기 종양 표지자가 상승하고 동통도 심해지는 바람에 집에서 완화치료를 받으며 치료를 계속하게 됐다.

하스이케의 예상에 따르면 시노자키에게 남은 시간은 2주에서 4주. 내가 방문한 4월, 그는 무척 편안한 얼굴로 우리를 맞이했다.

덩거리 셔츠를 입고 수염을 기른 시노자키는 예술가 같은 분위기를 풍겼다. 안방을 보니 음향기기, 녹음기에 CD와 카세트테이프가 한가득, 벽에는 기타 여러 대가 걸려 있었다. 부부가 사용하는 커다란 침대 두 개가 있고 창가 책장에는 《영혼을 위한 닭고기 수프》와 성경책 등이 가지런히 꽂혀 있었다. 통나무집 스타일의 전원주택으로 마당을 바라보는 커다란 창문을 통해 마당으로 이어지는 숲에 만발한 벚꽃이 보였다. 바람도 없는데 흩날려 떨어지는 꽃잎이 장관을 이루어 휴양지에라도 머무르는 기분이었다.

벽에는 어깨동무를 한 부부의 다정한 사진과 자녀들 사진이 걸려 있었다. 화려한 맛은 없지만 매우 아늑한 느낌이 드는 집이었다. 밝고 명랑한 아내 미쓰코는 남편과 똑같은 덩거리 셔츠를 입고 있었다. 일본 부부라기보다는 미국 홈드라마에 나올 법한 커플이었다.

미쓰코가 말했다.

"처음엔 집에서 돌보는 게 불가능할 줄 알았어요. 도무지 자신도 없었고요. 하지만 이이는 집을 좋아하는 사람이고 남은 생을 집에서 함께 보내고 싶다는 생각이 강했기 때문에 호스피스 병동이 아닌 집을 선택했어요. 교토대학병원에서 신세를 졌던 하스이케 선생님이 재택의도 하신다는 말을 듣고 꼭 선생님이어야 한다고 억지를 부려 주치의로 모시게 됐죠."

완화치료로 넘어왔을 무렵 시노자키의 컨디션이 좋지 않아서 미쓰코는 납득이 될 때까지 모리야마를 비롯한 간호사들에게 질문 공세를 퍼부었다고 한다. 하지만 주치의가 하스이케로 바뀌고 완화치료가 효과를 발하자, 시노자키의 통증이 점차 가시면서 부부의 표정도 편안해졌다.

시노자키를 담당하는 모리야마는 이렇게 말했다.

"시노자키 씨는 뭔가 속으로 결심한 바가 있는 것 같았어요. 불안이나 고통을 입에 담는 일이 사라졌죠."

모리야마가 여러 번 방문하는 사이 밝은 표정을 보이게 된 미쓰코는 이런 이야기도 들려줬다.

"어떻게 만났냐고요? 늘 기도했어요. 포용력이 있고 모든 면에서 저보다 큰 사람을 만나게 해달라고. 이이가 내 앞에 나타났고, 같이 어울리는 사이에 점점 끌리게 됐죠."

시노자키는 쑥스러운 웃음을 짓고는 이렇게 대답했다.

"아니 그게 아니라, 사실은 내가 홀딱 반한 거였어요."

두 사람이 결혼을 생각할 무렵, 시노자키는 큰 사고를 당해 부상을 입고 실의에 빠진 나머지 결혼을 포기했다고 한다. 하지만 장애를 극복하고 결혼하자 그의 인생이 달라졌다.

"다시 일을 시작하고부터는 퇴근길에 거의 뛰다시피 집에 오는 게 일과가 됐죠."

학교에서 일찍 돌아와 있던 대학생 아들이 방 밖에서 이렇게 덧붙였다.

"두 분이 어찌나 사이가 좋은지 애를 앞에 두고 맨날 포옹을 하셨어요. 어린 제가 '나도 끼워줘' 하고 끼어들면 셋이서 밀어내기 놀이를 하는 모양새가 됐죠. 옛날부터 참 사이좋은 부모님이셨어요."

이렇게나 서로를 필요로 하는 가족에게, 다가오는 작별은 괴로울 것이다. 하지만 누구도 얼굴이 어둡지 않았다. 와타나베는 고개를 끄덕이며 그들의 대화를 듣고 있었다.

와타나베가 돌아오는 차 안에서 내게 이런 말을 했다.

"기독교인의 집은 역시 다르네요. 뭔가를 믿는다는 건 굉장히 큰 의미가 있나 봐요. 일본인은 대체로 무교잖아요? 대부분은 흔들려요. 엘리자베스 퀴블러 로스의 '죽음의 5단계' 아세요?"

"죽음이 다가오면 대부분의 사람은 일단 부정한다. 다음으로 분노, 타협, 우울의 단계를 거쳐 수용에 이른다는 이론이죠."

수염을 멋지게 기른 와타나베가 고개를 살짝 저었다.

"전혀 그렇지 않아요. 수용까지 이르는 사람은 극히 일부예요. 오늘 수용했나 싶으면 다음 날엔 부정하고 있으니까요. 하긴 인간이란 마지막 날까지 갈팡질팡하는 존재겠죠. 그래도 정신적으로 믿는 구석이 있는 사람은 역시 어딘가 분위기가 달라요.

무엇보다 시노자키 씨 같은 부부는 좀처럼 없어요. 저렇게 화목한 부부는 백 쌍에 한 쌍이나 될까요? 사람이 병에 걸리고 나서 달라지는 경우는 그리 많지 않아요. 대부분은 살아왔던 대로 죽죠. 시노자키 씨는 분명 건강했을 때부터 가족을 아끼셨을 거예요."

반쯤 열린 차창으로 벚꽃잎이 날아들었다. 바야흐로 교토는 꽃 피는 봄이었다.

어느 날, 시노자키의 집에서 하프 연주회가 열렸다. 연주회를 기획한 사람은 바로 모리야마. 와타나베 니시가모 진료소에는 하프 연주자 이케다 지즈코가 일주일에 한 번씩 와서 하프를 가르치는데, 그녀에게 여기 와서 홈 콘서트를 열어달라고 부탁한 것이었다.

소식을 듣자 미쓰코는 얼굴이 환해지며 소리쳤다.

"어머, 이게 꿈이야 생시야!"

그런 아내 모습에 시노자키도 만족스럽게 고개를 끄덕이며 말했다.

"요즘은 아프질 않아요. 식욕도 늘었고요. 목소리도 돌아오고, 사는 맛이 납니다."

그 밝은 모습에 우리는 힘을 얻었다. 시노자키는 그 자리에 있는 사람들을 즐겁게 만들어 웃음을 이끌어내려 애쓰고 있었다. 통증이 사라진 덕분에 본래 모습이 돌아온 것이리라. 하스이케의 완화치료 효과가 눈에 보이는 형태로 나타나고 있었다.

콘서트 당일, 당장 급한 일이 없는 직원들이 시노자키 집으로 모였다. 와타나베 원장, 간호사 다섯 명, 케어 매니저. 모리야마는 아내와 어린 두 딸도 데리고 왔다. 사적인 일은 늘 뒤로 미루는 모리야마로서는 드문 일이었다.

이케다가 연주하는 〈아베 마리아〉가 활짝 핀 벚나무 정원에 울려 퍼졌다. 시노자키가 손수 만든 나무 덱 위에 역시 아이들을 위해 손수 만든 낡은 목마가 놓여 있었다. 시노자키는 뜰에 작은 꽃들을 심고 'Sharing House'라고 새긴 나무 간판을 세워놓았다. 많은 사람이 모이기를 바라는 마음을 담은 간판이었다.

시노자키의 팔에 미쓰코가 살며시 팔짱을 끼었다. 우리는 마당으로 떨어져 내리는 꽃잎을 바라보고 있었다.

연주가 끝나자 다과가 마련되어 모두 웃으며 담소를 나누었다. 무슨 이야기를 했는지는 잘 기억나지 않는다. 다만 미쓰코가 시노자키의 팔을 꼭 끌어안고 환한 얼굴로 "이 사람을 정말 좋아해요"라고 말했던 것을 기억한다.

행복이란 무엇일까. 가족이란 무엇일까. 그런 생각이 들 때는 지금도 시노자키 가족이 떠오른다. 누구라도 손에 넣을 수 있을 것 같으면서도 사실은 손에 넣기 힘든 행복의 파랑새. 그것이 이들 곁에는 분명히 있었다. 병을 얻은 사람과 이제 곧 사랑하는 사람을 잃을 사람. 벚꽃을 흩뿌리는 부드러운 바

갑자기 시노자키의 의식이 돌아왔다. 둘째 아들이 혼자 방으로 들어가 시노자키와 뭔가 이야기를 주고받았다. 둘째 아들이 흐느끼는 소리가 밖으로 새어 나왔다. 셋째 아들은 "쓸쓸하겠지만 슬프진 않아요. 오늘 밤은 올나이트예요"라고 말하고는 기타 연주를 이어갔다.

5월 10일 아침. 와타나베 니시가모 진료소로 연락이 왔다. "호흡이 멎었습니다."

왕진차에 앉아 바깥 풍경을 바라보았다. 시노자키를 처음 만났을 때는 벚꽃이 만발했는데 지금은 가로수가 푸르른 아치를 이루고 있었다. 모르는 사이에 계절이 바뀌어 있었던 것이다. 그날 눈을 감은 사람이 한 명 더 있었다. 새로운 사람이 왔다가 떠나가는 일이 차례차례 이어진다.

미쓰코가 남편을 회상하며 이렇게 말했다.

"집에서 지낼 수 있게 해주기를 정말 잘했어요. 그이는 집을 사랑해마지않는 사람이었으니까요. 무엇보다 하스이케 선생님을 만날 수 있었던 것이 기적 같아요. 통증이 사라지니 식구들끼리 미니 콘서트를 열기도 하고, 근처로 산책을 갈 수도 있었어요. 그렇게 멋진 시간을 보냈으니 전 행복해요. 천국에서도 꼭 그이를 찾아낼 거예요. 갈 곳은 하나잖아요. 또

만날 수 있으니까 그날을 기대하고 있을래요."

문까지 배웅해준 미쓰코의 발 언저리에 다가오는 초여름을 알리는 독일붓꽃이 피어 있었다.

2018년

2018년

모리야마의 췌장암 사실을 안 지 한 달 뒤.

나는 모리야마의 고향 바다를 보기 위해 히타치시 오미카로 향한다.

먼저 고향에 내려와 있던 모리야마 부부와

둘째 딸이 역으로 마중을 나온다.

모리야마와 함께 모래사장에 서서

조개 캐기 여행에 동행한 게 몇 년 전인지 기억을 더듬는다.

종말기 환자를 돌보던 간호사에서 종말기 환자가 된 모리야마.

그가 보는 간호사의 모습은, 환자로서의 바람은 무엇일까?

었다.

모래사장이 파도로 젖을 때마다 잿빛이 섞인 파란 그러데이션이 나타나며 반짝반짝 빛났다. 모래밭을 걷는 내 눈으로 반사된 햇살이 비쳐들었다.

"환자가 된 다음에 간호사를 보니 어떤 느낌이 들어요?"

"글쎄요."

모리야마는 잠시 생각을 정리하는 모습이었다.

"역시 환자가 되고 보니 예전보다 간호사의 됨됨이가 눈에 들어와버린다고 할까요."

"그건 간호사에게는 좀 가혹한데요. 게다가 사람과 사람이다 보니 궁합도 있을 테고요."

그것이 재택의료 현장에서 느끼는 답답한 점이다. 가족과 환자의 관계에서도 똑같다. 그동안 직시하기를 꺼렸던 온갖 감정이 솟구쳐 오른다.

팔자라고 치부해버리면 그만이지만, 사람에게는 필연적으로 마음이 맞는 이와 안 맞는 이가 있기 마련이다. 기본적인 간호 기술은 당연히 갖춰야 하지만, 기술만으로는 안 된다. 자신과 마음이 맞으리라고 단언할 수 없는 사람이 집에 들어오고, 그 사람에게 보이고 싶지 않은 모습을 보여줘야만 하며 입욕, 배설, 식사 시중을 의지해야 한다. 공포라고도 표현할

만한 상황이다. 무언가를 각오하지 않는다면, 그것들을 받아들이고 의지하기란 불가능하리라. 극도로 낯을 가리고, 남에게 간병받는 것만큼은 절대로 싫다던 엄마는 간병을 받아야 하는 몸이 됐을 때 자신의 처지를 어떻게 받아들이고 어떻게 타협했을까.

"대학에서 간호학을 배울 때, 교수님 중에 내가 하고 싶어 하는 걸 끄집어내서 적극적으로 도와주신 분이 계셨어요. 교수님도 물론 자신이 원하는 바라든지 좀 다른 방향으로 이끌어주고 싶다는 욕심이 있었겠죠. 그래도 당신 생각을 제쳐두고, 내가 뭘 하고 싶어 하는지를 이해하고 그걸 우선해서 응원해주셨어요. 존경하는 교수님들한테서 공통적으로 보이는 게 '이끌어내는 힘'이에요. 내가 하고 싶은 걸 하게 하면서 그걸 이해해주는 센스 같은 거요. 방문간호사도 그랬으면 좋겠어요. 자기가 가진 지식, 경험, 기술 같은 걸 발휘함으로써 사람을 구한다는 역할을 고집하지 않았으면 해요. '이런 음식은 몸에 안 좋은데'가 아니라 어떻게 하면 좋아하는 걸 드실 수 있게 할지를 생각하고, '외출하면 몸에 안 좋다'가 아니라 어떻게 하면 그 마음을 이해하고 다가설 수 있을지에 초점을 맞춰 지혜를 짜내는 거죠. 자기 고집은 물론 간호 기술도, 의료 상식도 그 사람의 행복을 위해서는 버려야 할 때가 있어요."

"이상은 그렇겠죠……. 하지만 간호사가 신은 아니잖아요."

간호사도 그 역할에만 충실한 모습으로 환자를 대하는 한, 안전한 곳에 있을 수 있으리라. 역할은 그들에게는 갑옷과 같은 것이다. 그걸 벗어던지고 맨몸으로 환자를 대하라 요구하는 것은 가혹한 처사라는 생각도 든다. 나처럼 자타의 경계선이 어중간하고, 상대방의 고민과 괴로움에 휩쓸리고 마는 사람은 더더욱 어려울 것 같다.

"어렵죠. 그렇게 하려면 당연히 그 사람의 인생관이나 가치관이 엄청나게 영향을 미쳐요. 특히 함께 지내는 시간이 길면 고스란히 드러나죠. 그래서 일부러 환자분과 파장을 맞춰가요. 어떤 의미에서는 그런 각오가 없으면 일을 할 수 없어요. 건성으로 환자를 대하면, 그냥 시간 되면 잽싸게 짐 챙겨 나오는 식이 돼버리기 마련이죠. 현장에 있으면 그런 걸 금세 알 수 있어요."

모리야마가 담당했던 췌장암을 앓던 노부인이 생각났다. 억지나 다름없는 요구를 하곤 했는데, 모리야마도 그 부탁을 일일이 들어주느라 몸과 마음 모두 녹초가 되지는 않았을까. 그러고 보니 요시다 간호사도 주위에서 아무리 말려도 듣지 않고 명절이면 노부인 집에 요리를 해주러 가곤 했다.

나는 눈을 내리깔며 바다와 모래사장의 경계로 시선을 옮겼다. 파도가 밀려와 모래밭을 적시고 다시 물러갔다.

"모리야마 씨는 환자 역할도 해보게 됐는데, 지금 환자로서 바라는 게 있다면요?"

항암제 치료를 받고 있는 모리야마는, 이제부터 어떤 방침을 가지고 치료에 임할 생각일까. 그리고 앞으로 어떻게 지내고 싶어 할까. 가능성이 있다면 첨단 의료에 기대어볼 생각은 있는 걸까. 아니면 그런 것까지는 바라지 않는 걸까.

다시 물가에서 수평선 너머로 눈을 옮겼다. 우리 미래에 확실한 것은 아무것도 없다. 정답 따위는 존재하지 않는다. 어떻게 치료해갈 것인가, 어디서 치료를 그만둘 것인가.

"정말, 뭘 어떻게 하고 싶은 걸까요, 어떻게 하고 싶은 건지……."

모리야마는 쓴웃음을 짓고 하늘을 올려다봤다. 그곳에도 역시 잿빛이 감도는 푸른빛이 펼쳐져 있었다.

"죽음을 가까이 두지 않고 사는 보통 사람은 뭘 어쩌면 좋을지 알지 못한 채 시간을 흘려보내잖아요."

내 말에 모리야마가 이야기를 이어갔다.

"결국에는 살아온 모습 그대로 마지막을 맞이하는 수밖에 없으니까요. 자신이 살아오며 어떤 행동들을 했으면 좋았을까. 세상의 굴레 속에서만 살아온 사람이라면, 때가 되어 생각해보라고 말을 해줘도 뭘 어떻게 해야 할지 갈피를 못 잡지 않을까요? 그렇지만 그건 그 사람 탓이 아니에요. 그런 식으로 사는 삶을 주위 사람이나 자신이 인정해온 결과죠."

모리야마는 후우, 하고 숨을 토했다.

"'나았으면 좋겠다'는 가족들 바람이 너무 강해서, 본인은 아무래도 좋은데 주변 목소리에 휩쓸려서 몇 안 되는 가능성에 매달리는 사람도 많아요. 어르신들도 마찬가지고요. 가족들 마음이 워낙에 커서 위루를 선택하는 경우가 있어요."

위루란 위에 작은 구멍을 내서 튜브로 직접 영양을 섭취할 수 있게 하는 것이다.

모리야마는 예전 직장에서 담당했던 이식 의료 이야기를 하기 시작했다.

"예전에 장기 이식 현장에서 어린아이들이 이식받는 걸 봐왔어요. 우린 이식을 희망한 가족들밖에 만나지 못했어요. 희망하지 않은 사람은 어떻게 지내고 있는지 몰랐죠. 하지만 그들에게는 이식을 희망하는 가족과는 또 다른 마음이 있었을 거예요.

정말 얼마 안 되는 가능성에 기대다가 실제로 나은 사람도 만나봤어요. 그런 경우를 두 눈으로 접하면 거기에 매달리고 싶은 마음이 들기도 해요. 우리 애가 그렇게 됐는데 이식을 하지 않겠다고 결단한다면 그것도 너무 괴로울 것 같아요.

첨단 의료를 선택하지 않는, 다른 선택을 하는 많은 경우가 있겠죠. 그렇지만 막상 성공 사례를 보게 되면 첨단 의료를 선택하지 않기란 어렵겠다는 생각이 들어요.

어느 정도 스스로 의사 표시를 할 수 있는 환경이라면 본인이 정확하게 의사를 표시해야 해요. 자기 의사가 존중받기를 바란다면, 평소에 본인 의사가 존중받는 관계를 쌓아놓지 않으면 안 돼요. 그렇지 않으면 자식을 생각하는 부모 마음 또는 부모에 대한 애정이 자신을 짓눌러버려요."

우리와 조금 떨어진 곳에서 술래잡기를 하는 아유미와 딸에게로 눈을 돌렸다. 나는 일부러 이런 질문을 해봤다.

"딸들이 아직 어리잖아요. 하는 데까지 치료를 하고 버텨봐야겠다는 생각은 안 드세요?"

"그런 마음은…… 별로 안 들어요."

"정말요? 그건 '내가 없어도 괜찮다'고 생각하기 때문인가요?"

모리야마는 난처한 듯이 웃고는 잠시 말이 없었다. 우리의 침묵 사이를 파도 소리가 가르고 들어왔다.

우리 시선을 알아차렸는지 모리야마의 딸이 달려왔다.

"아빠, 이거 주웠어. 뭐야?"

아이가 작은 원반처럼 생긴 하얀 것을 내밀었다.

"아, 이거. 이건 보라성게 껍질이야. 가시가 다 빠졌네."

"아──"

아이는 다시 아유미 쪽으로 뛰어갔다. 이번에는 아유미가 이쪽으로 걸어오더니 따뜻한 차와 커피를 내밀었다. 모리야마는 차를, 나는 커피를 골랐다.

아유미는 숲에서 마주친 사슴처럼 걱정이 깃든 눈으로 이쪽을 한동안 바라보다가 우리에게서 멀어져갔다.

모리야마는 차로 입을 축였다. 그리고 호흡을 한 번 하고 나서 말을 하기 시작했다.

"많은 암 생존자들 이야기를 듣고 있는데, 젊은데 안됐다는 말을 듣는 게 제일 힘들대요. '애가 아직 어린데', '앞으로가 큰일인데' 이런 말을 들으면 그렇게 힘들 수가 없다더라고요.

암에 걸림으로써 흘러가는 시간이나 풍경을 바라보는 관점이 달라져요. 멋진 일이나 행복한 일, 기쁜 일도 많은데 젊다는 이유로 어째서 비극인 것처럼 말을 하느냐. 내 인생에 대해서 뭘 알고 그러느냐 싶죠.

담관암으로 돌아가신 분이 계셨어요. 서른 살에 두 살배기 딸아이를 남겨두고 돌아가셨는데, 아주 조용하고 상냥한 분이었어요. 병에 걸린 걸 한탄하지도 않고, 할머니한테 아이를 맡기고 담담하게 생활하셨어요.

불쌍하다든가 힘들겠다는 말로 다 끝났다는 듯이 바라보지 않았으면 좋겠어요. 그곳에는 길이로는 잴 수 없는, 생명의 질이라는 게 분명 있어요. 클 때까지 곁에 있어 주지는 못할지 몰라도, 아이는 엄마와 지낸 시간을 그 이상으로 간직한 채 성장해요. 물론 형태도 없고 어쩌면 그 기억도 흐릿해져 버릴지도 모르죠. 그렇다 해도 여든 살, 아흔 살이 된 모습을 보여주는 거나 다름없을 만큼 뭔가를 분명 남기게 될 거예요.

오늘도 마흔아홉 살인 환자분이 댁으로 돌아가실 예정이에요. 불쌍하다는 부정적인 말로 옭아맬 것이 아니라, 병 안에 있는 행복을 내비쳐줄 수 있는 방법이 없을까 하는 생각을 해요. 남은 시간이라는 것은 전혀 다른 측면에서 가치가 있는 법이거든요.

……아니, 그게 아니군요. 그건 남은 시간이 아니에요. 그건, 원래 우리가 가지고 태어난 시간이에요."

"가지고 태어난 시간……이라고요?"

"그건 길지도 짧지도 않아요. 정해진 그 사람의 수명이죠. 우리 힘으로는 늘릴 수도, 줄일 수도 없어요.

항암제를 투여하든, 면역요법이나 자연요법을 시도하든, 이식을 하든, 포기를 하든, 그 사람에게는 '가지고 태어난 시간'이라는 게 있어요. 그런데 그런 식으로 생각하기가 무척 어렵게 됐죠. 인공적으로 뭔가를 할 수 있다고 여기는 경우가 대단히 많아졌거든요. 사실은 의료 행위와 수명과의 인과관계는 거의 없을지도 모르는데 멋대로 '만약, 그때' 하면서 후회하죠.

그렇게 할 걸 그랬어, 이렇게 하면 됐을 텐데, 그러면 안 되는 거였는데, 이런 생각을 하기 십상이지만 그러지 말고 이렇게 된 것에 의미를 부여하면 어떨까요.

후회하는 게 아닐까 두려워하며 전전긍긍하는 하루하루가 아니라, 지금 살아 있는 이 빛나는 생명을 소중히 여기게끔 도와주면 좋겠어요. 그럴 수 있다면 고작 사흘이라도, 일주일이라도 인생에서는 정말 크나큰 시간일 테니까요.

그렇게 생각하면 남은 시간이란 건 지금까지의 시간과는 질이 완전히 달라져버릴 거예요. 훨씬 농도가 짙어지겠죠."

나는 모리야마의 옆얼굴을 돌아보았다. 그와 보내는 시간에 끝이 찾아오리라는 것을 안 순간, 세상이 지금까지보다 선명하게 보였다. 낮게 드리운 구름 틈새로 희미한 빛줄기가 내려와 모리야마의 뺨을 비추었다. 스쳐 지나가는 바람도, 모래 위에 누군가 만든 성도, 춤을 추듯이 해변에서 노는 그의 딸과 아내의 모습도, 식어가는 블랙커피의 은은한 온기와 입에 남는 쓴맛도 아마 기억에 선명하게 남으리라.

모리야마의 말을 듣고 다시금 이 세상을 바라보니, 평일의 인적 없는 바다가 갑자기 마법에 걸린 아름다운 선물처럼 느껴졌다. 같은 날은 두 번 다시 되풀이되지 않는다. 앞날을 걱정하느라 전전긍긍하지 말고 오늘을 살아내자. 옛날부터 무수히 반복되어온 메시지를 우리는 언제나 금세 잊고 만다.

"나는 우리 애들한테 뭘 남길 수 있을까요……. 사람은 자신이 살아온 모습대로 죽음을 맞이해요. 그런데 어쩌면 병이 터닝포인트가 될지도 몰라요. 이 터닝포인트 안에서 자신은 물론 주위도 달라지고, 지금까지 살아왔던 감각과는 전혀 다른 광채가 그 자리에 생겨날지도 모른다는 생각이 들어요.

그날 암이 발견되고 인생 자체가 달라져버렸거든요. 그 전까지는 늦은 밤이나 이른 아침에도 왕진에 동행하느라 가족과 보내는 시간이 거의 없었어요. 그런데 병을 알고 나서부터는 일이 차지하는 비율이 정말 작아져버렸어요. 지금도 예전처럼 출근하고 있지만, 가정과 일의 비중이 9 대 1이 되었죠. 다만 지금까지 가정에 소홀했던 나를 가족들이 어떻게 받아들여줄지는 모르겠네요."

"궁금한 게 있는데요."

내가 질문을 꺼냈다.

"대답하기 싫으면 그렇다고 말해주세요. ……견딜 수 없게 무섭다거나 원통하다는 생각이 들 때가 있나요?"

"없다면 거짓말이죠. 분명 그럴 때도 있지만, 그것도 굉장히 중요한 과정이에요. 어떻게 손을 쓸 수 없는 거라서 완화할 방법이 아무것도 없죠. 어쩌면 똑바로 보지도 못하고 외면하고 있는지도 몰라요. 하지만 도망쳐버리는 것도 어쩔 수 없는 노릇이라고 생각해요. 아니, 그건 그러니까…… 뭐라고 해야 할까. 직시하느냐 외면하느냐 이전에, 저절로 느껴버리거든요.

옛날에 할머니가 돌아가시고 나서, 한밤중에 깨어나서 죽는 게 무섭다고 생각한 적이 있어요. 그런데 이 병에 걸리고부터는 그런 두려움이 사라졌어요. 인간은 그런 식으로 만들어진 모양이에요."

"역시 재택의료를 하면서 임종을 지켜본 경험이 큰가요?"

"그럼요, 크죠. 200명이 넘는 환자분이 임종하시는 걸 집에서 지켜보다니, 이 일을 안 했다면 경험하지 못했을 일이죠. 환자분들이 좀 힘들어하시긴 해도 사람이 주변에 있으면 할 수 있는 일이 많이 있고, 눈을 감고 돌아가시는 분들의 얼굴에서 점점 편안해지는 게 보여요. 어떤 분이든 미소를 머금고 있어요. 진짜 어떤 분이든 말이에요.

그러니까 다 괜찮다오, 하고 가르쳐주세요. 그런 모습을 보여줄 수 있는 문화를 다음 세대를 위해 만들어갈 수 있으면 좋겠어요. 그런 문화는 케어를 하는 측의 생사관에 당연히 영향을 미치겠죠."

모리야마는 원래 대학병원에서 근무했지만, '짚신 의사'라는 별명으로 유명한 하야카와 가즈테루*를 동경해 재택의료에 뜻을 두었다.

모리야마에게 재택의료의 매력은 무엇일까. 그렇게 묻자 모리야마는 질문의 의미를 모르겠다는 듯이 웃었다.

"재택의료가 매력적이지 않을 이유를 모르겠는데요. 재미있잖아요. 웬만해선 다른 사람 집에 들어갈 수가 없잖아요. 게다가 뜻하지 않은 만남도 잔뜩 경험하죠. 싫어도 실제 생활상을 고스란히 보게 돼요. 병원에서는 결코 할 수 없는 체험이죠."

모리야마는 병을 얻고서도 여전히 일을 했다.

"항암 치료가 끝나고 닷새는 축 처져 있었어요. 그다음부터

● 교토 호리카와 병원에서 원장, 이사장을 역임한 인물. '자기 몸은 스스로 지키기'라는 슬로건을 내세우며 지역 주민이 주체가 되는 지역의료에 전념하여 '짚신 의사'라는 별명을 얻었다. 다발골수종을 앓다가 2018년 6월 2일, 자택에서 숨을 거두었다.

는 평소처럼 일하고 있어요. 몸이 안 좋을 때는 반나절 만에 퇴근할 때도 있었죠. 이제 그런 경우는 거의 없어요."

하지만 이날 이후로 그는 간호사라는 역할을 조금씩 벗고 자연인 모리야마가 되어갔다.

2013년

2013년, 세 번째

밤늦은 시각, 니시가모 진료소로 전화가 걸려온다.

전화를 건 사람은 나카야마 사토루의 아내.

'남편의 기저귀가 젖었는데 갈러 와줄 수 없느냐'는 내용이었다.

이상함을 직감한 진료소 사람들은

서둘러 나카야마의 집으로 달려간다.

그곳에는 나카야마가 자신의 가슴에 식칼을 꽂아 넣은 채

쓰러져 있었다.

나카야마 사토루, 쉰두 살.

척수경색으로 24시간 내내 극심한 통증에 시달리는 환자.

통증을 없앨 방법을 찾을 수 없어 병원에서 자택으로 퇴원했다.

아내, 한 살배기 딸과 함께 살고 있는 그는 온몸으로 분노하고 있었다.

뜻대로 움직여지지 않는 몸, 잠시도 사라지지 않는 통증,

가족을 사랑하지 못하는 자신에게.

나카야마는 딸 때문에 아내가 자신을 돌봐주지 않는다며

딸을 미워했다.

아무리 아름다운 가족이 있다고 해도

환자의 마음과 몸의 고통이 누그러들지는 않는다.

나카야마는 우리에게 물었다.

"가르쳐주세요. 나한테 산다는 의미가 뭘까요?"

사는 의미란 뭘까요?

2013년 여름.

"환자분은 나카야마 사토루(가명) 씨, 쉰두 살입니다. 오늘 자택으로 돌아가십니다."

와타나베 니시가모 진료소의 아침 미팅 시간. 모리야마가 환자 기록을 소리 내 읽었다. 나카야마는 척수경색을 일으켜 24시간 내내 심한 통증에 시달렸지만 현재로서는 통증을 없애는 방법을 찾을 수 없었다. 그래서 그는 병원에서 자택으로 돌아가 재택요양을 하기로 했다.

"나카야마 씨에겐 한 살배기 딸이 있는데, 그 딸에게 아내를 빼앗겨버린 것과 비슷한 복잡한 감정을 안고 계십니다. 사실은 아이를 갖고 싶지 않았다는 얘기도 하셨고요. 본인은 건강 관련 일을 하고 계십니다. 채식주의자인데 고기를 안 드시기 때문에 단백질이 부족하고 극도의 영양실조 상태라는 검사 결과가 나왔습니다."

이날 자리에 모인 담당 의료진은 여덟 명. 의사 세 명, 간호사 네 명, 케어 매니저 한 명으로 평소의 방문진료와 비교하면 상당히 많은 인원이다.

맨션에 도착해 초인종을 누르자 젊은 여자가 나왔다. 나카야마의 아내로 눈길을 사로잡는 청초한 외모였다. 그녀는 한 살배기 딸을 안고 있었다. 나카야마에게는 아름다운 가족이 있었다.

"들어오세요."

안내를 받은 의료진이 신발을 벗고 줄줄이 안으로 들어갔다. 나도 승낙을 얻어 같이 들어갔다. 현관이 금세 신발로 꽉 찼다. 실내에 들어서니 묵직하게 가라앉은 분위기가 바로 느껴졌다. 어린 딸아이가 있는 가정에는 빨강이나 핑크 같은 색이 눈에 들어오곤 하지만 이 집에는 아이를 위한 장난감이나 옷가지가 보이지 않았다. 나카야마가 싫어하는 것이리라.

나카야마는 걷기도 앉기도 힘든 상태였다. 몸을 움직일 때는 야윈 팔로 상체를 버티고 기어가야 했고, 눈만이 사나운 빛을 내뿜는 흥분 상태였다. 창백한 얼굴의 나카야마가 눈을 치떠 우리를 바라보았다.

"통증이 하나도 안 가시네요. 일을 하기는커녕 뭔가 제대로 된 생각을 하는 것조차 힘들어요. 약은 먹고 있었지만 머리가 멍하고 통증이 전혀 가시질 않아서 끊어버렸어요."

딸을 본 나카야마는 얼굴에 웃음을 지을 수가 없었다.

"애가 달라붙으니까 아내가 내 간병을 안 해줘요. 난 이 모양 이 꼴이잖아요? 수발을 좀 들어주면 좋겠는데 아내는 애를 챙겨야 돼요. 그러니까 난 아무것도 못 해요. 건강했을 땐 컴퓨터 파일도 정리하고 그랬는데, 지금은 앉지조차 못해요. 솔직히 난 애 같은 건 원하지 않았어요. 내 자식인데도 도무지 예뻐 보이지가 않아요. 달려들면 온몸이 죽을 것처럼 아파서 나도 모르게 뿌리치고 만다고요. 아내도 애도 돌볼 수 없는 신세예요. 살아 있어 봤자 통증 때문에 아무것도 못 해요. 이런 나한테 사는 의미가 있을까요?"

딸이 다가오자 나카야마는 오지 말라는 듯이 쏘아봤다. 그걸 보자 아이의 몸이 굳었다. 아내가 살며시 딸을 감싸 안고 뒤로 물러섰다. 아내 얼굴에도 생기가 없다.

나카야마는 자기 운명을 리콜해달라고 간절히 호소했다.

아름다운 가족이 있어도 그의 마음은 위로받지 못했다. 여덟 명의 의료진은 도중에 끼어들지 않고 가만히 귀를 기울였다. 하지만 그동안 쌓이고 쌓인 불만을 분출하듯 쏟아내는 나카야마의 이야기는 아무리 시간이 흘러도 끝날 기미가 보이지 않았다. 나카야마는 온몸으로 분노하고 있었다. 뜻대로 움직여지지 않는 몸에, 가족을 사랑하지 못하는 자신에게. 자신을 낫게 하려는 사람이 이렇게 많이 모였건만 그에게는 아무런 위로도 되지 않는 듯했다. 통증이 사라지지 않는다는 사실에 화가 나서 부들부들 떨고 있었다.

나카야마는 원래 신체 활동을 통해 사람들을 건강하게 만들어주는 일을 하는 전문가였다. 나는 그의 원통한 심정을 조금은 알 것 같았다. 우리 엄마도 건강에 각별히 신경을 썼기 때문이다. 먹는 것에 신경 쓰고, 운동을 하고, 일찍 자고 일찍 일어나는, 옆에서 보면 사는 재미라고는 없어 보이는 생활을 했다. 만약 우리가 들인 노력이 모두 결실을 맺는 세상인데 엄마가 병에 걸린다면 세상 모든 사람이 병에 걸릴 것이다. 하지만 그런 엄마가 만 명 중 한 명이 걸린다는 원인 모를 난치병이라는 제비를 뽑았다. 인생은 불공평하다. 우리 엄마처럼 건강에 주의를 기울이는 사람이 병에 걸리고, 담배를 피우고 과음을 하는 사람이 오래 사는 일도 있다.

엄마가 병에 걸리고 난 뒤로 나는 병을 '제비뽑기'나 다름 없는 것이라고 생각하게 됐다. 엄마가 병에 걸린 이유? 그저 우연이다. 의미 따위는 없다. 그것에 어떻게든 의미를 부여하려는 것이 인간이고, 우리 작가들은 종종 우연에 의미를 부여하는 일에 가담한다. 인간은 의미 없는 불운을 감당해내지 못하는 것이다.

나카야마가 일방적으로 쏟아내는 이야기를 40분쯤 듣고 나서 우리는 집을 나섰다. '사는 의미'란 무엇일까. 내게 사는 의미를 아느냐고 묻는다면 나 역시 대답하지 못할 것이다. 두 아들은 다 컸고, 내가 없어도 누구도 곤란해하지 않는다. 내가 없어도 아무런 불편함도 없이 내일은 올 것이고, 평소처럼 지구는 돌 것이다. 그런 생각이 들어도 이렇다 할 슬픔은 솟지 않았다.

우리 인생은 늘 우연에 좌우된다. 우리는 그 우연을 편한 대로 해석하고, 각자가 좋아하는 의미로 채울 뿐이다.

어느 날, 나카야마가 오시타에게 이렇게 말했다.

"내가 이번 생에서 배울 건 '가족을 사랑하기'예요. 알고는 있지만 난 그러질 못해요. 만약 제대로 못 배우고 다음 생에 태어나게 된다면, 그건 지옥이겠죠."

이제 와서 생각하면 그 말이 전조였을지도 모른다.

그로부터 며칠 후, 나카야마는 사건을 일으켰다.

밤늦은 시각, 나카야마의 아내에게 진료소로 전화가 왔다. 전화를 받은 사람은 매니저인 무라카미였다.

"무슨 일이세요?"

아내가 훌쩍이며 울고 있어서 목소리를 잘 알아들을 수 없었다.

"남편 기저귀가 젖어서 그러는데, 갈러 와주실 수 없을까요?"

자세한 사정은 제대로 말할 수 없는 모양이었다. 무라카미는 뭔가 이상하다고 직감했던 모양이다. 서둘러 모리야마, 오시타와 함께 나카야마의 집으로 향했다. 그곳에서 본 것은 피웅덩이 속에서 가슴에 식칼을 꽂은 채로 천장을 보고 쓰러져 있는 나카야마의 모습이었다. 아내가 젖었다고 말한 것은 다름 아닌 피였다. 식칼은 심장을 찢고 폐에 닿아 있었다. 간호사들 양말이 피로 흠뻑 젖었다.

"나카야마 씨, 나카야마 씨. 들리세요?"

나카야마의 의식은 기적적으로 또렷했다. 가슴에 꽂혀 있는 식칼을 뽑으려는 나카야마를, 세 사람이 덮어씌우듯이 달려들어 말렸다.

"지금 구급차가 오고 있어요. 조금만 참으세요."

이윽고 구급차가 도착했다. 간호사들은 나카야마가 식칼을 뽑지 못하게 손을 붙잡은 채 들것 옆을 걸어갔다.

구급차에 함께 탄 간호사들이 나카야마에게 말했다.

"이제 곧 병원에 도착할 거예요. 다 왔어요."

아내는 조용히 옆을 지켰다. 나카야마의 눈을 바라보며 그녀가 말했다.

"다 알아. ……고마워."

부부끼리만 통하는 은밀한 대화였다.

나카야마는 스스로 왼쪽 가슴을 식칼로 세 번 찔렀다. 마지막 일격은 폐를 스치고 심장에 도달했다. 아내는 아기에게 젖을 먹이느라 모르고 있었다고 한다.

나카야마는 기적적으로 목숨을 건졌다. 하지만 괴로운 생활이 그를 기다리고 있었다. 집에서 온종일 지켜보는 것은 불가능하다고 봐야 했다. 정신과에서는 중상을 입은 나카야마를 돌볼 수 없고, 외과에서는 자살할 위험이 있는 사람을 긴 시간 동안 데리고 있을 수 없었다. 집으로 돌아온다 하더라도, 누가 그의 목숨에 책임을 질 것인가. 아내는 남편이 퇴원해서 집에 올 거라는 말을 듣자 "제 힘으로는 돌볼 수 없어요"라며 불안한 기색을 내비쳤다. 와타나베 니시가모 진료소의 담당자들이 지켜본다 하더라도 당연히 한계가 있다.

나카야마는 종합병원에 입원했다. 목숨을 부지하는 것이 그가 바라던 바가 아니었다는 것은 충분히 짐작할 수 있었다. 그는 죽음을 갈구하는 병을 앓고 있다. 하지만 자살을 하려 해도 한 사람의 생명을 파괴할 만큼의 힘이 필요하다. 나카야마의 어디에 그런 힘이 남아 있었을까.

걱정이 된 양친이 아들을 보러 달려왔다. 언뜻 봐도 온화하고 다정해 보이는 분들이었다. 나는 조금 떨어진 곳에 서서 나카야마의 머리맡에 모인 가족을 지켜보았다.

이상한 기분이 들었다. 자신의 불행을 한탄하는 나카야마는, 실제로는 이렇게나 따스한 가족들의 애정 속에 있었다. 모두 걱정스러운 표정으로 나카야마의 얼굴을 들여다보고, 나카야마는 응석 부리듯이 가족들의 얼굴을 올려다본다.

왕진차를 타면 가족 없이 홀로 사는 환자를 숱하게 만난다. 살고 싶어도 생명이 얼마 남지 않은 사람도 있다.

나카야마도 가족들이 자신을 얼마나 사랑하는지 충분히 알고 있을 것이다. 가족처럼 걱정해주는 의료진이 있다는 것도, 만약 자신이 또 자살을 기도하면 가족들이 고통에 빠지리라는 사실도 잘 알고 있을 것이 틀림없다. 하지만 나카야마의 우울 상태가 개선되는 일은 없었다. 아름다운 가족이 있다고 해서 나카야마의 마음과 몸의 고통이 누그러들지는 않았던 것이다.

이 소동으로 나카야마의 아내는 딸과 자신의 앞날을 다시 생각하게 됐을 것이다. 나카야마가 입원해 있는 동안 아내는 와타나베에게 이혼 상담을 청했다.

그로부터 2주 뒤, 나카야마의 상태가 꽤 나아졌다고 해서 오시타를 따라 그의 병실로 병문안을 갔다. 나카야마가 내게 할 말이 있다기에 그의 머리맡으로 다가갔다.

혈색도 좋아지고 정신적으로도 전보다 안정되어 보였다.

나는 의자를 가져와서 나카야마의 눈높이에 맞춰 앉았다.

"몸은 어떠세요? 좀 나아지셨어요?"

그러자 나카야마는 내 눈을 보면서 이렇게 말했다.

"아내가 이혼하자고 하더라고요. 처자식도 다 떠나고, 내 몸은 1년 내내 아픕니다. 이런 내가 살아 있을 의미가 있을까요? 좀 가르쳐주세요. 난 이제 50대예요. 앞으로 20년, 30년을 이렇게 아픈 채로 아무것도 못 하고 살아가겠죠. 지옥이 따로 없습니다. 그래도 죽지 못한다는 건 이상하지 않나요?

왜 계속 살아야만 하는 거죠? 작가님 같으면, 통증 때문에 아무것도 못 하고 아무 생각도 못 하는 인생을 몇십 년씩 살아야 하는 현실을 받아들일 수 있나요? 통증을 참아내는 의미 같은 게 있을까요?"

거의 숨도 쉬지 않고 이어지는 나카야마의 말이 내 귓속으로 계속 흘러들었다.

"가르쳐주세요. 나한테 산다는 의미는 뭘까요?"

한번 입이 열리자 자살 기도를 하기 전과 거의 다름없는 말들이 쏟아져 나왔다. 그 말들은 뱅글뱅글 제자리를 맴돌 뿐 흠집이 간 레코드처럼 바늘이 다른 트랙으로 이동하지 않았다. 그렇다면 나카야마가 자신의 생명을 스스로 끊어도 되는 걸까.

나는 모르겠다. 안락사를 인정하는 나라는 있다. 국경을 넘어가면 또 다른 윤리관이 있을지도 모른다. 그곳으로 가면 나카야마는 편안해질 수 있을까.

어떤 종교에서는 목숨을 끊는다는 생각마저 금기가 될지도 모른다. 목숨이 가진 무게는 그것을 해석하는 잣대와 윤리관과 종교적 금기 속에서 끊임없이 움직이고 있었다.

대답을 찾지 못하고 있는 내 옆에서 오시타가 나카야마의 손을 꼭 쥐고 이렇게 대답했다.

"나카야마 씨, 저희는 나카야마 씨가 사셨으면 좋겠어요."

나카야마는 양친과 함께 살기로 결정하고 다른 동네로 이사를 갔다.

그로부터 몇 년 뒤, 나카야마의 양친에게서 진료소로 연락이 왔다. 나카야마가 목을 매 죽었다는 것이었다.

2013년

2013년, 네 번째

엄마는 정신이 또렷한 채로 운동 기능을 잃어가는
'락트인 증후군'이었다.
엄마가 점점 몸을 움직일 수 없게 되면서
365일, 24시간 아빠가 간병을 도맡고 있다.
내게 재택간병의 견본은 우리 부모님이다.
재택의료라고 하면 의사나 간호사에게 스포트라이트가
쏠리기 쉽지만 일상생활의 버팀목이 되어주는 간병인이
어떤 역할을 하느냐에 따라 생활의 질이 크게 달라진다.
소리 지르고 욕하며 막무가내로 구는 환자를,
혼자 사는 치매 노인을 우리는 어떻게 돌봐야 할까?
치매에 걸린 어머니와 거동이 불편해
혼자서는 아무것도 할 수 없는 아버지를
가족 중 누군가가 자신의 삶을 포기하지 않은 채
돌보는 것이 가능할까?
재택의료의 현실은 어디에 와 있는가?

헌신

1

내게는 이상적인 형태로 죽음을 대비한 분의 기억이 있다.

중학교 2학년 때, 히로시마 산골에서 할아버지가 오셨다. 산간벽지에 사시던 할아버지가 우리 집을 찾은 건 처음이었다. 할아버지의 자식들, 그러니까 아빠와 다른 형제자매는 홋카이도, 사이타마, 가나가와에 흩어져 사는데 할아버지는 자식들 집을 순서대로 돌고 계셨다. 자식들이 어떻게 사는지 보고 싶어서 올라오셨다고. 나긋나긋한 히로시마 사투리가 배어 나오는 말투와 깡마른 몸이 오즈 야스지로˙ 감독의 영화 〈도쿄 이야기〉에 등장하는 배우 류 지슈와 겹쳐 보였다. 내가 아는 할아버지는 억새로 이은 지붕을 얹은 소박한 집에서 사셨는데, 예전에는 당신 땅을 밟지 않으면 이웃 마을로 갈 수 없다 할 정도로 부자였다고 한다. 꼿꼿한 등줄기와 청빈한 생활을 하는 조용한 행동거지에서 그 흔적이 어렴풋이나마 느껴졌다.

아빠는 할아버지 건강이 썩 좋아 보이지 않는다고 말했지만, 힘겨워하는 모습 같은 건 알아보지 못하는 내 눈에는 평소의 할아버지로밖에 보이지 않았다.

드디어 돌아가시는 날, 우리는 도쿄까지 할아버지를 배웅하러 갔다. 어느 가게에서 할아버지가 좋아하신다는 장어덮밥을 먹었지만 할아버지는 거의 입을 대지 않았다.

눈부신 햇살이 내리쬐는, 무척이나 더운 날이었다. 도쿄 거리에는 흔들흔들 신기루가 떠 있었다.

헤어질 때 우리는 손을 흔들어 할아버지를 배웅했다. 할아버지는 검은 모자를 벗어 들고 우리를 향해 천천히 흔들었다. 조용히, 뭔가 신호를 보내는 것처럼 할아버지는 그 모자를 계

● 　구로사와 아키라, 미조구치 겐지와 더불어 일본 영화계의 거장으로 꼽힌다. 1953년 작 〈도쿄 이야기〉는 자식들을 보러 히로시마에서 상경한 노부부와 그 자식들의 모습을 통해 변화해가는 가족의 모습과 의미를 되새기는 작품이다.

속 흔들고 계셨다.

그것이 내가 본 할아버지의 마지막 모습이었다.

9월에 접어든 어느 날, 부모님은 나와 남동생을 학교에 보내지 않고 함께 히로시마로 향했다. 할아버지 상태가 좋지 않다고 했다. 하지만 병원에 도착하니 할아버지 모습은 이미 보이지 않았다. 임종을 놓친 것이다.

할아버지는 당신이 언제 돌아가실지 알고 계셨다. 그것을 알고 자식들에게 작별을 고하러 온 것이었다. 할아버지는 일기만 남기고 개인 물건들을 감탄이 나올 만큼 깔끔하게 처분한 다음, 이발소에서 이발을 마치고 그길로 병원으로 향했다. 병원이라면 질색하던 할아버지는 췌장암에 걸렸다는 사실을 그때 처음 알았고, 곧바로 입원해서 불과 2주 만에 돌아가셨다.

할머니 얘기로는, 할아버지가 목욕물을 놀랄 만큼 뜨겁게 해서 욕조에 들어가 계셨다고 한다. 아마 통증을 덜기 위해서였으리라.

할아버지는 죽음을 각오하고 있었다. 하지만 그런 내색은 누구에게도 보이지 않은 채 척척 신변정리를 하고 돌아가셨다. 삶을 마감하는 완벽한 방법이었다. 우리 집에 오셨을 때 할아버지가 무슨 선물을 주셨는지는 이제 기억나지 않는다.

하지만 내게는 할아버지의 마지막 모습이 선물로 남아 있다.

그런 식으로 삶을 마감하는 사람이 그리 많지 않다는 사실은 훨씬 나중에야 알게 되었다.

2

따지고 보면 재택의료에 흥미를 느낀 것은 당시 엄마가 집에서 요양을 하고 있었기 때문이다.

요개호5.* 엄마가 스스로 움직일 수 있는 건 눈꺼풀뿐이다. 나는 엄마의 목숨을 살리느냐 마느냐의 선택을 마주한 적이 있다. 의사가 "위루관을 삽입하시겠습니까?" 하면서 결단을 재촉한 것이다. 엄마는 운동 기능에 장애가 와서 턱을 제대로 움직이지 못했고, 이미 씹는 일을 힘겨워하고 있었다.

아빠는 빠르게 결단했다. 망설이지 않고 위에 구멍을 내는 위루를 선택했다. 그 뒤로 365일, 24시간, 아빠가 간병을 도

● 한국의 노인장기요양보험에 해당하는 일본의 개호보험제도에서는 개호(간병)
서비스를 간병을 필요로 하는 사람의 심신 상태에 따라 7단계('요지원1~2'와 '요개
호1~5')로 나누어 제공한다. '요개호5'는 거동이 불가능해 일상생활 전반에 걸쳐
타인의 도움이 필요하며 의사소통조차 힘겨운 상태를 가리킨다.

맡고 있다.

 생각해보면 그 무렵 엄마가 각오를 했던 게 아닐까 하고 짐작 가는 일이 있었다.
 손발이 점점 마음대로 움직이지 않던 엄마가 자기 힘으로 2층에 올라갈 수 없게 되기 직전에 있었던 일이다. 보여주고 싶은 게 있다며 엄마는 뜻대로 움직이지 않는 몸을 이끌고 힘겹게 2층으로 올라갔다.
 다다미방 천장 벽장에 넣어둔 종이 박스를 꺼내달라기에 의자에 올라가 벽장 안을 들여다보니, 유성펜으로 반듯하게 '수건'이라고 써놓은 귤 박스가 눈에 들어왔다. 수건…… 겨우 이런 것 때문에 불편한 다리로 2층에 올라왔다는 건가. 나는 어이가 없었다.
 벽장에서 장뇌 냄새가 희미하게 풍겼다. 어둑어둑한 벽장 안에는 앨범을 넣어놓은 박스와 내가 어릴 때 그린 그림이나 학교에서 받은 상장 따위를 넣어둔 상자가 있었다. 나는 보기보다 가벼운 박스를 안고 의자에서 내려왔다. 열어보니 온천이나 신용금고에서 받아온 새 수건이 빼곡히 들어 있었다. 너무나도 그 세대 여성다운 행동이었다. 엄마가 말했다.
 "간병할 때 필요하겠지?"

나나 엄마나 모두 육아를 경험했다. 젖을 먹이고 기저귀를 갈 때, 밥을 먹이며 닦을 때 수건이 필요하다는 사실을 잘 알았다. 엄마는 간병할 때도 똑같이 필요하리라고 생각한 게 틀림없었다.

"반송장처럼 누워서 간병받는 것만큼은 죽어도 싫은데."

엄마가 얼굴을 찡그리며 자주 하던 말이었다. 외할머니도 겨우 60대에 파킨슨병이 와서 오랜 세월 병상에 누워 있었다. 언젠가 자신도 그렇게 될지 모른다는 예감 때문에 엄마는 건강에 각별히 신경 쓰게 되었으리라.

정말 병에 걸리고 진행을 멈출 수 없을 것 같다고 엄마도 가족들도 깨닫기 시작할 무렵, 엄마는 갑자기 불평을 늘어놓지 않게 되었다. 앞으로 어떻게 하고 싶다는 의사를 나타내지도 않았다. 자신도 몰랐을 테고, 어떤 의미에서는 운명에 맡긴 것이었다.

"잘도 모았네. 이렇게나 많이."

내 말에 엄마는 이렇게 말했다.

"언젠가 내가 자리보전하고 눕게 됐을 때 필요하지 않을까 싶어서."

오래도록 병에 시달린 환자를 돌본 적 없는 사람은 이런 대비를 할 일이 없겠지, 이런 생각을 하면서 나는 박스를 앞에 두고 한숨을 내쉬었다.

나에게는 ADHD 성향과 폐소공포증이 있다. 몸을 못 움직이거나 좁은 장소에 있어야 하는 상황은 생각만 해도 숨이 막힌다. 어릴 때는 엘리베이터에 타기만 해도 가벼운 공황 발작을 일으켰다. 그래서 엄마가 서서히 자기 몸에 갇혀가는 모습을 보면서, 내가 어릴 때부터 품고 있던 근원적인 공포가 형체를 이루어 나타난 듯한 감각에 사로잡힐 때가 있었다. 엄마는 정신이 또렷한 채로 운동 기능을 잃어가는 '락트인(감금) 증후군' 상태였다.

엄마는 완전히 갇혀버리기 전에 내게 어떤 의사 표시를 하고 싶었으리라. 하지만 결국 확실한 말은 듣지 못했다. 대신 엄마는 이렇게 말했다.

"아빠는 어떤 모습이든 좋으니 살아만 있어 달라고 그러더라……. 어떤 상태가 되더라도 살아 있어 달라고. 외로운 건 싫대. 내가 없는 건 싫대."

그렇게까지 사랑받고 있는 행복감과 앞으로 고생할 남편을 향한 미안함. 온갖 감정이 뒤섞여 있었을 것이다. 처음에는 농담처럼 가볍게 말할 생각이었을 테지만, 점차 엄마의 코가 빨개지고 눈물이 흘렀다. 그리고 조용한 눈물은 이윽고 오열로 바뀌었다.

나는 엄마 등 뒤로 팔을 둘러 감싸 안았다. 생각보다 훨씬 여위고 작아져 있었다. 아빠의 헌신은 어제오늘 일이 아니었다. 술도 담배도 하지 않는 아빠는 언제나 곧바로 집으로 퇴근했고, 엄마는 아빠를 위해 초저녁부터 부엌에 섰다. 아빠는 엄마를 위해, 엄마는 아빠를 위해 살았다. 둘이서 하나의 고치 안에 들어 있는 듯한 부부였다. 두 분은 서로에게 반쪽이자 운명이었다. 그리고 관점을 바꿔보면 공의존共依存* 관계이기도 했다.

엄마는 아빠에게 절대적으로 의지했다. 무슨 일이든지 "여보, 여보"였다. 아빠에게도 엄마에게도, 상대방을 잃는 것은 자기 몸의 반쪽이 떨어져 나가는 심정이었으리라.

그 뒤로도 엄마는 활동 능력을 서서히 잃어갔고 결국 위루관을 삽입하게 됐다. 말도 의사 표시도 할 수 없는 엄마를 아빠가 계속 돌보고 있다. 아빠는 식물을 정성껏 가꾸듯 엄마를 애지중지 보살피며 조용히 살아간다. 내게 재택간병의 견본은 우리 부모님이다.

●   정체성을 찾거나 인정받기 위해 지나칠 정도로 상대방에게 의존하는 상태. 동반 의존이라고도 한다.

3

내가 결혼하기 전까지 부모님과 살던 집은 요코하마시 교외, 한때 신흥 주택지였던 곳에 있다. 지금 집에서 걸어서 40분, 오가기 힘든 거리는 아니다. 하지만 마지막으로 갔던 게 언제였을까. 벌써 보름도 넘었을 텐데 정확한 날짜도 모르겠다.

역에서 내려 아빠에게 전화를 했다.

"아빠, 오랜만이네. 초밥 사 갈 테니까 같이 드실래요? 여섯 시쯤 도착할 것 같은데."

"그러자."

평온한 목소리였다. 요즘은 엄마 간병은 모두 아빠한테만 맡겨놓고 나는 일에 매달려 있다. 그중 하나가 와타나베 니시가모 진료소를 취재하는 일이다. 재택간병을 받고 있는 엄마에게는 얼굴도 비치지 않은 채 남들에게만 정신이 팔린 나는 대체 뭘 하고 있는 걸까.

역 앞 백화점에서 초밥 도시락 두 개와 찹쌀떡 두 개를 샀다. 취재 여행용 보스턴백을 어깨에 메고 백화점 봉투를 든 나는 집으로 돌아가는 발길을 재촉하는 인파에 섞여들었다. 마침 해 질 녘이었다. 예전에 특별활동을 마치고 집으로 돌아가면서 이 길을 걷던 무렵에는 저녁노을로 물든 하늘 속에서 빛나는 후지산이 기슭까지 보였다. 지금은 고층 맨션이 줄지어 늘어서는 바람에 노을조차 보이지 않는 시시한 경치가 돼 버렸다.

옛집은 1965년에서 1975년 사이에 대규모로 조성된 주택가에 있다. 요코하마는 비탈길이 많아서 우리 집도 비탈에 있다. 대문을 열고 들어가자 어둠이 내린 뜰에 피어 있는 꽃들이 보였다. 엄마는 꽃을 좋아하는 사람이었다. 엄마가 쓰러지고 나서도 아빠는 정원 손질을 게을리하지 않았고, 뜰에는 해마다 어김없이 꽃이 피었다.

현관 앞에 서니 그리운 집 냄새가 났다. 인터폰을 눌러도 대답이 없어서 열쇠로 문을 열고 안으로 들어갔다.

"나 왔어요. 미안, 너무 오랜만에 왔죠."

큰 목소리로 사과하면서 복도를 지나갔다. 현관에서 복도까지 난간을 설치했던 흔적이 남아 있었다. 아빠는 현관 출입구, 욕실, 화장실, 거실까지 발길이 닿는 곳곳에 난간을 설치했지만 이제 다 필요 없어졌다. 그러자 아빠는 그 난간을 모두 떼어냈다. 못 자국은 부모님이 싸워온 흔적이었다.

엄마는 옛날부터 아름다운 사람이었지만, 지금도 신기하게 그 아름다움은 변함이 없다. 예쁜 아치를 그린 눈썹과 갈색 눈동자가 인상적인 얼굴이 러시아나 핀란드 같은, 좌우지 간에 북극에 가까운 나라에서 온 사람 같다.

거실 한가운데 놓인 간병침대에 엄마가 누워 있다. 유리구 슬처럼 조금 차갑게 느껴지는 눈동자가 공허하게 허공을 바라보고 있다.

"미안해요, 오랜만이지. 나 왔어요."

짐을 내려놓으며 아빠에게 말했다.

"왔냐."

내 쪽을 돌아보지 않은 채 아빠가 대답했다. 마침 배설물을 받아내려는 모양인지 얇은 장갑을 끼고 침대 옆에 서 있다.

이제 곧 일흔다섯인 아빠는 엄마를 뒤덮듯이 등을 구부리 더니 꽃무늬 잠옷을 조금씩 벗기기 시작했다. 훤히 드러난 엄마의 창백한 허벅지가 긴장한 듯이 굳어 있었다. 아빠가 찌익 소리를 내며 성인용 기저귀 테이프를 뜯어내자 나는 반사적으로 눈을 돌렸다. 기저귀 안에서 뻗어 나온 반투명 튜브 끄트머리에는 오줌이 담긴 나일론백이 매달려 있다.

아빠는 엄마를 모로 눕히고 익숙한 손놀림으로 관장을 했다. 잠시 기다리자 기저귀 위로 부드러운 변이 나왔다.

엄마의 아랫배가 아주 조금 부풀어 있다. 아빠는 그곳을 장갑 낀 손으로 정성껏 어루만지며 누른다.

"아직 차 있는 것 같네."

엄마가 부들부들 몸을 떤다. 딸인 내가 들여다보고 있는 게 싫은지 미간에 살짝 주름이 잡힌다. 엄마는 말을 할 수 없고, 손짓 발짓도 하지 못한다. 모든 의사 표시 수단을 잃어버린 상태로 3년째를 맞이했다. 하지만 살에 소름이 돋거나, 몸이 긴장하거나 하는 등의 미묘한 사인이 엄마의 심정을 전해준다. 말로 표현한다면 이거다. "보지 마."

엄마는 의식이 또렷할 때면 근육이 경직되고 몸을 떤다. 나는 엄마 손을 잡고 움직이지 못하게 한다.

"엄마, 조금만 참아."

아빠가 항문에 손가락을 넣어 변을 긁어낸다. 요즘 영양제는 약효가 참 좋다는 생각이 절로 든다. 악취가 거의 없다. 조금 있으니 일그러져 있던 엄마 표정이 풀린다.

"이제 됐어. 시원하지?"

이렇게 말한 아빠는 물티슈로 둔부를 깨끗이 닦아주고 재빨리 기저귀를 채운다. 엄마는 자기 힘으로 몸을 움직이지 못한다. 등도, 어깨도, 팔도, 손가락도. 하지만 기저귀를 벗은 엄마 몸에서 욕창의 징후는 전혀 보이지 않는다. 이제 아빠는 엄마 잠옷에 손을 넣고 등을 마사지한다. 그러자 엄마 피부에 핏기가 돌기 시작한다.

지난 3년 동안 엄마는 한 번도 입으로 음식을 섭취하지 않았다. 그렇기 때문에 하루에 세 번 위루를 통해 섭취하는 경관영양제에 감탄하지 않을 수가 없다. 엄마는 살찌지도 야위지도 않은 상태다.

최신식 렌털 에어베드는 10분마다 몸을 뒤척일 수 있게 되어 있다. 쉬익, 쉬익, 에어 소리를 내면서 엄마의 몸을 10분마다 좌우로 10도씩 기울여준다. 파란 시트는 얼룩 하나 없이 청결하고, 엄마의 몸도 빈틈없이 단장되어 있다.

"중심에서 안 벗어나게 해야 돼."

아빠가 말했다.

"중심에서만 안 벗어나면 새거나 하는 일은 없어."

종이 기저귀 중심선을 몸 한가운데에 잘 맞추어야 한다는 거다.

인생을 올바르게 살아가는 비결을 전수받는 것처럼 나는 아빠 옆에서 잠자코 고개를 끄덕였다.

"서두르지 않고 차분하게 하면 잘할 수 있어."

아빠는 기저귀를 치우고 세면대에서 꼼꼼하게 손을 씻은 다음 주방으로 들어갔다.

나는 엄마 곁에 남은 채 아빠에게 말했다.

"아빠는 별일 없어요?"

"별일 없다, 잘 지낸."

"엄마도 잘 있었고?"

예전의 엄마는 커다란 눈동자로 다양한 감정을 호소해왔다. 하지만 지금은 시선을 마주치지 못한다. 눈동자도 마음대로 움직일 수 없게 된 것 같다. 검은자위를 들여다봐도 어디를 보고 있는지 알 수 없는 텅 빈 눈이다. 내 모습이 눈동자에 비치도록 몸을 움직여봤지만, 엄마의 눈꺼풀은 움찔움찔 경련을 일으키며 유리구슬 같은 눈동자를 덮어버렸다. 엄마는 무슨 말을 하고 싶을까, 무슨 생각을 하고 있을까.

아무리 들여다봐도 정답이 나오지 않으리라는 걸 나도 안다. 엄마의 눈동자에 비치는 것은 나다. 언제나 내 모습이 비치고 만다. 아무리 혈연관계라지만 엄마와 나는 엄연히 다른 인격체다. 그런데도 내가 자신감을 잃고 있을 때는 엄마 안에서 안 좋은 면을 발견하고, 나에게 좋은 일이 있으면 역시 엄마의 좋은 면이 눈에 띈다. 특히 엄마가 말을 할 수 없게 되고 나서는 내게 기쁜 일이 있으면 기뻐하는 것처럼, 내가 슬퍼하고 있으면 슬퍼하는 것처럼 보인다. 내 심경 여하에 따라 그쪽으로 표정이 기울어 보인다.

나는 있는 그대로의 그녀를 보지 못한다. '엄마'라는 필터를 떼어낼 수가 없다. 우리는 너무 가깝다. 관계가 너무 가까운 나머지 도무지 객관적으로 바라볼 수가 없다. 원래 우리는 타인을 자기가 보고 싶은 대로만 본다. 가족이라면 더더욱.

엄마에게 원인을 알 수 없는 난치병 증세가 나타난 것은 예순네 살 무렵이다. 그로부터 어언 7년을 투병해왔다. 어느 날 뭔가 큰 소리가 나기에 아빠가 뛰어와보니 엄마가 계단 밑에 쓰러져 있었다고 한다. 위에서 떨어지면서 막다른 벽에 세게 부딪힌 것이었다. 엄마는 앞니가 부러지고 입술이 찢어졌다. 처음에는 단순히 부주의 때문이라고 생각했다. 하지만 그것은 기나긴 투병 생활의 전조였다.

다리가 잘 움직이지 않게 되자 균형이 무너지고, 반사적으로 손을 짚지 못해서 얼굴과 뒤통수를 여러 번 찧었다. 손이 부들부들 떨리기 시작하더니, 이윽고 펜도 젓가락도 쥘 수 없게 됐다.

엄마는 열심히 재활치료를 받았다. 최소한 슈퍼마켓에서 돈을 치르는 것과 자기 이름을 쓰는 것, 엄마는 이 두 가지 능력만큼은 무슨 일이 있어도 놓고 싶지 않았다.

하지만 결국 동전을 꺼낼 수도, 지폐를 집을 수도 없게 됐다. 엎친 데 덮친 격으로 다리가 마비되어 슈퍼마켓에도 갈 수 없게 되자 엄마는 중요하게 여기던 능력 하나를 놓아버렸다.

노력가인 엄마는 그래도 날마다 공책에 정성껏 자기 이름을 썼다. 하지만 점차 손에 힘이 들어가지 않게 됐고, 선이 흔들리고, 가늘어지고, 이윽고 글자로서의 형태를 이루지 못하게 되었다. 엄마는 아기처럼 자기 손을 바라보더니 마음속 깊은 곳에서부터 진심으로 감탄스럽다는 듯이 이렇게 말했다.

"인간의 몸은 참으로 잘 만들어졌네."

하늘이 내려준 기적을 빼앗기고 나서야 비로소 그것이 기적이었음을 깨달았다고 말하는 것 같았다. 그리고 엄마는 무슨 일이 있어도 생활에 필요하다고 여겼던 두 번째 능력도 놓아버렸다.

엄마는 매스컴에도 자주 나온다는 뇌신경외과에 다녔다. 그런데 그 분야에서 유명하다는 의사는 엄마가 앓는 병을 65세 미만에게 발생하는 약년성若年性 치매라고 진단했다.

"약년성 치매?"

아빠에게 그 말을 전해 들은 나는 무심결에 소리를 지르고 말았다.

"약년성 치매로 걸음을 못 걷게 되는 경우도 있어요? 머리는 멀쩡하잖아요."

문외한인 내 눈에도 오진이라는 것이 명백히 보였다.

아빠도 내가 그런 것처럼 의사에게 따져 물었다고 한다.

"하지만 머리는 멀쩡한데요."

그러나 의사는 오만했다. 자신이 내린 진단에 이의를 제기한 아빠의 한마디에 히스테릭하게 화를 내며 펄펄 뛰더니, 무지하다며 소리 높여 비난을 퍼부었다. 달리 갈 곳이 있는 것도 아니었기 때문에 엄마는 다음에도 그곳에 가서 진료를 받아야 했다. 그 불편한 다리로 통원하는 것이 얼마나 힘들었을까. 그날은 오후부터 눈이 내렸다. 지팡이를 짚고 가던 엄마는 미끄러져 넘어지는 바람에 구급차에 실려 갔다. 대퇴골이 부러지는 큰 부상을 입고 큰 수술을 받은 끝에 고관절에 인공물을 넣었다.

그런데 그 일을 계기로 다른 병원에 갔다가 엄마의 진짜 병명이 밝혀졌다. 대뇌피질기저핵변성증. 뇌 내의 운동을 관장하는 신경이 사라져가는 병으로, 파킨슨병과 매우 흡사한 증상을 나타낸다고 해서 '파킨슨 증후군'이라고도 불린다. 하지만 병명이 붙었다는 것이지, 이 병에 특효약이 있는 것은 아니었다. 결국 병세가 진행되는 건 운명이었던 것이다.

얼마 지나지 않아 엄마는 먹는 일마저 뜻대로 못 하게 됐다. 우리는 씹는 일도 운동신경이 관장하고 있다는 사실을 절실히 깨달았다. '입을 벌린다', '음식을 씹는다', '음식을 삼킨다'처럼 우리가 의식하지도 않은 채 행하는 일련의 동작이 엄마에게는 힘들어졌다. 식욕은 있는데 입 주위 근육이 말을 듣지 않는다. 입을 벌리려고 하면 오히려 꽉 다물고 마는 것이다. 이렇게 '엄마'는 차츰차츰 해체되어갔다.

아빠는 담담하게 해야 할 일을 했다. 어떻게든 먹이려고 한 숟갈, 두 숟갈, 엄마 입으로 음식을 가져갔다. 하지만 엄마는 음식물을 삼키는 연하 운동을 제대로 할 수 없었다. 음식이 기도로 들어갔는지 심하게 기침을 하는 통에 온 집 안에, 3미터 떨어진 벽까지 음식물을 흩뿌렸다.

엄마는 눈물을 흘리면서 연신 콜록거렸고, 아빠는 그럼에도 포기하지 않고 어떻게 해서든 먹이려 했다. 아빠는 하루 중 절반을 식사 시중으로 소비했다. 아침 두 시간, 점심 두 시간, 저녁 두 시간. 처절했다.

힘든 것은 식사뿐만이 아니었다. 엄마 허리에는 늘 끈이 매달려 있었고, 아빠는 기합과 함께 그 끈을 잡고 엄마를 들어 올렸다. 그렇게 엄마를 일으켜 몇 미터 떨어져 있지도 않은 화장실로 데리고 갔다. 엄마가 엉덩방아를 찧기라도 하면 침대까지 다시 데려오기 위해 이루 말할 수 없는 고생을 해야 했다. 먼저 엄마 몸을 벽까지 이동시키고, 벽에 의지해 엄마를 일으켜 세운다. 어떤 날은 차가운 바닥에서 네다섯 시간이나 격투를 벌였다고 한다.

증상이 더 악화되어 엄마가 말하는 능력을 완전히 잃고 온몸을 움직일 수 없게 된 것은 3년 전. 그날 이후로 지금까지 편할 날이 없었다. 흡인성吸引性 폐렴*으로 열이 펄펄 끓은 적도 있고, 요도 카테터에 석회화된 오줌이 들러붙어 역류하는 바람에 침대를 흥건히 적시기도 했다. 뒤꿈치에 욕창이 생겼을 때는 피부가 푹 파여서 완치될 때까지 꽤 오랜 시간이 걸렸다.

하지만 지금은 침대 옆에 설치된 전동 리프트가 해먹 같은 그물망으로 엄마를 들어 올려 휠체어로 이동시킨다. 욕실에도 비슷한 전동 리프트가 설치되어 있다. 침대는 자동으로 몸을 뒤척이게 해주는 최신식 제품이다. 침대 밑에는 카테터에 연결된 소변 주머니가 있고 침대 위에는 영양관이 매달려 있다. 엄마를 모르는 사람은 이 상태를 "살아도 산 게 아니다"라고 말할지도 모른다. 하지만 부모님의 생활에는 평온함이 돌아오고 있다.

아빠는 완벽한 간병인이다. 하루에 세 번씩 꼬박꼬박 체온을 재고, 단 하루의 공백도 없이 빼곡하게 노트에 기록한다.

● 　무의식중에 잘못 삼킨 음식물이나 침이 식도가 아닌 기도를 통해 폐로 들어가 일으키는 염증.

엄마 피부는 혈행이 좋아 도자기처럼 매끈하고 욕창은커녕 주름 하나 없다. 아빠는 아침, 낮, 밤 각각 10분씩 꼼꼼하게 구강 케어를 해주고, 머리카락을 정성스레 빗겨주고, 삶은 수건으로 얼굴을 정성껏 닦아준다. 그리고 마지막으로 엄마가 건강했을 때 쓰던 것과 똑같은 화장수를 발라준다.

아빠는 정기적으로 백화점에 가서 엄마가 좋아하는 브랜드의 화장품을 사 온다. 여자 화장품을 사러 가는 일이 처음에는 상당히 어색했던 모양이지만 지금은 점원과 아주 살갑게 지낸다.

아빠는 이제 날마다 엄마를 목욕시킬 수 있다. 물속에서는 이 병 특유의 강직이 풀리고 편안해지기 때문에 아빠는 공들여 엄마 몸을 마사지하고 관절을 움직여준다. 목욕 시간은 옷 갈아입히는 것까지 두 시간 남짓. 아빠는 당신 손톱을 깔끔하게 깎고, 엄마 피부에 상처를 내지 않게 손톱줄로 매끈하게 다듬어놓았다.

그리고 이틀에 한 번꼴로 엄마에게 설사약을 먹이고 항문에 손가락을 넣어 변을 긁어낸다. 긴 세월 동안 전문 의료인 옆에서 그들을 지켜본 아빠는 요도 카테터 교환도, 위루 카테터 교환도 할 수 있다. 엄마를 돌보는 일에 관해서라면, 기술 면에서는 의료 관계자보다 능숙하다. 처음 얼마 동안에는 아빠가 간호사들 하는 걸 옆에서 보면서 연구했지만 어느덧 간호사가 우리 집으로 신입 연수 견학을 오게 됐다.

한 달에 한 번씩 방문 미용사가 와서 엄마 머리를 다듬어준다. 이가 안 좋아지면 방문 치과 의사에게 진료를 받는다. 방문간호는 일주일에 한 번, 마사지는 일주일에 두 번, 물리치료는 일주일에 한 번, 주치의 왕진은 2주일에 한 번이다.

주치의의 주요 업무는 튜브와 위를 잇는 '페그'라는 기구를 교체하고 처방전을 내주는 정도다. 7년이라는 세월 동안, 아빠는 간병 전문가가 다 됐다.

아빠가 찻잔과 찻주전자를 가지고 거실로 돌아왔다.

"초밥 사 왔어요, 같이 먹어요."

나는 엄마 침대 옆에 간이탁자를 폈다. 이 탁자도 침대 높이에 맞춰 아빠가 만든 것이다. 내가 봉투에서 꺼낸 초밥 도시락은 두 개. 엄마 몫은 없다. 무엇보다 먹는 것을 즐기는 엄마가 입으로 식사를 할 수 없다. 복부로 뻗은 영양관으로 주입하는 유산균 음료 같은 빛깔의 영양액이 그날그날 엄마에게 주어지는 저녁 식사다.

우리는 엄마 옆에서 초밥을 먹었다.

"그래, 지금 쓰고 있는 건 뭐냐?"

"응, 재택의료 책."

아빠의 표정이 조금 복잡해졌다.

"미안해요. 집안일은 나 몰라라 하고 다른 사람들만 쫓아다녀서."

"일하느라 그러는 거 아니냐. 바빠 보인다. 몸 챙겨라."

아빠는 오히려 내 걱정을 하면서 초밥과 같이 사 온 찹쌀떡 하나를 내게 건넸다. 아빠는 단것을 좋아한다. 엄마도 그랬다. 아마 지금도 그럴 것이다.

내게 난치병을 앓는 엄마가 있다는 것이 이 일을 하게 된 계기가 됐다. 나는 다른 가족이 어떤 식으로 집에서 환자를 돌보는지 알고 싶어졌다.

나 같은 직업을 가진 사람이 가족을 집에서 돌볼 수 있는 걸까. 원래 생활력이 있는 아빠 같은 사람이 아니어도 엄마처럼 무거운 장애를 가진 사람을 간병할 수 있는 걸까. 그런 의문을 가지고 취재를 해봤지만, 당연하게도 병세나 가정환경, 협력자 유무에 따라 상황은 달라진다는 사실을 알게 됐을 뿐이다. "누구라도 집에서 간병할 수 있습니다"라고 말할 수 없는 것은 물론이고 그렇게 쓸 수도 없다.

"저기, 아빠. 역시 집에서 엄마 간병하는 게 나아요?"

"그야 당연하지. 집에서 돌봐주고 싶은 게 당연한 거 아니냐?"

"병원이 더 마음이 놓이지 않아요? 아빠도 편할 텐데?"

"그래도 역시 집이 낫지. 집에 있으면 네 엄마도 안정을 찾는다."

아무리 사회적인 서비스가 발달하더라도, 열쇠를 쥔 것은 동거하는 가족이다. 이 세상에는 일을 하느라 간병을 하지 못하는 가족도, 시간이 있어도 간병할 능력이 없는 가족도 있다.

아빠처럼 간병할 능력도 열의도 있는 사람은 드물다. 그렇다 하더라도 365일, 24시간을 간병하는 것은 힘에 부치지 않을까.

"아빠, 가끔은 온천이라도 다녀오는 게 어때요? 내가 돌볼게요. 혹시 못 미더우면 병원에 맡겨도 되고."

아빠는 당치도 않는 소리 말라는 얼굴을 했다.

"됐다. 아무 데도 가고 싶지 않다."

"집에서 간병하는 게 간단하진 않죠?"

"어떤 병이냐에 달렸겠지. 하지만 가벼운 병이든 무거운 병이든, 누구나 다 할 수 있는 게 아니라는 건 분명해."

"나는요?"

아빠가 웃었다.

"무리일 거다. 내가 병에 걸린다면, 될 수 있는 한 혼자서 버티다가 집에 있을 수 없게 되거든 병원에 가는 수밖에."

"요양보호사나 열성적인 의료 관계자가 집으로 와줘도?"

"그것도 무리일걸. 아무나 할 수 있는 일이 아니야."

아빠는 말없이 찹쌀떡을 입에 넣었다. 입 주위에 하얗게 가루가 묻었다.

재택의료의 버팀목들

1

　재택요양을 가능케 하는 사람들은 팀으로 움직이는 경우
가 많다. 재택의료라고 하면 의사, 간호사에게 스포트라이트
가 쏠리기 쉽지만, 일상생활의 버팀목이 되어주는 요양보호
사가 어떤 역할을 하느냐에 따라 생활의 질이 크게 달라진다.
의료인과 요양보호사는 다른 조직에서 파견되는 경우가 많
지만, 앞서 말한 대로 와타나베 니시가모 진료소에서는 서로
가 같은 공간에서 얼굴을 마주하고 있기 때문에 연계와 협업
을 하기 수월하다.

책임 요양보호사 도요시마 아키히코는 언제나 활달한 사람이다. 움직이는 모습을 보면 어린이 프로그램에 등장해 체조를 가르쳐주는 캐릭터가 연상된다. 어쨌든 몸놀림이 재빠르고, 목소리가 크고 밝다. 진료소의 분위기 메이커다.

도요시마의 인상에 깊이 남은 환자가 한 명 있다. 야마다 도시오(가명, 77세)라는 남성이다. 그는 고향 상점가에서 우산 가게를 하다가 얼마 못 가 접고, 그 후로는 트럭이나 택시를 몰며 생계를 꾸렸다. 마침내 몸이 불편해지자 삼륜 전동차로 어떻게든 외출은 했지만, 그마저도 할 수 없을 정도로 쇠약해져서 와타나베가 왕진을 다니게 됐다.

야마다는 맨션에서 홀로 살았다. 의료진이 가보니 집은 발 디딜 틈도 없는 상태였다. 생활 쓰레기가 켜켜이 쌓여 있고 부엌은 음식물 찌꺼기가 고스란히 묻은 쓰레기로 넘쳐났다. 야마다는 물건과 물건 틈바구니에서 손발을 움츠린 채 살고 있었다.

온 집 안에 시큼한 냄새가 가득했다. 신발을 벗고 한 발짝 디디자 양말이 축축해졌다. 하지만 그것이 야마다의 '집home'이었다.

집에는 그 사람의 애착이 깃든 물건이 있기에 사랑스럽다고 도요시마는 말한다. 야마다의 집에는 쓰레기가 겹겹이 쌓여 제 역할을 못 하는 옷장 위에 고가의 철도 모형인 N게이지 상자가 쌓여 있었다. 야마다에게 그것은 무엇과도 바꿀 수 없는 보물일 것이다.

서서히 체력이 떨어진 야마다는 여러 번 넘어지기를 반복하다 결국에는 대퇴골 골절로 입원하게 됐다. 다친 곳은 얼마 뒤에 회복되었지만 걸핏하면 펄펄 뛰는 불같은 성격은 병원에 있으면서 더욱더 심해졌다. 자신을 돌봐주는 간호사에게 고함을 지르고, 식사를 거르고 침대에 반듯이 누워 천장을 쏘아봤다.

야마다는 '집'으로 돌아가기를 바랐다. 병원이라면 끼니 걱정을 할 일도 없고, 매끼 균형 잡힌 식단이 제공된다. 매일 아침 청소를 해주니 쓰레기 더미에서 지낼 일도 없다. 병원에 있는 것이 더 쾌적하지 않을까 싶지만, 그곳에는 그가 그리는 자유가 없었다. 야마다는 관리받는 생활, 규율이 있는 생활에 적응하지 못했다.

야마다는 오로지 집을 고집했다.

그래서 와타나베 니시가모 진료소 담당 의료진은 어떻게 하면 야마다의 바람을 들어줄 수 있을지를 두고 수없이 대화를 나눴다. 그 결과, 야마다를 진료소 근처 아파트로 이사시켜 그 집에서 요양하게끔 하기로 했다.

도요시마는 야마다에 대해 이렇게 말했다.

"처자식도 버렸다고 했지만, 뭐 버림받은 거겠죠. 누워서 꼼짝도 못 하고 요도에 관이 삽입된 상태로 퇴원하셨어요. 그런데 집에 오자마자 답답했던 속이 뻥 뚫렸나 보더라고요. 다음 날 바로 택시 타고 커피 마시러 가셨다니까요. '자고로 빵은 집에서 먹는 게 아니라 카페에서 먹는 거다. 이딴 빵을 누가 먹냐.' 뭐 그런 식이었죠. 그만큼 아침에 빵 드시는 걸 좋아하고, 밖에서 드시는 습관이 있었나 봐요.

의사한텐 막말을 해대요. '멍청한 의사 나부랭이 같으니, 돌팔이 자식!' 하고 고래고래 고함을 질러요. 침도 퉤퉤 뱉고 큰 소리로 '야! 야!' 하고 부르는 건 예사고요. 일요일 아침에는 조용한 시간에 동네가 떠나가라 소리를 질러요. 이웃분들에게 세 번쯤 민원이 들어왔어요."

야마다의 집은 유난히 조용한 주택가에 있었다. 이웃들의 평화로운 잠을, 야마다는 갑작스러운 고성으로 깨뜨리곤 했다. "야, 야. 야, 야!"

하지만 도요시마는 아이들에게 친숙한 캐릭터처럼 다정한 얼굴로 고개를 갸웃했다.

"그래도 귀여운 면도 많았어요. 야마다 씨가 좋아하는 걸 마음껏 할 수 있도록 도와드리고 싶었어요. '커피 드시고 싶으면 편할 때 드시러 가세요' 하고요. 주치의, 케어 매니저, 간호사, 요양보호사가 다 함께 버팀목이 되어드리자는 생각이었어요. MK택시*에도 부탁해서 자유롭게 외출할 수 있는 환경을 갖춰드렸어요. 가족이 있었다면 분명히 제한했을 거예요. '위험하니까 할아버지 혼자 내보내면 안 된다'고 했겠죠."

'도요시마와 의료진의 정성스러운 간병으로 완전히 다른 사람이 되었습니다'라는 결말을 맞았더라면 좋았을 테지만, 현실은 그리 호락호락하지 않다.

"그렇긴 하지만 정말 힘들었어요. 시퍼렇게 멍이 들 정도로 팔을 꽉 붙들리기도 하고, 짝 소리 나게 얼굴을 맞은 적도 있다니까요. 특히나 애를 먹었던 일은 댁에서 담배를 피우시는 거였어요. 아무리 압수를 하고 또 해도 자꾸 사 오셨어요. 몇 번을 앉혀놓고 이야기했나 몰라요. 서약서도 만들고, '담배를 피우면 이 집에서 내보내겠습니다'라고 적어서 벽에 붙여놓기도 했어요. 하지만 일주일도 안 돼 떼어버리지 뭐예요. 그런 분이라서 힘들었어요.

어디 그뿐인가요, 걸핏하면 전화해서 '좀 와봐' 그러세요. 그래서 가잖아요? '페트병 뚜껑 좀 따봐' 그러시는 거예요. 정

●　교토시에 본사가 있는 택시 회사로 장애인을 우선하는 서비스를 제공한다.

말 연구 많이 했어요. 페트병에서 종이팩 주스로 바꿔도 봤죠. 간병보험도 한계가 있는데, 본인은 그걸 이해를 못 하셨어요. 여러 방면 전문가를 초빙해 회의도 정말 많이 열었어요. 최종적으로는 아침 8시, 10시, 6시, 9시, 새벽 4시 반, 방문간호도 넣어서 그 시간에 방문하기로 했어요. 여러 사업소와 여러 직종에 계신 분들이 함께해주셨기 때문에 어떻게든 해낼 수 있었어요. 간병보험, 자립지원 의료제도*를 이용하고 있었거든요. 그래도 늘 빠듯했죠.

공교롭게도 야마다 씨는 나이가 있는 여성을 싫어하셨어요. 요양보호사한테 '망할 할망구 같으니, 꺼져버려' 이러시는 거예요. '그렇게 말씀하시면 안 돼요. 감사합니다, 그러셔야죠. 도와주시는데 고맙잖아요?'라고 자주 말씀드렸어요. 양말을 신겨드리려고 하면 침을 퉤퉤 뱉고 팔을 손톱으로 할퀴어요, 피가 배어 나올 정도로. 정월에는 그해 첫 차를 끓이는 행사가 있어서 모시고 갔죠. 그랬더니 또 팔을 꽉 움켜쥐는 바람에 시퍼런 멍이 들었어요.

그래도 그런 행사에도 모시고 가고 싶었어요. 기뻐하고, 인

●   심신장애를 제거하거나 경감하기 위한 목적으로 이루어지는 의료로 인해 발생하는 의료비의 자기부담금액을 경감해주는 제도.

생이 참 즐겁다고 느껴주시면 좋겠다고 날마다 생각했어요.

만약에 가족들이 간병을 했다면요? 아니에요, 가족들은 못 해요.

'아내분하고 아드님은 왜 도망갔어요? 혹시 옛날에 손찌검 하고 그러셨어요?' 하고 물어봤더니 '맞아' 하시더군요. 그 말을 들으니 슬퍼졌어요. 자기 행동이 나쁜 짓이었다는 걸 스스로도 알고 계셨죠.

점점 쇠약해지다 결국 거동도 못 하게 됐을 때, 케어 매니저가 시청에 부탁해서 아드님한테 편지를 써 보냈어요. '보고 싶다, 만나고 싶다'는 야마다 씨 마음을 전할 수 있었던 것만으로도 좋았어요.

야마다 씨의 짐 가운데 아드님이 초등학생 때 그린 그림이 있었어요. 이사하면서 가지고 오셨더라고요. 그래서 그 그림을 벽에 붙여놨어요. 야마다 씨가 눈물을 흘리면서 그림을 보기에 '아드님이 와서 보면 좋겠네요'라고 말해드렸죠.

마지막에는 모두 와서 임종을 지켰어요. 많은 사람이 함께 그분을 돌봤고, 모두 고생했으니까요.

그래도 돌아가신 다음에 아드님이 유품을 챙기러 와주셨어요. 돌아가시고 나서라도 와주셔서 참 다행스러웠죠.

보람이요?

제가 생각하기에 이 일은 자기 하기 나름이에요. 돌봐주는 사람이 어떻게 하느냐에 따라 환자분이 달라져요. 건성으로 하면 환자분은 점점 더 쇠약해져요. 무슨 일이든 그래요. 기저귀를 가는 것도 물건 대하듯 하면 환자분 마음이 안 좋아져요. 그걸 자각하고 일해야 해요. 요양보호사 한 사람이 아무리 열심히 한다 해도 다른 사람이 물건 대하듯 한다면 아무런 의미도 없어요."

2

1986년 처음으로 방문진료라는 가정의家庭醫 개념이 생기면서 재택의료, 재택간호의 길이 열렸다. 지금까지 여러 차례 제도 개정을 거쳐 사람들은 병원에 다니지 않고 눈감는 날까지 집에서 지낼 수 있게 되었고, 재택의료는 매우 희망적인 일로 보도되었다. 물론 선택의 폭이 넓어진 것은 분명 좋은 일이다. 하지만 현실을 들여다보면 집에서 눈감는 날까지 지내는 것이 힘든 경우도 있다. 병자와 함께 사는 가족이라면 그런 것쯤은 쉽게 알 수 있을 텐데, 어째서인지 신문 보도는 환영 일색이었던 것이 기억난다.

어느 무더운 여름날, 나도 함께 왕진차를 타고 낡은 집을 방문했다. 문 앞에서 초인종을 누르고 안을 향해 말했다.

"안녕하세요."

그러자 안쪽에서 쿵쿵 발소리가 나다가 도중에 멈추더니, 이런 목소리만 들려왔다.

"열려 있습니다. 들어오세요."

잠겨 있지 않은 문을 열자, 와이셔츠 소매를 걷어 올린 50대 남자가 굳은 표정으로 서 있었다. 만세 하듯 쳐든 남자의 양손에는 갈색 오물이 묻은 수건이 들려 있었다. 대변이라는 것을 금세 알 수 있었다.

"아아, 간호사 선생님. 이제 살았네요. 이걸 어떻게 해야 하나 하던 참이었습니다. 어서 들어오세요."

안으로 들어가자 시큼한 설사 냄새가 코를 찔렀다. 창문이 모두 열려 있어 울창한 정원이 보였지만, 실내에 가득 찬 열기와 연이은 비로 인한 습도 때문에 냄새는 더욱 강렬해질 뿐이었다.

오래된 집 안에 세탁물이 주렁주렁 널린 빨랫줄이 겹겹이 쳐져 있었다. 그 밑을 지나 안쪽으로 들어가자 작은 거실이 나왔다. 바닥에 깔린 비닐 자리 위에 슈미즈 한 장만 걸친 깡마른 노파가 앉아서 텔레비전을 보고 있었다. 치매인지 이쪽에는 전혀 관심이 없고 우리가 와도 얼굴 한번 돌리지 않았다. 남자는 노파를 지나쳐 안쪽 방으로 우리를 안내했다.

어둑어둑한 방 한편에 커다란 침대가 놓여 있고, 남자의 아버지로 짐작되는 노인이 이쪽으로 등을 보인 채 웅크리고 누워 있었다. 가만히 보니 시트도 이불도 속옷도 변으로 잔뜩 더럽혀져 있었다.

"더는 못 하겠어요. 제발 좀 살려주세요. 뭘 어떻게 할 수가 없더라고요. 설사가 멎질 않아서."

"힘드셨겠습니다. 지금 바로 옷을 갈아입히시죠."

남자가 새 수건을 가지고 와서 우리에게 건넸다. 그동안 부친은 굳은 표정 그대로 옴짝달싹 않고 있었다.

"간호사 선생님, 전 오늘 회사에 굉장히 중요한 일이 있었어요. 그런데 나가려는 참에 이 사달이 났어요. 이것 참, 왜 하필 오늘 이런 일이."

남자는 회사에서 관리직으로 있음 직한 나이였다. 남자가 분노와 비참함이 뒤섞인 얼굴로 부친의 잠옷을 벗겼다.

환자가 몸을 일으킬 수 있는 상태라면 그래도 낫다. 일단 환자에게 앉거나 일어나달라고 한 다음 침대를 깔끔하게 치울 수 있다. 하지만 누운 채 거동을 할 수 없게 돼버리면 환자 몸을 일으키는 것조차 힘에 부친다. 간병이 손에 익지 않았을 때, 아빠도 엄마의 변을 처리하며 힘겨운 얼굴을 자주 보였다.

잠옷과 시트에 묻은 변은 여기저기에 묻고 만다. 시트를 벗기면 매트리스에 묻고 다시 침대 프레임에 묻는다. 간병하는 사람 손이나 옷에 변이 묻으면 수도꼭지, 복도, 문고리, 벽까지 퍼져나간다.

아무리 간호사나 요양보호사가 와준다 해도 시간은 한정되어 있다. 가족이 느끼는 부담은 결코 작지 않다. 수십 년 전이라면 대가족이라 집에 사람도 많고 어릴 때부터 노인을 돌보는 모습을 가까이서 보고 배우는 기회도 있었을 테지만, 지금은 그런 모습을 본 적도 도와본 적도 없는 사람이 많을 것이다.

그래도 종말기 암 환자를 집에서 간호하는 경우라면, 하려는 마음만 있다면 기간이 한정되어 있는 만큼 버텨내는 사람도 있을지 모른다. 하지만 노인 간병은 장기간에 걸치는 경우도 적지 않다. 의욕이나 애정만으로는 지속되지 않는다. 번드르르한 말처럼 쉬운 일이 아니라는 것이다. 직장과 간병이라는 두 마리 토끼를 잡으려다 지쳐 퇴직을 해버리면, 빈곤과 사회적 고립을 낳는다. 아주 잠깐 외출하는 것조차 뜻대로 되지 않는 현실에 스트레스가 쌓이는 사람도 틀림없이 많을 것이다.

아들이 부친의 등을 수건으로 닦기 시작했다. 그런데 겨우 깨끗해졌을 즈음에 부친은 다시 큰 소리를 내며 배변을 시작했다. 역시 물기가 많은 묽은 변이다.

"아아…… 빌어먹을. 미치겠네, 진짜!"

아들의 입에서 절망적인 신음 소리가 흘러나온다.

"왜 말을 안 해요. 제발, 아버지. 왜 쌀 것 같으면 싼다고 말을 못 하냐고요. 네? 이젠 말도 못 해요?"

아들이 기저귀를 거칠게 벗기자, 깡마른 허벅지와 변으로 범벅이 된 성기가 드러난다. 부친의 얼굴에는 수치심과 비참함이 뒤섞인 표정이 떠오른다. 아들은 일단 터져버린 화를 멈출 수가 없다. 수건으로 부친의 둔부를 때리듯이 거칠게 닦자 수건이 지나간 자리마다 피부가 붉어진다. 부친은 입을 벌린 표정 그대로 굳어 있다. 치아가 없는 입은 얼굴 한가운데 뚫린 커다란 구멍 같다. 학대처럼 보일 수도 있지만, 도저히 아들을 나무랄 마음이 들지 않는다. 남이라면 관대해질 수 있는 일이라도 가족이라면 거리가 너무 가까워 감정을 컨트롤할 수 없게 되는 상황을 충분히 이해할 수 있다.

간호사들의 얼굴에 난감한 표정이 스쳐갔지만, 이내 미소 띤 얼굴로 양동이에 물을 담아와 수건을 적셨다. 한 간호사가 아들에게 젖은 수건을 건네며 부드럽게 말했다.

"이제 괜찮습니다. 저희가 왔으니까요. 천천히 해보죠."

간호사의 말에 아들의 험악한 표정이 아주 조금 풀렸다. 이 소동에도 모친은 한 번도 이쪽을 돌아보지 않은 채 텔레비전만 주시하고 있었다. 선풍기가 고갯짓을 할 때마다 빨랫줄에 널린 세탁물이 살랑살랑 흔들렸다. 어둑어둑한 거실에서 텔레비전이 파란빛을 깜박깜박 뿌리고 있었다.

'100세 시대'는 이제 흔한 말이 되었지만, 그 말을 들을 때마다 나는 소름이 끼친다. 앞으로 이런 광경은 극히 당연한 일이 되리라. '가족애'라는 명목 아래 뭔가를 떠안거나 강제로 얽매이는 사람은 앞으로도 자꾸만 늘어날 것이다.

3

어느 날, 간호사 오쿠무라가 전화를 받고 눈살을 찌푸렸다.

"좀 걱정스러운 환자분이 계세요."

오쿠무라가 그 집에 가보겠다고 해서 나도 동행하기로 했다. 왕진 차량이 오래된 맨션 앞에 멈췄다.

반쯤 열린 철제 현관문 틈에 비닐우산이 끼어 있다. 요양보호사나 간호사가 언제든 들어올 수 있도록 환자 본인이 그렇게 해두었다고 한다.

"안녕하세요."

큰 소리로 인사하면서 오쿠무라가 신발을 벗고 안으로 들어갔다. 나도 뒤를 따랐다.

안으로 들어가자 야마구치 하루코(가명)라는 60대의 야윈 여성이 침대에 걸터앉아 있다.

"아이고, 간호사 선생. 그게 말이지, 넘어져서 허리가 어찌나 아프던지. 저기로 좀 가고 싶은데……."

느릿느릿하고 기계적인 말투다. 사람들과 잘 어울리는 성격이 아닌지 이쪽은 보지도 않고 시종일관 고개를 숙이고 있다.

사정을 들어보니 화장실에 가려다가 넘어지는 바람에 침대까지 겨우겨우 돌아왔다고 한다.

그런데 점심 먹을 시간이 됐는데 이번에는 코앞에 있는 식탁으로 갈 수가 없었다고. 식탁 위에는 배달 도시락이 놓여 있었다. 하루코는 바로 앞에 있는 도시락을 뚫어져라 바라보며 배고픔에 괴로워하고 있었던 것이다. 조난이나 다름없는 상황이었다.

하루코에게는 병원에 입원하지 못하는 이유가 있었다. 하루코는 자기가 정한 규칙에 강하게 집착했다.

일상의 모든 행위에 순서가 있고, 그대로 해내지 않으면 스트레스를 받고 만다. 집에 있는 물건은 모두 항상 똑같은 장소에 있어야만 했다. 하루코는 독특한 질서 속에서 살고 있었다.

하루코가 중요하게 생각하는 의식 가운데 하나가 '슬리퍼 갈아 신기'다. 거실과 침실은 미닫이문을 사이에 두고 있으며 두 방 사이에 단 차는 없다. 하지만 하루코에게는 목에 칼이 들어와도 어길 수 없는 중요한 규칙이 있었다. 이 작은 공간에서도 거실에 있을 때는 거실용 슬리퍼를, 침실에 오면 침실용 슬리퍼를 신어야만 했던 것이다.

다리가 불편해진 지금으로서는 그만두는 게 나을 습관이지만, 본인에게는 무슨 일이 있더라도 해야만 하는 일이었다. 아침에 하루코는 불편한 다리로 슬리퍼를 갈아 신으려다가 허리를 옷장에 세게 부딪혔다. 옴짝달싹할 수 없게 됐지만, 도움을 청하려 해도 수중에 휴대전화가 없었다. 그래서 한 시간이 넘게 걸려 간신히 침대로 돌아왔다는 것이었다.

하루코가 우리에게 이렇게 하소연했다.

"배가 고파서 식탁에 가고 싶은데, 무서워서 말이지. 침대에서 식탁까지 도저히 못 가겠어."

손을 뻗으면 닿을 법한 거리다. 그것을 그녀는 못 하고 있었다.

"부탁이야. 좀 도와줘."

아침저녁으로 도시락을 배달하는 것은 별일 없이 잘 지내고 있는지 보려는 목적도 겸한다. 전화를 하면 30분 안에 달려오는 간호사도 있으니 하루코로서는 꽤 든든할 것이다.

하지만 이렇게 돼버리면 혼자 생활할 수가 없다. 식탁이든 화장실이든 욕조든 이동하는 것이 실질적으로 불가능해져 버린다.

오쿠무라가 부축해주자 하루코는 비틀거리며 일어서서 두세 걸음 걸어가 슬리퍼를 갈아 신기 시작했다.

나는 그 모습을 지켜보고 있었다. 10분은 걸렸을까. 하지만 그 슬리퍼를 신고 걸은 것은 겨우 서너 걸음이었다.

지역이나 가정에 사람들이 넘쳐나는 옛날이었다면, 모르긴 몰라도 그런 사람도 그런 사람 나름대로 다른 사람의 손을 빌려 가며 지내는 것이 가능했을지 모른다. 이웃 중에도 친척 중에도 별의별 사람들이 있었다. 그런데 언제부터인가 사회에 여유가 사라지고 도움의 손길이 사라졌다. 주변 사람이 어디까지 하루코의 바람을 들어줄 수 있을까, 나로서는 알 수가 없다. 차를 마시고 싶어도 걷지 않으면 가지러 갈 수 없고, 식사 후에 화장실에도 가지 못할 텐데. 누군가의 손을 빌려 화장실에서 돌아오더라도, 이번에는 파란 슬리퍼로 갈아 신고 침대로 돌아가야만 하며 밤이 되면 커튼도 닫아야 할 텐데. 추우면 겉옷을 가지러도 가야 할 텐데. 하루코는 이런 하루를 어떻게 보낼까.

썰렁한 집 안을 둘러보니 벽이나 미닫이문 등 곳곳에 커다란 구멍이 뻥뻥 뚫려 있었다. 일부는 종이로 가려놓았지만 대부분은 고스란히 드러난 채 구멍 사이로 나무 기둥이 훤히 보였다. 오쿠무라는 아들이 때리고 차는 바람에 생긴 구멍이 아닐까 짐작하고 있었다. 그 아들도 같이 살지는 않는지 집에는 언제나 하루코 혼자였다.

오쿠무라가 짧은 기간이라도 시설에 들어가면 어떻겠느냐고 타일렀지만, 하루코는 중얼거리듯이 말했다.

"집에 있고 싶어. 집이 좋아."

요양보호사나 간호사, 형편을 보러 오는 자원봉사자가 그녀가 영위하는 생활의 버팀목이었다.

복도 한가운데에 쓰레기통이 덩그러니 놓여 있기에 별생각 없이 살짝 밀어놓았다. 순간 표정이 돌변한 하루코가 목이 터져라 고함을 질렀다.

"그건 원래 있던 자리에 둬야 돼! 제자리에 갖다 놔!"

모든 물건은 있어야 할 자리가 정해져 있다. 하루코가 오랜 세월 충실하게 따라온 '규칙'을 지탱해주는 것이 이 집이다.

시설에 들어가면 불안해서 견디지 못할 것이 자명했다. 하루코에게는 슬리퍼를 갈아 신는 일이 굉장히 중요한 행위였던 것이다. 같은 시간에, 같은 곳에서, 같은 행위를 함으로써 일상을 영위하는 것. 그것이 그녀의 인생이었다.

오쿠무라는 하루코가 식탁에 앉아 도시락 뚜껑을 여는 것을 지켜보고, 하루코의 손이 닿는 곳에 차를 준비해놓았다.

"또 올게요."

오쿠무라의 인사에 하루코는 처음으로 불안한 표정을 지으며 힘없이 말했다.

"또 와야 해."

오쿠무라는 아침에 들어올 때와 똑같이 우산을 문고리에 걸어 벽과 문 사이에 끼운 다음 철제 현관문을 반쯤 닫았다.

돌아보니 문 사이로 하루코가 뭔가 호소하는 듯한 얼굴로 우리를 배웅하고 있었다.

"저분은 이제 어떻게 되는 거죠?"

내가 묻자 오쿠무라는 난처한 표정으로 말했다.

"오늘은 연휴 첫날이라 시청도 휴무잖아요. 어떻게든 우리 쪽 요양보호사들로 대응을 하고, 연휴가 끝나면 시청 복지과에 상담을 해야겠죠."

남 일처럼 여겨지지 않았다. 가족이 적어지고, 병자가 혼자 집에 남겨지면 언젠가 이런 때가 찾아온다. 집에서 눈을 감는 날까지 생활하는 데에는 역시 다양한 어려움이 따른다.

돌아보면 오늘, 내일을 어떻게든 살아내느라 악전고투하는 사람들이 많이 있으리라.

4

또 다른 어느 날. 와타나베 니시가모 진료소의 수간호사 무라카미를 따라 혼자 사는 치매 노인 집을 방문했다.

"안녕하세요."

인사를 하고 안으로 들어가 보니 백발이 부스스한 여성이 세면실 앞에 놓인 의자에 웅크리고 앉아 있다. 가만히 보니 그녀는 아무 생각 없이 양치질을 하고 있다. 잔뜩 힘을 줘 이를 닦는지 촥촥 하고 큰 소리가 난다. 입에서 치약이 뒤섞인 침과 함께 빨간 피가 줄줄 흘러내려 목 언저리도 소맷부리도 흠뻑 젖어 있다.

"몸은 좀 어떠세요?"

무라카미가 물어봐도 그녀는 이를 닦는 손을 멈추지 않는다.

"저분은 간호사셨어요."

무라카미가 그녀의 이해할 수 없는 행위를 해석해주었다. 무라카미는 그녀의 끝없이 이어지는 양치질이 환자의 구강을 케어해주던 시절의 흔적이 아닐까 짐작한다. 인지 기능이 떨어져 있어서 해도 해도 양치질을 그만둘 수가 없는 것이다. 그녀는 과거의 기억 속에 갇혀 있다.

그녀는 불과 얼마 전까지 현역 간호사였다. 센스 있는 앤티크 옷장 위에 사진 액자가 예쁘게 놓여 있다. 아마도 그녀는 싱글 생활을 만끽하며 살아왔으리라.

"일설에 따르면, 치매 환자는 가장 좋았던 때로 돌아간다고 해요."

와타나베 원장이 했던 말이 생각났다. 와타나베가 맡은 환자 가운데 끊임없이 배회하는 남자가 있었다. 처음에는 문제 행동으로 보여 모든 이가 불편해했지만, 사정을 들어보니 그는 예전에 경찰관이었다. 그는 동네의 평화를 지키기 위해 날마다 꼬박꼬박 순찰을 나가는 것이었다. 이유를 알고 나자 직원들 모두 "순찰 나가세요?" 하고 그에게 말을 걸었다. 그도 안심했는지 험상궂은 표정이 풀리고 밤에 잠도 잘 자게 됐다고 한다.

다섯 자녀를 두었다는 어느 주부는 인형을 업고 자장가를 부르며 배회하곤 했다. 그녀는 지금도 아이를 키우고 있으리라.

세면실 창으로 비쳐드는 햇살을 받고 있는 전직 간호사를 바라보았다. 하얀 간호사복을 입은 상냥한 그녀가 환자를 부축해 구강 케어를 하는 모습이 겹쳐 보였다. 아름다운 기억 속에서, 그녀는 아직 사람을 돕고 있는 것이다.

치매를 앓는 사람의 행동을 억지로 막으면 문제 행동이 심해진다고 한다. "제가 대신 할게요" 하면서 무라카미가 능숙하게 칫솔을 빼앗고, 성에 차지 않아 하는 그녀에게 입을 헹구자고 거들었다. 그녀가 고개를 끄덕였다.

그녀의 집을 둘러보았다. 고블랭 천이 깔린 탁자, 호리호리한 모양의 크리스털 꽃병, 방 한구석에 주름 하나 없이 개어 놓은 이불, 어려운 제목의 간병 전문서. 다른 사람을 도우며 열심히 생활한 흔적, 당당하게 살아온 여성의 모습이 보였다.

의사였던 사람 집에 왕진을 가면 낡은 청진기가, 작가였던 사람 집에 왕진을 가면 산더미처럼 쌓인 문헌이 보인다. 그 물건들이 그 사람을 대신해 과거를 이야기하기 시작한다.

집은, 환자의 가장 좋았던 나날을 알고 있다.

2013년

2013년, 다섯 번째

12월, 엄마가 고열로 병원에 입원했다.
이 일을 계기로 나는 생각지도 못하게
재택요양이 지닌 장점을 실감한다.
아빠는 하루 세 번 꼬박꼬박 구강 케어를 해주고,
머리를 빗겨주고, 삶은 수건으로 얼굴을 정성껏 닦아주고,
날마다 엄마를 목욕시켰다.
그런데 병원에 누워 있는 엄마는 눈곱투성이에
코는 말라버린 콧물로 막혀 있고 입에는 노란 가래가 넘쳤다.
코에서 코피가 나고 앞니가 부러졌다.
7년 동안 엄마의 손발이 되어 간병을 해온 아빠.
돌봐야 할 환자 수가 많고 매뉴얼에 따라 환자를 돌보는 간호사.
누군가에게는 전문가의 도움이 아니라
가족의 도움이 더 자연스러운지도 모른다.

집으로 가자

1

생각지도 못하게 재택요양의 장점을 실감한 일이 있었다. 엄마에게 일어난 일이 계기가 됐다.

12월. 엄마 몸에 열이 오르더니 떨어지지 않았다. 38도가 넘는 고열이 일주일쯤 이어졌다. 방문진료 의사가 혈액을 검사하자 백혈구 수치가 위험한 영역까지 떨어져 있다는 결과가 나왔다. 의사가 아빠에게 지시했다.

"구급차를 불러주세요. 혈액내과로 가야겠어요."

엄마와는 이미 오래전에 눈을 맞출 수 없게 됐다. 하지만 우리는 적어도 엄마의 상태나 기분을 알아차릴 수 있었다. 바로 구급차가 와서 엄마를 A병원으로 실어 갔다. 그곳에서 검사를 받고 결과를 기다렸다. 엄마는 용태가 안정될 때까지 그대로 입원하게 됐다.

다음 날 면회를 가보니 청결했던 엄마 입에 콧물 같은 노란 점액이 뒤덮여 있고 일부는 이미 굳어 있었다. 케어를 소홀히 하면 이렇게 돼버리는 건가 싶어 가슴이 철렁했다. 하루에 세 번, 꼬박꼬박 구강 케어를 해주는 아빠로서는 차마 두고 볼 수 없는 상태였다.

"가래를 그대로 두면 말라붙어버려. 무리하게 떼려 했다가는 힘이 들어가서 피부에 상처를 내고 마는데."

셔츠 소매를 걷어붙인 아빠는 병실에 있던 흡인기를 들더니 몸을 숙여 구강 케어를 시작했다. 아빠는 옛날부터 재주가 많은 사람이었다. 장인 기질이 있는 아빠에게 간병은, 휴일에 하는 목공 작업이나 정원 손질과 다름없는 것이었을지도 모른다.

그 장면을 보고 황급히 병실로 들어온 젊은 간호사가 아빠에게 매섭게 쏘아붙였다.

"어르신, 어르신, 그러지 마세요. 저희가 할 겁니다."

갑자기 들려온 몹시 사나운 목소리에 우리는 주춤했다.

돌아보니 젊은 간호사가 잔뜩 화가 난 얼굴로 서 있었다.

"하지만…… 저대로 두면, 엄마가 너무……."

반론하려는 나를 아빠가 눈으로 제지했다.

"미안하게 됐습니다. 그럼 부탁 좀 드립시다."

아빠가 간호사에게 고개를 숙였다. 백혈구 수치가 떨어진 상태니 간호사가 걱정하는 것도 이해가 됐다.

하지만 이 상태를 보고 그냥 내버려두는 것은 차마 못 할 일이었다. 눈은 눈곱투성이에 코는 말라버린 콧물로 막혀 있고 입에는 노란 가래가 넘친다.

결국 병원에서는 규칙이 중요하다. 집에서 만끽하는 자유로운 생활과는 사정이 다른 이곳은, 융통성이라고는 찾아볼 수 없는 세계다.

간호사는 불편한 기색을 숨기려고도 하지 않고 서둘러 병실을 나갔다. 우리는 가슴을 쓸어내렸다.

"간호사가 많이 바쁜가 봐요. 여유가 없네."

나는 아빠를 위로하듯이 나 자신에게 말했다. 나도 입원을 했었지만 그때 간호사들은 하나같이 친절했다. 병원이냐 재택이냐의 문제라기보다는 잘 맞는 사람과 맞지 않는 사람이 있겠거니 싶었다.

어쩌면 방금 그 간호사는 자신의 케어에 어지간히 자신이 있는 것일지도 모른다. 그런 식으로 톡 쏘아붙일 정도로 장담을 했으니. 다음에는 틀림없이 괜찮을 거라고 생각하고 우리는 집으로 돌아왔다.

"프로한테 맡기는 게 낫겠죠, 뭐."

"그래, 그렇겠지."

"아빠도 평소에 못 했던 일 하면 되겠네요."

"그래야겠다. 이발소나 좀 다녀올까."

그런 대화를 하고 우리는 헤어졌다.

다음 날 저녁. 아빠와 병실에 가니 실내 온도가 이상하게 높았다. 엄마는 저녁 햇살이 쏟아져 들어오는 방에 홀로 누워 있었다.

"이거 너무 더운데."

우리는 그렇게 말하면서 코트를 벗고 엄마 얼굴을 들여다봤다. 순간 내 입에서 나직한 비명이 흘러나왔다. 윗입술과 아랫입술 사이에 눌어붙은 노란 가래, 퍼석퍼석 메말라 갈라진 입술, 뿜어져 나온 듯 눈꼬리에 가득 낀 노란 눈곱, 점액으로 뒤덮인 눈. 머리가 띵했다. 병자는 케어를 해주지 않으면 눈에 띄게 쇠약해진다. 엄마는 살아갈 힘마저 깎여나간 것 같왔다. 아빠가 평소에 얼마나 공을 들여 엄마의 청결을 유지했는지 목도한 기분이었다. 연하 운동이 이루어지지 않으면 이렇게 많은 가래가 차고, 닦아내지 못하면 이렇게나 많은 눈곱이 낀다.

얼굴을 가까이 대니 불쾌한 냄새가 났다. 주위를 살펴보니, 아침에 나눠줬을 게 분명한 얼굴 닦는 물수건이 '이걸로 알아서 닦아'라고 말하는 것처럼 협탁에 아무렇게나 놓인 채 차갑게 굳어 있었다. 저녁이 다 되도록 아무도 들여다보지 않은 것이다.

누구 한 사람 이 방에 들어와 엄마를 보살핀 흔적이 없었다. 엄마의 눈과 입에 쌓인 노란 이물질을 눈여겨보고, 이타심을 가지고 깨끗하게 닦아준 흔적 따위는 어디에도 없었다. 말을 하지 못하면, 하염없이 방치된다.

"이건 진짜 너무하잖아."

나는 크게 한숨을 내쉬었다. 하지만 나와 달리 아빠는 차분하기만 했다. 겉옷을 벗고, 손을 씻고, 물수건을 다시 물에 적셔 정성스레 엄마의 얼굴을 닦아줬다. 그리고 집에서 가져온 립크림과 화장수로 입술과 얼굴을 촉촉하게 해줬다.

아빠는 주위를 둘러보고 간호사가 없는 것을 확인하더니, 어제 그랬던 것처럼 흡인기 스위치를 켜고 가래를 빨아들이기 시작했다. 이 강한 끈기와 차분함이 아빠를 숙련된 간병 전문가로 만들었으리라.

집에서 늘 보던 풍경이었다. 아빠는 날마다 정해진 루틴을 냉정하게 소화했다. 엄마가 아직 의사 표현을 할 수 있던 무렵부터 당신들은 호흡을 맞춰 이렇게 살아왔다. 조용하고 평온한, 말소리가 들리지 않는 두 사람의 대화다.

하지만 잠시 후 간호사가 들어왔다. 안색이 굳어진 간호사는 아빠한테서 거칠게 흡인기를 빼앗더니 이렇게 몰아붙였다.

"저기 어르신, 이러지 마시라니까요? 어제도 말씀드렸는데."

아빠와 내가 서로 마주 봤다.

"하지만 너무 힘들어 보여서……."

"간호사가 한다고요. 세균이 들어가면 큰일 나니까 그만하세요!"

'세균이라니.'

너무나 논점에서 벗어난 말이었다. 아빠와 눈이 마주친 순간, 나도 모르게 쓴웃음을 짓고 말았다.

그렇지만 여기서 항의했다가는 악질적인 갑질처럼 비치지는 않을까. 간호사에게 나쁜 인상을 주어서는 좋을 것 하나 없었다. 우리는 엄마의 머리맡에서 몇 발짝 물러섰다.

2

가족이지만 신기해서 견딜 수 없었다. 아빠는 어찌 이렇게
까지 헌신적으로 간병을 할 수 있을까. 의무감으로 하는 거라
면 이렇게까지 오래 계속하지는 못한다. 아빠는 자기 인생 모
두를 바쳐버릴 만큼 엄마를 좋아하는 것이리라. 하지만 나는
간병이란 애정만으로는 할 수 없는 일임을 알고 있었다. 따라
서 아빠의 헌신을 잘 이해할 수 없었다. 같은 가족이라도 아
빠와 딸은 타입이 전혀 달랐다.

아빠는 엄마를 위해 하루도 거르지 않고 부지런히 병원에
다녔다.

"좀 쉬어도 될 텐데."

"응, 그러마."

내 말에 일단 따르는 시늉을 하지만, 아빠는 이 일에 관해서
는 다른 사람 말을 듣지 않는다. 점심을 먹고 나면 나갈 채비
를 하고, 먼 길을 버스를 타고 엄마를 만나러 간다. 그런 아빠
를 차마 보고만 있을 수 없어 나도 날마다 병원에 동행했다.

엄마가 병원에서 받은 대접은 참상이라고 형용할 만했다.
가래를 빨아들이는 튜브를 억지로 코로 집어넣었는지, 병실
에 가서 보니 코피가 나 있었다. 감출 생각도 없는 듯 닦지도

않고 흐르는 대로 방치하는 바람에 한 줄기 갈색 흔적이 코 밑에 말라붙어 있었다.

그 광경이 내게는 충격이었다.

엄마는 분명 두려워하고 있었다. 아무 말도 못 한다고 해서 감정이 없는 것이 아니다. 뻣뻣한 몸과 굳은 얼굴을 통해 엄마가 얼마나 고통스러웠는지 전해진다.

"세균이 들어가느니 어쩌느니 해놓고, 이건 좀 너무하지 않나?"

나는 가슴이 먹먹해졌다.

"뭘 어떻게 하기에 피가 다 나?"

아빠는 몸을 웅크리고 사랑스럽다는 듯이 엄마 볼에 손을 대더니, 아침에 두고 간 그대로 놓여 있는 물수건으로 얼굴을 깨끗하게 닦기 시작했다.

공조 장치도 조절해주지 않아서 석양이 비치는 병실은 마치 열대기후 속 같았다. 엄마는 턱을 자기 의지로 움직일 수 없기 때문에 침도 마음대로 못 삼킨다. 입을 벌린 채로 누워 있는 동안 말라붙어서 잘 떨어지지 않는 가래가 입에서 넘쳐난다. 속눈썹에는 눈곱이 달라붙은 채 굳어 있다.

혹시 우리가 어떤 벌을 받고 있는 걸까. 간호사가 하는 짓이 우리 가족을 향한 어떤 징벌이 아닐까 하는 생각마저 들었다.

엄마 몸을 보니 부자연스럽게 비틀려 있었다. 욕창 방지 수건을 아무렇게나 받쳐놓았기 때문에 힘든 자세로 누워 있었던 것이다. 분명 고통스러웠으리라.

아빠는 감정이 격해지기는커녕 더 침착한 말투로 이렇게 말했다.

"저 간호사들은 분명히 교과서에 '구강 케어를 하시오'라고 적혀 있으니까 구강 케어를 하는 걸 거다. '이 사람은 입안이 불쾌할 거야'라는 생각으로 돌보지 않으니까 이렇게 되는 거야. 지금 눕혀놓은 것만 해도 그래. 그냥 체위를 바꿔줘야 한다는 규칙이 있으니까, 그 루틴을 소화하고 있는 거야."

경축痙縮이라고 해서 엄마의 손과 발은 있는 힘껏 힘을 준채 경직되어 있었다. 몸을 조금이라도 움직여주지 않으면 점점 더 굳어져 나중에는 옷을 입히고 벗기지도 못하게 된다. 가슴을 펼 수 없게 되고 호흡도 힘들어진다. 열이 나는 상태라 몸을 움직이는 일에는 리스크가 따르지만, 이대로 있으면 그것 또한 엄마 목숨을 위험하게 만든다.

아빠가 살며시 엄마 손을 잡고 천천히 펴줬다. 아빠는 7년 동안 하루도 빠지지 않고 욕조 안에서 마사지를 해왔다. 엄마 표정이 그제야 풀어지고, 눈에서 눈물이 또르륵 떨어졌다.

"뭐 하시는 거예요!"

갑자기 그 간호사의 찢어지는 목소리가 들렸다.

"어르신! 그랬다가 탈구라도 하면 어쩌시려고 그래요!"

우리는 다시 서로를 쳐다봤다. 너무나 터무니없는 말에 쓴 웃음이 나왔다. 이 간호사에게는 여유가 없다. 그리고 우리뿐만 아니라 다른 무언가 때문에, 아마도 병원의 일손 부족 또는 그녀 자신의 부족한 자질 때문에 판단력과 이성을 깡그리 잃고 그저 화만 내는 것처럼 보였다. 간호사로서의 부족한 자질을 두 눈으로 목격한 우리는 그때 무의식중에 그녀를 낮추어 보고 있었던 것 같다. 동정마저 했는지도 모른다.

"누가 탈구를 시킨다고 그래요. 아빠가 몇 년을 엄마를 돌봐왔는지 알아요? 7년이에요. 매일, 하루도 안 거르고 평생을 해왔다고요."

그러자 간호사는 과장된 동작으로 시트에 진 주름을 펴면서 입꼬리를 억지로 올렸다.

"어르신, 너무 열심히 하시다가는 지쳐 쓰러질걸요."

우리는 간호사의 뒷모습을 바라보았다. 푸석푸석한 머리카락, 억지로 만든 웃음을 보이는 간호사의 표정은 어두침침하면서도 파랗게 질려 보였다. 이 병실 안에서 그녀가 가장 불행해 보이는 건 왜일까. 아무리 봐도 지쳐 있는 것은 간호사 쪽이었다.

날마다 형편없는 처우를 당하는 엄마를 눈 뜨고 볼 수 없었다. 다음 날에는 상처 하나 없던 도자기 같은 엄마 팔에 새파란 멍 두 개가 선명하게 들어 있었다. 그리고 그다음 날에는 문제의 간호사가 "이가 부러지셨어요" 하며 앞니를 내밀었다.

"흔들리더라고요."

간호사는 그렇게 말하고 병실을 나갔다.

말없이 그걸 받아든 아빠는, '사수한다'라는 말이 딱 들어맞을 정도로 소중히 대해온 엄마의 큼직한 앞니를 내려다보며 뭔가 생각에 잠긴 듯이 우두커니 서 있었다.

엄마의 백혈구는 이상 수치를 나타낸 채 원래대로 돌아가지 않았다.

병원 앞에는 넓은 시민공원이 있다. 아빠와 나는 매일 그곳을 지나 한 시간 반쯤 걸리는 길을 걸어 엄마를 만나러 갔다. 커다란 은행나무가 황금색으로 물들어 있었다.

재난은 때때로 생각지 못한 선물을 준다. 터덜터덜 걸으면서, 아빠는 엄마와 어떻게 만났는지 이야기해줬다.

아빠는 엄마를 친척 소개로 알게 됐다고 한다.

"첫 데이트 때 비가 왔는데 말이다, 아빠는 시골뜨기라서 검은 장화를 신고 나갔어."

아빠는 히로시마 산골 출신으로 도쿄에서 취직했다. 옛날부터 검소했고 도통 멋이라고는 낼 줄 모르는 사람이다.

"하, 거참. 모르긴 몰라도 엄마가 질색했겠네요. 완전 패션 테러리스트잖아요?"

"그랬지, 그런 꼬락서니를 한 사람하고는 같이 다니기 싫다며 얼마나 기분 나빠했다고."

나는 웃었다. 쉽게 상상이 갔다.

"그래서 계책을 하나 마련했지. 만담 공연장에 데려갔단다. 그랬더니 보기 좋게 작전에 걸려들었어."

"그래요?"

"엄마가 웃었어. 배를 부여잡고 웃었지."

"우와, 작전의 승리네."

"그래, 작전의 승리였어."

엄마가 웃음이 많지 않았다면 나는 이 세상에 없었을지도 모른다. 멋진 에피소드였다.

다음 날, 병원에 가니 엄마의 열은 39도. 아빠는 엄마의 죽음을 의식했다.

이날 공원을 걸어 집으로 가면서도 아빠는 엄마와의 추억을 이야기했다.

"신혼 때 엄마는 매일 아빠를 역까지 배웅해줬어. 그래서 역무원도 엄마 얼굴을 기억하고 있었지. 한번은 엄마가 지갑을 잃어버려서 전철을 못 타고 있었는데, 역무원이 '돈은 남편분께 받으면 되니까 타세요' 이랬다지 뭐냐."

아빠와 엄마는 쌍둥이처럼 사이가 좋다. 옛날부터 그랬고, 지금도 그렇다. 엄마를 잃으면 아빠는 어떻게 될까.

"흐으음, 금슬이 좋으셨네."

"세상 사람들이 다 그런 건 아니야. 그런데 넌 그게 당연하다고 생각하니까 사회를 보는 눈이 느슨해."

"맞아요. 좀 더 다투지 않은 엄마 아빠 잘못이죠."

엄마는 이런 아빠를 두고 갈 생각인 걸까. 간병을 하는 동안 몸도 마음도 긴장하고 있었던 걸까, 엄마와 떨어져 지내는 지금 열 살이나 나이를 먹은 듯한 아빠가 눈앞에 있었다. 뒷모습이 평소보다 훨씬 작아 보였다.

다음 날 병원에 가니 엄마는 여전히 그르렁그르렁 가래 끓는 소리를 내고 있었다. 괴로워 보였다. 간호사는 불러도 한참을 오지 않았다. 나중에 와서 가래를 빼줬지만 엄마는 아픈

듯 굳은 몸으로 괴로운 표정을 보였다. 그래서 아빠는 몇 번이나 주의를 받으면서도 간호사 눈을 피해 가래를 빼냈고, 간호사에게 들키면 또다시 주의를 받았다.

어느 날, 부들부들 떨던 아빠가 더는 못 참겠다는 듯이 갑자기 화를 내며 목소리를 높였다.

"선생님, 이 상태를 좀 보세요. 불쌍하지 않습니까? 왜 해주면 안 되는 겁니까? 왜 환자를 생각해주지 않는 겁니까? 세균이 들어간다 하지만 당신들은 가래를 흡인한다며 코피까지 내고, 이까지 부러뜨렸잖습니까. 이건 정말 너무하는 거 아닙니까?"

40년을 아빠 자식으로 살면서 이 정도로 화를 내는 아빠 모습은 그때 처음 보았다. 수치심과 비참함, 원통함과 슬픔, 그런 것들이 한꺼번에 터져 나오는 듯한 복잡한 표정이었다.

"규칙이라며 무턱대고 부정하지 말고 아빠 말도 좀 들어주세요. 오랜 세월, 아빠는 엄마의 손발이 돼서 간병을 해오셨어요. 5분이라도 좋으니까 아빠 말에 귀 기울여주시면 안 되나요? 아빠가 하는 말이 엄마가 하는 말이라고 생각하고 말이에요. 제발 부탁이에요."

아빠 눈이 새빨개져 있는 게 보였다. 우리가 하는 말들을 엄마는 가만히 듣고 있었다.

그날, 시민공원으로 저무는 노을이 유난히 붉었다. 며칠 전만 하더라도 황금색으로 빛나던 은행잎이 어느덧 우수수 떨어지고 있었다.

시종일관 말이 없던 아빠가 이윽고 입을 열었다.

"옛날에 아빠는 할아버지 일 때문에 중국 톈진에서 살았어. 저녁이면 아무것도 없는 지평선으로 새빨간 저녁 해가 저물었지. 아빠는 그때 겨우 네 살인가 다섯 살이었는데도 그 광경이 아직 똑똑히 기억나. 어느 날 아빠가 친구랑 싸웠거든, 친구가 네 작은아버지를 괴롭혀서 감싸려고 말이다. 그런데 할아버지가 이렇게 말씀하시는 거야. 싸웠으면 사과를 해야 한다고. 그리고 아빠를 멀리 떨어진 친구 집까지 혼자 사과하러 보냈지. 그땐 얼마나 무서웠다고. 해는 다 기울어가고 사방이 캄캄해지기 시작했거든. 그때 중국에는 유괴범이 횡행해서 다들 애 혼자 가는 건 위험하다고 말렸지. 하지만 할아버지는 대단하셨어. 자기 행동에 분명히 책임을 지게 하셨단다."

아빠는 기울어가는 저녁 해를 보면서 걷고 있었다.

"아빠가 꾸지람을 들었던 건 그 정도다."

은행나무 가로수 사이로 저녁 해가 서서히 저물어갔다.

다음 날, 병원에 간 아빠는 그 간호사를 발견하고 깊숙이 머리를 숙였다.

"어제는 죄송했습니다. 큰 소리로 화를 내서 정말 죄송합니다."

20대로 보이는 젊은 간호사에게 백발이 성성한 아빠가 머리를 조아리고, 간호사는 마스크를 낀 채 아빠를 쏘아보며 우뚝 서 있었다.

언제인가 조개를 캐러 바닷가에 갔던 날, 모리야마가 주문을 외듯이 했던 말이 어렴풋이 떠올랐다.

'집으로 가자, 우리 집으로 가자.'

그날 원인을 모른 채 엄마의 열이 내렸다. 이런 몸이 돼서도 여전히 엄마는 아빠를 위해 살 생각이었던 걸까.

퇴원할 때 간호사가 배웅하러 왔지만, 화는 풀리지 않았던 모양이다. 웃음기라고는 전혀 없는 얼굴로 정중하게 인사를 하고는 발을 돌려 가버렸다. 그건 이제 아무래도 좋았다. 앞으로 그 간호사를 만날 일도 없을 것이다.

엄마를 개호택시˙에 태우고 아빠는 엄마 옆에, 나는 조수석에 올라탔다. 전날만 해도 폭풍우가 심하더니 그날 아침은 매우 화창했다. 늦가을을 맞은 가로수에 맺힌 물방울이 아침 햇살을 받아 반짝이고 있었다.

"이야, 비가 그쳤네요. 잘됐어요."

쾌활한 택시 기사가 이렇게 축복해줬다.

나는 잠시 요코하마 거리 풍경을 바라보다가 아빠에게 다시 물었다.

"아빠, 역시 집이 좋아요?"

아빠가 아무런 망설임도 없이 말했다.

"그야 당연하지. 그렇지, 여보?"

아빠의 대답은 변함없이 솔직했다.

아빠가 엄마 얼굴을 어루만져주었다. 가족이라고는 하지만 나는 알지 못한다. 이 부부의 단단한 결속력이 어디서 오는 것인지.

어쩌면 평생 모를지도 모른다.

● 　돌봄이 필요한 사람이나 몸이 불편한 사람이 이용하는 택시. 휠체어나 의료용 이동침대에 누운 채 승하차할 수 있도록 개조했다.

2019년

2019년

지금 모리야마는 '자연 속에 머물기', '자연식품 먹기', '온천요법',
'사찰 순례', '암 생존자 모임' 등에 푹 빠져 있다.
대체의학, 홀리스틱의학이라 불리는 것에 급격히 빠져들었다.
서양의학을 토대로 한 치료가 막다른 골목에 부딪힌 상황에서,
모리야마는 신체의 자연치유력을 통한 암세포 사멸에
한 줄기 희망을 걸고 있었다.
나는 내심 모리야마가 지금까지 간호사로서 경험해온 모든 것이
그 자신도 구하지 않을까 기대했으나 병세가 진행됨에 따라
재택의료나 재택간호에서 거리를 두는 환자가 되었다.
"지금까지 모리야마 선생님이 해온 일은 뭐였을까요.
지금까지 환자분들에게 해왔던 말은 뭐였을까요."
모리야마는 발버둥 치고 있었다.

기적을 믿는 힘

1

모리야마가 책을 공동 집필하자고 의뢰한 일은 조금도 진전을 보이지 않았다.

"장래에 간호사가 될 학생들에게 환자 시점에서 본 재택의료에 대해 말해주고 싶어요. 그런 교과서를 만들고 싶어요."

모리야마가 보여준 열의에 감동해 나는 그와 함께 작업을 하기로 했다. 하지만 요코하마에서 왕복 여섯 시간에 걸쳐 인터뷰를 하러 가도 허탕을 치고 돌아오는 일이 허다했다. 모리야마는 방문간호에 대한 이야기는 도통 꺼낼 기미를 보이지 않았다.

"마침 나가려던 참이었어요."

어디로 나를 데려가려나 싶었는데, 모리야마는 아내와 함께 우지*에 차를 사러 드라이브를 가는 것이었다. 돌아오는 길에는 휴게소에 들러 쌀가루를 샀다. "쌀가루라⋯⋯." 나는 쌀가루를 사면서 즐거워하는 모리야마를 지켜보고 있었다. 동행하는 거야 아무래도 괜찮았지만, 부부의 단란한 나들이에 낀 침입자가 된 기분이었다. 기묘한 제삼자가 된 나는 모리야마의 아내에게 미안한 마음이 들어 몸 둘 바를 몰랐다.

집에서 이야기를 하겠다기에 모리야마의 서재로 들어갔지만, 그는 시종일관 잡담만 할 뿐이었다.

"말린 감자 있죠, 그거 토스터로 구우면 맛있어요"라는 말을 들으며 달달하고 꾸덕한 감자말랭이를 먹고, "구즈유**는 만들기가 상당히 어렵더라고요"라는 깨알 같은 지식을 들으면서 구즈유를 마신다. 분명히 맛은 있지만 여전히 본론에서 벗어나 있다. "간호학 이야기를 해볼까요" 하고 유도해보지

●　교토 남부에 위치한 도시. 우지 차는 시즈오카 차, 사야마 차와 함께 일본 3대 차로 유명하다.

●●　칡가루를 물에 녹여 설탕을 타고 투명해질 때까지 서서히 가열해서 만든다. 소화가 잘돼 이유식이나 환자식으로 애용한다.

만, 이야기다운 이야기는 좀처럼 나오지 않는다. 모리야마는 학창 시절 추억이나 좋아하는 책 이야기, 아니면 암 생존자들 모임이 얼마나 굉장했는지 늘어놓을 뿐이다.

기나긴 서론이 끝나면 분명 본론이 나오겠지 하며 인내심을 가지고 기다렸지만, 서론만으로 시간이 다 가버려 이야기는 그대로 끝나고 말았다.

무엇보다 간호 현장에서 완전히 발을 뺀 모리야마가 간호 서적을 집필할 수 있을까. 이 시점에서 모리야마의 관심은 간호에서 완전히 멀어져 있었다. 지금 모리야마가 푹 빠져 있는 것은 '자연 속에 머물기', '자연식품 먹기', '온천요법', '사찰 순례', '암 생존자 모임' 등이었다. 모리야마의 주장은 이렇다. 애당초 몸이 말하는 소리를 듣지 않고 스트레스를 쌓아두었기 때문에 암이 나타났다. 그러니 내 몸이 기뻐하는 장소에 가서, 내가 편안하게 지낼 수 있는 사람들과 함께 지내고, 기분이 좋아지는 일들을 한다. 그것이 자연치유력을 높이는 결과로 이어진다.

대체의학, 홀리스틱의학이라 불리는 것에 모리야마는 급격하게 끌리고 있었다. 하지만 이런 급작스러운 태도 변화를 가족도 동료도 따라가지 못했다.

어째서인지 내 인생과 닮아 있어 기묘한 기시감이 들었다.

나는 지난 몇 년 동안 몸이 안 좋다는 이유로 프랑스, 방글라데시, 인도, 태국, 스코틀랜드 등의 불교 시설이나 영성 공동체를 전전했고 그곳에서 모리야마와 비슷한 사람을 많이 만났다. 현대 의학으로는 낫지 않는 병, 예를 들면 마음의 병 등을 앓고 있는 사람들과 기도·금식·기공·명상·동종요법 등을 실천하는 사람들. 일본인뿐만 아니라 유럽과 미국의 '치유자'를 자처하는 이들도 많이 만나왔다. 점성술, 전생요법, 마음챙김. 그러면서 그동안 내가 얼마나 사회의 일면만을 봐왔는지 뼈저리게 실감했다.

사람의 자기면역 시스템에는 아직 과학으로 해명되지 않은 것도 많다. 플라세보(가짜 약)로 임상시험을 하면 개중에는 낫는 환자도 있다. 믿는 힘이 병을 낫게 하는 일도 있는 것이다. 명상이 유전자 차원에서 사람을 치유하는 효과가 있다고도 알려져 있다. 그런 것에 의지하는 일은 오히려 자연스러운지도 모른다.

해외를 돌아다니다 보면 영적 요소가 강한 것을 만나지 않기가 더 어렵다. 멕시코나 페루 등지에 가면 웅장한 기독교 교회와 함께 한편으로는 그곳에 뿌리내린 주술적 성격을 띤 축제도 보게 된다.

사방팔방에 기도를 올리는 장소가 있다. 인류는 유사 이래

로 항상 기도를 해왔다. 기도에는 사람의 몸과 마음을 바로
세우는 뭔가가 감춰져 있으리라.

하지만 기도가 기적을 일으키느냐고 한다면, 유감스럽게
도 나는 이 두 눈으로 그것을 본 적이 없다. 진정으로 영성이
충만한 사람은 오로지 기도를 올리는 것만으로 끝내고, 단지
기도하고 싶어서 기도를 했다. 기적이 일어나든 일어나지 않
든, 그들에게는 아무래도 상관이 없는지도 모른다. 기도를 하
지 않고는 있을 수가 없고, 기도하는 것 자체가 그들에게는
치유가 된다. 하지만 나는 믿음 안으로 들어가지 못하고 바깥
으로 나와버렸다.

모리야마가 처한 상황은 그럭저럭 이해가 됐다.

"라듐 온천에 다녀왔어요. 그게 효과가 직방인데……."

모리야마는 이제 온천의 효능에 대해서 늘어놓기 시작한
다. 모리야마의 서재에서 함께 주전부리를 먹으며 시간을 보
내노라면 마치 수업을 빼먹고 집에서 노닥거리는 대학생이
된 기분이 든다. 즐겁지 않다면 거짓말이다. 하지만 동시에
안타깝다. 모리야마는 그저 핑계를 대고 이야기를 하고 싶은
거다. 이야기를 하지 않으면 불안한 것이리라.

아유미가 가끔 묻는다.

"저래 가지고 책이 만들어지겠어요? 무슨 책을 만들고 싶은 걸까요?"

"글쎄요……, 저도 예측이 안 되네요."

모리야마는 암 생존자 모임 이야기를 해줬다.

"나을 거라는 한결같은 믿음을 가지고 자신을 바꾸면, 암은 낫게 될 거라고 격려를 받았어요."

그리고 우렁차게 부르는 그 모임의 테마송을 몇 번이고 들어야 했다. 모리야마는 자신의 진짜 심정은 암에 걸린 사람이 아니면 모른다고 했다. 나는 그 말에 격하게 동의했다.

그 무렵의 모리야마가 추구하던 라이프스타일에 영향을 끼친 환자가 있었다. 그녀는 호놀룰루 마라톤을 완주하면 암이 치유되리라고 믿었다. 그 굳은 신념이 종말기 암을 앓는 그녀에게 하와이까지 갈 힘을 줬다.

"죽는 순간까지, 아니 어쩌면 죽어서도 자기가 죽는다는 생각은 안 하지 않았을까요"라고 모리야마가 말할 정도로 그녀는 커다란 에너지를 지닌 사람이었다. 모리야마 또한 몸이 안 좋아지면 안 좋아질수록 열심히 산을 타고, 드라이브를 하고, 맛있는 레스토랑을 찾아다녔다.

동료에게 들으니 요즘 모리야마는 진료소에는 얼굴을 비치지 않는 듯했고, 설사 암이 사라지더라도 간호 현장으로 돌아올 생각은 없는 모양이었다. 그것이 모리야마가 내린 선택이었다. 지금의 모리야마로서는 서양의학에 입각한 간호에 대해 이야기하려는 마음이 도무지 들지 않는 것이리라.

오시타는 이렇게 말했다.

"본인보다 검사 결과가 좋은 사람까지 먼저 죽어버리니까요. 그런 모습을 보니 괴롭겠죠."

친구 입장에서라면 모리야마의 그런 태도를 이상하다 할 것 없이 받아들일 수 있다. 이야기도 얼마든지 들어줄 수 있다. 하지만 책을 만드는 프로젝트는 그 시점에서 완전히 방향을 상실하고 있었다.

"거기 자연식품 레스토랑 맛있어요."

"어제는 온천에 갔어요. 아주 좋더라고요."

'회의'라는 명목으로 이야기를 들으러 가면, 그런 이야기로 하루가 저문다. 듣는 동안 나는 체념하게 된다. 도중에 녹음기 스위치를 끄고 펜과 노트도 옆에 내려놓는다.

모리야마는 믿고 있다기보다 갈팡질팡하는 것처럼 보였다. 나으리라고 온전히 믿지 못하는 자신을 어떻게든 믿는 방향으로 이끌어가느라 필사적이었다. 그리고 당혹스러워하는 주위 사람들에게 자신을 투영하는지 "주위에서 안 믿으니까 나도 완전히 못 믿는 거잖아"라며 화풀이를 했다.

서양의학을 토대로 한 치료가 막다른 골목에 다다른 가운데, 모리야마는 신체의 자연치유력을 통한 암세포 사멸에 한 줄기 희망을 걸고 있었다. 그런 그에게 현대 의료의 틀에서 행한 간호로 얻은 경험은 이제 걸림돌이 되어버린 듯했다.

나는 내심 모리야마가 지금까지 했던 간호 경험이 그 자신도 구하지 않을까 하고 기대했다. 하지만 병세가 진행됨에 따라 본인은 일에서 멀어졌고, 재택의료나 재택간호로부터 거리를 두는 환자가 됐다.

"지금까지 모리야마 선생님이 해온 일은 뭐였을까요. 지금까지 환자분들께 해왔던 말은 뭐였을까요. 전 이제 모르겠어요."

오시타가 불쑥 말했다. '좀 더 의지해도 될 텐데'라는 심정이리라. 특히 오시타는 모리야마와 좋은 파트너가 되어 함께 격무에 매진해왔다. 그녀로서는 일터에 홀로 남겨진 기분이리라.

나는 요코하마 집으로 돌아온 다음에도 모리야마에게 이따금 문자를 보냈다. 하지만 간호 책을 집필하려는 기미도,

내 인터뷰에 답을 하려는 낌새도 전혀 보이지 않았다.

그것은 환자가 현실을 마주하고, 마지막 시간을 의미 있게 보낼 수 있도록 하루하루 분주히 뛰어다니던 모리야마의 모습과는 정반대로 보였다.

"많은 사람을 돌봐온 모리야마 선생님이니까, 마음의 준비를 하고 있을 게 분명해."

많은 동료가 그렇게 생각했다.

모리야마의 심정을 헤아리고 이제 그만 철수해야만 하는지도. 점점 그런 마음이 들었다.

하지만 모리야마는 여전히 공동 집필에 집착했다. 모리야마는 나와 같이 하는 일에 희망을 가지고 있었던 것이다.

모리야마가 마음을 털어놓을 상대를 잘못 고른 게 아닐까, 그런 생각이 들었다. 모리야마와 나누는 대화는 혼자 벽에다 대고 테니스공을 때리는 거나 마찬가지였다. 나는 벽이고, 내게서 튕겨 나간 말을 누군가가 주워주기를 기다렸다. 모리야마는 아무리 기다려도 가족이나 동료에게 직접 그 속내를 말하지 않았다. 주위 사람들은 모두 모리야마가 속마음을 보여주기를 바라고 있었다.

나는 솔직하지 못한 모리야마가 답답했다. 원래 그런 성격인 걸까, 아니면 인간은 거리가 가까우면 속내를 쉽게 털어놓지 못하는 걸까.

나는 치료사가 아닐뿐더러 치유자도 아니다. 논픽션 작가다. 속내를 소상히 듣고 이해하는 것이 내 일이다. 나으리라고 철석같이 믿으려 버둥대는 모리야마에게 나는 죽음에 대한 불안, 자칫 잘못하면 가족들을 향한 유언 비슷한 말까지 캐물으려 할 것이다.

모리야마가 나를 부른 진짜 이유를 나는 어렴풋이 짐작하고 있었다. 이윽고 찾아올 죽음을 예감한 것이다. 그리고 모리야마는 말을 남기려 하고 있다. 그런데 그런 자신의 속내에 두려움을 느끼고, 그것을 인정하려 하지 않는다. 때때로 내가 모리야마의 곁에 있는 것이 잔혹한 처사라고 느껴졌다.

긴 인터뷰를 하다 보면 표면적인 말이 점차 힘을 잃고 속내가 드러난다. 논리성이 결여되기 시작하는 것이다. 이쪽이 괜한 소리를 하지 않으면 어느 순간에 본인도 생각지도 못했던 말이 튀어나온다. 실제로 실무를 담당해온 모리야마는 자신의 예후를 거의 정확하게 읽고 있었다. 이미 자신이 가진 시간이 몇 달 또는 몇 주뿐이라 생각하고 있다는 걸 그가 내뱉은 말 사이사이로 짐작할 수 있었다. 죽음을 각오하면 그것이 사실이 되어버릴 거라고 여기는 것이리라. 모리야마는 동요하고 있었다. 언젠가, 그리 머지않은 시기에, 죽음에 대해 숨김없이 물어봐야 하는 때가 올 것이다.

모르는 척 놓아두고, 친구로서 멀리서 그저 지켜만 보지는 못하는 걸까.

모리야마의 병세가 진행되는 사이에 나는 괴로움에 사로잡히고 말았다. 모리야마가 내게 하고 싶은 말이 있다고 하면 그때마다 신칸센을 타고 만나러 갔다. 하지만 모리야마가 속내를 털어놓았다는 느낌은 받을 수 없었다.

해가 바뀌어 2019년이 되었다. 모리야마는 항암제 투여 직후에 간 기능이 악화되어 간부전 직전 상태라는 선고를 받았다. 아유미에게 상황을 묻자 힘겨운 대답이 돌아왔다.

"이제 이렇게 죽으려나 보다 하는 생각이 드네요."

이 일 이후로 아유미는 긴 간병휴가를 냈고, 모리야마는 기분 좋은 듯이 "아내가 간병휴가를 받았어요" 하고 말했다.

다행히도 모리야마는 복부에 느끼는 불편감 말고 격한 통증은 없는 듯했지만, 간 기능 장애로 인해 심한 가려움에 시달리고 있었다. 가려움증도 괴롭기는 마찬가지라고 모리야마가 말했다.

"통증은 약이라도 개발돼 있지만 가려움은 완화시킬 수가 없어요. 밤중에 가려워서 깨면 아내한테 쑥 로션을 발라달라고 하고 있어요. 조금은 기분이 나아지거든요."

모리야마는 황달로 안색이 나빠졌고 야위어 있었으며 밤잠을 잘 못 자서 많이 초췌해 보였다.

2

2월. 모리야마 부부와 함께 비와호琵琶湖 주변을 드라이브하고, 때 이른 유채꽃을 구경하고, 자연식 레스토랑에 갔다. 그때 모리야마는 스피리추얼에 더욱 심취한 듯한 이야기를 했다.

"암은 자신의 일부잖아요? 신체 일부가 나한테 일부러 나쁜 짓을 하고 싶어 한다고는 생각하지 않아요. 몸은 뭔가 할 말이 있어서 암을 만들었을 거예요. 암은 몸이 보내는 메시지예요. 암이 하려는 말을 잘 들어주고, 자기가 바뀌기만 한다면 암은 나을 거예요. 그래서 난 암한테 고맙다, 고맙다, 계속 말해주고 있어요."

"암이…… 하고 싶은 말이 있다?"

"그래요, 내 '암'은 몸이 보내는 메시지를 전하기 위해서 나타난 거예요. 지금까지 내가 해온 생활이 암을 만들어버렸어요. 그래서 암한테 고마워하고, 암이 하려는 말을 들어주는 일에 전념하고 싶어요."

나는 어중간하게 고개를 끄덕였다. 모리야마는 정신세계에 한 단계 더 발을 들여 넣고 있었다. 모리야마가 보여주는 삶에 대한 강한 집착도, 그가 선택한 방향성도 뜻밖이었다.

하지만 여전히 모리야마가 마음 깊은 곳에서 지닌 믿음은 아니라는 느낌이 전해졌다. 모리야마의 옆얼굴에서 자기가 한 말을 어떻게든 믿고 싶어 하는 초조함이 엿보였다.

"100퍼센트 믿지 않으면 암은 사라지지 않아요."

모리야마는 발버둥 치고 있었다. 그리고 눈에 띄게 초조해하고 있었다.

"작가님도 그렇다고 믿어주지 않으면 암은 사라지지 않아요. 작가님이라면 아시겠죠? 스피리추얼한 분이니 알아주시겠죠?"

나도 몸이 안 좋아졌을 때 이런 느낌이었을까. 불교에 빠져 있던 나를, 오랜 지기들은 멀리서 바라보고 있었다.

사람은 병을 얻으면 그 어려움에서 뭔가 의미를 구하고 만다. 자신이 느끼는 고통의 의미, 괴로움의 의미. 사람은 의미 없는 일을 버텨내지 못한다. 그렇기에 자신이 살아온 삶을 되짚어보고 싶어진다. 왜 병에 걸려버렸을까. 지금까지 살아온 방식이 잘못되었기 때문이 아닐까. 정말 이렇게 살아도 됐던 걸까. 내겐 다른 길이 있었던 게 아닐까. 그리고 몸도 마음도 모두 맡길 수 있는 거룩한 존재를 원하게 되고 그것에 의지하고 싶어진다.

"분명히 작가님은 신앙의 영역에서 돌아올 거예요."

그런 예언 같은 말을 했던 편집자가 생각난다. 그리고 그 말대로 됐다. 하지만 단언컨대 그것은 내게 귀중한 여정이었다. 살날이 짧다는 사실을 안 다음에는 종교를 받아들이기 어렵다. 가능한 한 일찍 종교를 배워둬야 하며, 자신이 신앙을 대하는 태도를 점검해둬야 한다.

지난 경험을 통해 한 가지 깨달은 바가 있다. 종교란 믿고자 생각하고 믿는 것이 아니라, 운명적으로 만나게 된다는 것. 나와 종교의 만남은 너무 일렀는지도 모르고, 너무 늦었는지도 모른다. 만약 내가 중병을 얻는다면, 이번에는 신앙에 빠져들지도 모른다. 하지만 적어도 지금은 신앙이 독실하다고 하기는 어렵다.

한편 일본인인 우리는 대부분 종교라는 이름이 붙지 않은 건강법은 쉽게 믿는다. 한방이나 민간신앙, 특별한 물, 특별한 수프, 특별한 건강법에 마사지. 근거 없는 식사요법 역시도 일종의 신앙이다. 그것을 버팀목 삼아 살아가려는 사람도 있다. 어떤 의사에 따르면 서구인은 기도에 매달리고, 일본인은 음식에 매달리는 경향이 있다고 한다.

'스피리추얼 페인'은 존재한다고 실감했다. 모리야마가 하는 말은 영혼의 아픔을 표현하고 있었다. 의료로는 완화할 수 없는 근원적인 괴로움, 그것을 지금 모리야마는 의인화한 '암'이 하는 말이라고 이야기하고 있다. 영혼의 아픔에는 영혼의 치유가 필요한 것이다.

"작가님이 완성할 원고가 기대돼요. 제가 교정을 볼게요."

모리야마가 내가 쓰는 글을 또 하나의 마음의 안식처로 생각하고 있다는 것도 잘 안다. 이야기를 하는 것 역시 영혼을 치료하는 방법이다. 하지만 내 펜은 조금도 나아가지 않는다. 이제 모리야마도 간호에 대한 기술적인 이야기를 해줄 생각일랑 없을 것이다.

이쯤 되자 나는 우리 대화를 글로 옮기는 것을 포기하고 있었다. 모리야마가 말을 하고 싶어 하지 않는 이상, 내가 할 수 있는 일은 없다. "언젠가 문장으로 옮기죠"라고 하면서, 나는 말없이 모리야마의 곁에서 귀를 기울이기로 했다. 거기다 고백하자면, 취재라는 이름으로 여러 곳에 가보는 게 즐겁기도 했다. 일을 하는 것이었지만 일을 하는 게 아니었다. 결국 따지고 보면, 나 또한 일에 복귀할 수 있을 정도로 마음이 회복되어 있지 않았던 것이다. 암이라는 병을 치유하려는 모리야 마 그리고 몸과 마음의 병을 치유하려는 나는 인연이라는 이름의 우연으로 인해 하나로 이어져 있었다.

2013년

2013년, 여섯 번째

죽음은 한 인간에게서 모든 것을 앗아가는 걸까?

남은 사람에게는 상실감과 슬픔만을 남기는 것일까?

나는 평소처럼 간호사들을 따라 재택의료를 받고 있는

환자의 집을 찾아간다.

4년 6개월 전에 위암이 발병한 42세 여성 모리시타 게이코.

남편과 중학생, 초등학생인 두 딸과 함께 살고 있다.

아이들에게 엄마의 병세를 포함해 모든 걸 알려주며

자신이 떠난 뒤에도 남은 가족들이 씩씩하게 살아갈 수 있도록

이것저것 가르쳐주고 있었다.

나날이 병세가 나빠지고 있었지만 모리시타는 핼러윈 장식이 가득한

디즈니랜드로 여행을 떠나고 나도 이 여행에 동참한다.

인생의 아름다움을 느끼는 것, 기쁨을 발견하는 것을

우리에게 열심히 가르쳐준 모리시타의 마지막 순간을 함께한다.

꿈나라의 마법

　평소처럼 간호사를 따라가 산뜻한 단독주택으로 들어가자, 잘 정돈된 밝은 실내에 디즈니 굿즈가 나란히 놓여 있었다. 알록달록한 집, 두 딸이 있다는 사실이 바로 느껴지는 집이다. 4년 6개월 전에 위암이 발병한 모리시타 게이코(42세)는 이번에도 수술을 하고 집으로 돌아왔다. 그녀는 남편과 중학생, 초등학생인 두 딸과 함께 이 집에서 살고 있다.

　게이코는 마른 몸에 파카를 걸치고 따뜻해 보이는 모자를 쓰고 우리를 맞이했다. 되록되록 움직이는 커다란 눈동자에서 고등학생 같은 깜찍함이 엿보였다.

　"재택의료라는 말을 알고는 있었지만, 어떤 사람이 오고 어면 일을 해주는지 구체적인 건 몰랐어요. 그래서 병원에서 권유받았을 때는 내 몸이 방문간호를 안 받으면 안 될 정도로 나쁘구나, 그렇게까지 해야만 하는 지경에 이르렀구나 하는 충격이 더 강했어요."

게이코가 말했다.

"그렇지만 그렇게 해서 생활의 질이 개선된다면야 집에서 간호를 받는 게 더 낫겠다고 바로 마음을 고쳐먹었어요."

그러면서 게이코는 얼굴에 웃음을 머금었다.

"전화 한 통이면 간호사 선생님들이 30분 안에 달려와주세요. 원래라면 병원에 있어야 할 텐데, 집에 와서 이런저런 케어를 많이 해주시니까 숨통이 확 트여요.

제가 입원하면 남편과 아이들 생활이 멈춰버려요. 옆집에 시부모님이 계시지만 분명 부담이 될 테고, 이 집은 될 수 있는 한 제가 관리해야죠. 여기서 버티고 있을 수 있는 건 간호사님들 덕분이에요. 병원에 들어가 버리면 편하긴 할 테지만, 가족들 얼굴도 못 보잖아요."

아이들에게는 병세를 포함해 되도록 모든 걸 말해준다고 한다.

"어설프게 감추면 애들이 억측을 하거나 걱정을 할 것 같아요. 그래서 어디까지 이해하고 있는지는 몰라도 평소에 이런 말을 해주고 있어요. '언제 병원에 갈지 모르겠지만, 그렇게 됐을 때는 집안일이나 자기 일은 스스로 할 수 있어야 해.'

지금도 아이들이 이것저것 도와주지만, 계속 그러기만 하면 스트레스가 쌓일 테니 균형을 생각해야죠. 좀 힘들지 않을까 싶긴 해도 발등에 불이 떨어졌을 때 아무것도 못 하면 힘들어지는 건 아이들이니까요."

게이코에게 암이 발병한 것은 첫째가 초등학교 3학년, 막내가 유치원 때다.

"막내는 아직 어떤 병인지 잘 모르고 있을 거예요. 그래도 자기가 할 수 있는 게 뭐가 있나 생각해주는 것 같아요. 막내는 약 담당이에요. '지이 짱, 저거 좀 가져와줄래' 하고 부탁하면, '알겠어, 오키농° 말이지' 하고 쏜살같이 가지고 와줘요. 자기 전에 방수용 랩도 애들이 환부에 둘러주죠. 자기들이 도움이 된다는 게 기분 좋은가 보더라고요.

첫째는 밥 먹고 나서 뒷정리를 해줘요. '미안해'보다는 '낫짱, 고마워' 하고 말해주려고 해요. 낫 짱은 자기보다 남을 먼저 생각하는 아이예요. 너무 부담을 주는 것도 안 좋다고 생각해요."

● 　암 통증을 억제하는 약.

이날 헤어지면서 게이코는 이렇게 말했다.

"저기, 인터뷰라고 해서 뭐 특별히 좋게만 말씀드린 건 아니에요. 아파보니까 깨닫게 되는 게 정말 많아요. 큰 병을 앓고 있는 건 틀림없지만, 많은 분들이 배려해주시고 친절하게 대해주세요. 지금까지 몰랐던 행복을 느끼고 있어요.

수명은 분명 이 병 때문에 줄었겠죠. 그 탓에 딸들이 힘들어하리라는 사실도 알고 있어요. 하지만 병을 얻고 경험하는 일들 가운데 쓸모없는 건 없다고 생각해요. 현실을 받아들이는 건 아이들에게도 중요한 일이니 쓸모없는 경험이라고 생각하지 않았으면 해요.

건강한 엄마가 제일 좋겠지만, 전 그러지 못했어요. 그래도 이런 엄마라도, 아이들이 많은 걸 경험하고 흡수하게 해주는 면도 있을 거라 믿어요. 병에 걸린 걸 좋은 쪽으로 생각하고, 아이들도 그렇게 받아들이고 성장해주면 좋겠어요."

"그리고" 하면서 게이코가 말을 이었다.

"작가님께 부탁이 하나 있어요. 아이들이 강한 척하고 있지만, 사실은 어떻게 생각하고 있는지 알고 싶어요. 티 안 나게 인터뷰 좀 해주시지 않겠어요?"

나는 그녀의 부탁을 받아들였다.

게이코의 병세는 나날이 나빠졌다. 오시타에게서 연락이 온 것은 이 무렵이었다.

"모리시타 씨 가족이랑 디즈니랜드에 갈 계획을 짜고 있어요. 작가님도 같이 가실래요?"

이번 동행도 업무의 일환으로 교통비와 일당이 나온다고. 그들의 노력에 고개가 숙여졌다.

하지만 디즈니랜드에 가기 전, 게이코의 병세는 더 악화되어 있었다. 암이 방광에까지 침투해 신경을 압박하고 있었다. 인공 항문을 달았지만, 약을 먹으려고 물만 마셔도 설사를 했다. 음식을 거의 입에 대지 못하게 되어 영양제로 근근이 목숨을 이어가는 상황이었다.

게이코는 오시타에게 이렇게 털어놓았다.

"주치의 선생님이 깜짝 놀랄 정도로 몸이 안 좋아요. 그래도 앞날을 너무 생각하지 말고 하루하루를 소중히 살면 또 좋은 일이 있지 않을까요. 병을 낫게 할 약이 나온다거나 기적이 일어날지도 모르잖아요. 이루어지지 않을지도 모르지만, 희망은 가지고 싶어요."

디즈니랜드행을 연기하면 두 번 다시 갈 수 없을 것이다. 게이코는 요시다 마미 간호사에게 상담을 했다.

"이런 상태로 디즈니랜드에 가도 될까요? 오히려 가족들을 불편하게 만들거나 주위 사람들한테 폐를 끼치지 않을까요?"

요시다도 암 경험자다. 20대에 발병해 치료를 거듭했고 현재 인공 항문과 방광을 달고 일하고 있다. 요시다는 입원 치료 중에 병원을 나가 딸의 결혼식에 참석한 경험이 있다. 그때 그녀는 장벽이 얇아져 언제 용태가 급변할지 모르는 상황이었다.

요시다가 게이코에게 용기를 주었다.

"가고 싶다고 생각하셨으면 가세요. 안 가면 분명 후회해요. 기회는 딱 한 번이에요, 두 번 다시 돌아오지 않아요. 다녀오세요, 후회 안 하게. 많은 추억을 만들고 오세요."

여행 전날 요시다는 사내 인터넷 게시판에 이렇게 적었다.

이번 디즈니랜드행에 거는 기대, 엄마로서 추억을 만들고 싶다는 마음이 절절하게 전해졌어요. 암이 방광에 침투한 사실을 알았을 때 결정한 디즈니랜드행입니다. 각오와 결단이 필요했을 거예요. 우리도 퇴원 후 상황 변화에 놀랐지만, 본인은 그 이상으로 놀라고 힘드실 겁니다. 동행하는 오시타 선생님도 힘드시겠지만, 게이코 씨의 간절한 바람이 이루어지도록 곁에서 힘이 되어주세요.

10월, 게이코는 많은 트러블을 안은 몸을 이끌고 디즈니랜드 여행을 결행했다. 도쿄역에서 만난 게이코는 휠체어에 앉아 있었지만 무척 기운차 보였고, 가족들도 모두 웃고 있었다.

교토 자택에서부터 동행한 오시타는 의료기구가 가득한 여행용 캐리어를 끌고 가족들 옆에 서 있었다.

게이요선 전철을 타고 가는데 게이코의 두 딸이 창밖을 보고 환성을 올렸다.

"저기 저거, 스카이트리 아냐?"

나는 허리를 굽히고 눈에 힘을 줬다. 저 멀리 성냥개비만하게 보이는 도쿄 스카이트리가 서 있었다.

"와아, 대박."

두 딸은 카메라를 들이대느라 정신이 없었다. 게이코가 휠체어 방향을 바꾸어 창밖을 바라봤다.

"정말이네……."

바뀌어가는 차창 밖 경치 속에서, 안개 낀 하늘 아래 우뚝 솟은 스카이트리가 한동안 우리를 배웅해줬다.

게이코는 정말 디즈니랜드를 좋아했다. 마이하마역에 도착하자 눈이 반짝반짝 빛났다. 게이코는 먼저 기념품 가게에 들어갔다.

"저것도 귀엽고 이것도 귀엽고. 어떡해, 사방이 귀요미 천지야."

게이코는 기념품에 푹 빠져버렸다.

"잠깐만 봐도 될까요?"

진지한 얼굴로 묻는 게이코를 보고 우리는 웃음을 터뜨리고 말았다.

"얼마든지 보세요. 저희는 모리시타 씨가 좋아하는 걸 하시라고 와 있는 거니까요."

오시타가 그렇게 말하자 게이코는 안심한 얼굴로 사람들 속으로 섞여들었다. 오시타는 게이코를 좋아했다. 게이코를 동생처럼 여기는 마음이 고스란히 느껴졌다.

"휠체어가 방해되네요."

게이코는 중간에 휠체어도 가게 밖으로 내보내버렸다. 아무리 봐도 오늘내일하는 목숨 같지가 않았다.

기념품 가게에서 거의 한 시간을 보내고, 드디어 디즈니랜드의 아케이드를 통과했다. 저 멀리 신데렐라 성이 보였다. 마침 핼러윈 시즌이었다. 아케이드 통로에 사탕 상자를 뒤집어놓은 듯한 색색 가지 장식물이 설치되어 있었다. 디즈니랜드 곳곳이 주황색 핼러윈 장식으로 가득했다.

"우와아!"

아이들이 환성을 지르며 달려갔다.

평일인데도 디즈니랜드는 사람들로 북적였다. 아라비안나이트의 등장인물로 분장한 무리가 우리를 앞질러 갔다. 놀이기구 앞에도 긴 줄이 늘어서 있었다.

10월도 막바지에 접어들어 바람이 시원했다. 공기도 맑고, 눈에 보이는 풍경 모두 뚜렷하고 선명했다. 이따금 남편이 휠체어에 앉은 게이코에게 얼굴을 가까이 대고 무슨 말을 하며 웃었다. 휠체어를 힘껏 미는 막내와 짐을 든 첫째, 가족들을 천천히 따라가는 오시타. 나는 조금 떨어진 채 뒤를 따랐다.

가을 해는 일찍 저물었다. 따스한 주홍빛 햇살이 주위를 감쌀 무렵, 핼러윈 퍼레이드가 시작되었다. 이동차 위에서 미키마우스와 미니마우스가 춤을 추고, 관객들도 함께 간단한 안무를 따라 하며 몸을 들썩였다. 게이코는 아이들과 눈을 맞추며 환하게 웃었다. 피곤한 내색 없이 활기찬 모습이었다.

밤이 되자 화려한 일루미네이션 퍼레이드가 이어졌다. 눈부신 불빛 속에서 눈을 반짝이며 게이코는 단 한 번도 아프다거나 지쳤다는 말을 하지 않았다.

하루가 끝나갔다. 이윽고 신데렐라 성 상공에 휘익—— 하는 높은 소리와 함께 사랑스러운 불꽃이 솟아올랐다. 분장한 젊은이들이 환성을 질렀다. 하늘을 올려다보는 얼굴에 닿는 바람이 쌀쌀하게 느껴졌다. 주위를 둘러보니 사람들은 저마다의 표정을 띠고 있다. 첫 데이트를 나온 연인들도 있을까. 그들도 평생의 추억으로 이 불꽃을 마음에 새길지도 모른다.

"오늘이 안 끝나면 좋겠다."

게이코가 하늘을 올려다보면서 말했다.

"응, 안 끝나면 좋겠어."

딸들이 천진난만하게 대답했다.

차가운 공기 속에서 외투 깃을 여미면서 불꽃놀이를 본 것은 이번이 처음이었다. 앞으로 나는 디즈니랜드에 올 때마다 이 가족을 떠올리겠지. 색색의 불꽃이 커다란 소리와 함께 솟아올랐다. 불꽃이 어리며 순간 환해졌던 게이코의 얼굴에 금세 짙은 남빛 어둠이 내려앉았다.

그날 모리시타 가족과 오시타는 근처 호텔에 묵었고, 나는 집으로 돌아왔다.

다음 날은 비가 내렸다.

게이코는 비옷을 입고 비 내리는 디즈니랜드를 돌았다. 하지만 전날부터 쌓인 피로에 더해 빗속에서 움직이느라 몸에 한기가 도는지 의무실에서 쉬겠다고 했다.

그래서 내가 아이들과 함께 다니기로 했다.

"애들아, 엄마가 집에 있으니까 마음이 어때?"

나는 게이코의 바람을 들어주기 위해 인터뷰를 했다. 그러자 아이들은 스스럼없이 이렇게 대답했다.

"좋아요!"

막내가 열심히 설명했다.

"있잖아요, 그러니까요, 설거지도 하고 채소도 썰고 하는거, 재미있어요. 사각, 사각 하고 좋은 소리가 나요."

그 말을 들으며 나는 무심결에 미소를 지었다. 엄마를 똑닮은 아이다.

부모가 앓고 있는 병이 악화되면 나 같은 나이라도 무서운데, 아이들은 행복하게 지내는 방법을 알고 있다.

"너희는 엄마의 어떤 점이 좋아?"

"다정한 거요. 그리고 엄마가 해주는 요리가 좋아요."

"흐음, 엄마의 어떤 요리를 좋아하는데?"

"애플파이요. 이거 보세요, 엄마가 애플파이 만들어줬어요."

첫째가 그렇게 말하더니 게이코가 만든 애플파이 사진을 보여준다. 그러고 보니 게이코가 첫째 딸 생일에 케이크를 만들어주고 싶다는 말을 한 적이 있었다. 게이코의 마음은 분명히 딸들에게 전해져 있었다.

'좀 더 천천히 어른이 되어도 괜찮아.'

나는 마음속으로 생각했다. 아이들은 어른을 지키기 위해 일찍 성숙해져버리기도 한다. 나한테까지 기운을 불어넣어주려는 아이들이 기특해 보였다.

"이제 완전히 괜찮아졌어요."

한 시간쯤 의무실에서 휴식을 취한 게이코가 아이들 곁으로 돌아왔다. 천연덕스러운 얼굴로 가족과 함께 놀이기구를 즐기는 게이코의 모습을 볼 때마다 나는 깜짝 놀라곤 했다. 도대체 어디에 저런 힘이 있는 걸까.

밤이 되어 비가 그치자 가족사진을 찍었다. 네 사람이 어깨동무를 하고 손가락으로 브이 사인을 만들었다. 누구 할 것 없이 얼굴에 밝은 웃음꽃이 활짝 피었다.

다음 날, 게이코는 병원에 입원했다.

며칠 뒤, 용태가 나쁘다는 말을 들었기에 각오하고 병문안을 갔지만, 가족들은 웃음을 가득 머금은 얼굴로 나를 맞아줬다. 또다시 여위어버린 게이코도 웃는 얼굴로 나를 반겼다.

게이코의 남편은 나를 보자마자 감동이 가시지 않는다는 듯이 이렇게 말했다.

"보내주신 사진이 너무너무 멋졌어요. 그걸 보고 아내도 단숨에 기운을 차렸어요. 기적처럼요."

게이코가 침대 안에서 말했다.

"작가님, 고마워요."

감사는 내가 해야 했다. 가늘고 하얀 손이 믿기지 않을 정도로 세게 내 손을 잡았다. 인생의 아름다움을 느끼라고, 기쁨을 발견하라고 이 사람은 우리에게 열심히 가르쳐주고 있었다.

12월, 게이코가 위독하다는 연락을 받았다. 진료소에서 오시타와 요시다가 게이코에게 달려갔다. 게이코는 몇 번이나 의식을 잃었다 되찾으며 마지막까지 한 사람 한 사람에게 말을 건넸다. 이윽고 목소리가 나오지 않게 됐지만, 그래도 동그랗고 커다란 눈을 뜨고 그 자리에 있는 모두의 얼굴을 바라보았다.

"힘내, 정말 대단해"라는 가족들의 목소리에 힘을 얻어 게이코는 열심히 호흡을 하고 있었다. 이윽고 마지막으로 한 번 호흡을 하더니 그것을 끝으로 숨을 거두었다.

주위가 고요해졌다.

짝짝짝짝……

생각지도 못했던 박수 소리가 들렸다. 박수 소리의 주인은 게이코의 언니였다. 이어서 그 자리에 모인 사람들에게서 차례차례 박수가 터져 나왔다. 박수 소리는 언제까지고 이어졌다. 게이코가 보여준 용기 넘치는 모습에, 그 자리에 있는 모든 사람이 눈물이 그렁그렁한 눈으로 힘껏 찬사를 보냈다. 호스피스 병동에서의 일이었다.

그 후, 얼마 지나지 않아 게이코의 남편 겐지에게서 감사 편지가 왔다.

> 아이들한테 "어떤 엄마였어?"라고 물으니 이렇게 대답하더군요. "해바라기 같은 사람." 아내는 늘 밝고, 웃는 얼굴이 귀엽고, 주위에 힘을 주는 그런 사람이었죠. 그런 모습이 아내가 좋아했던 해바라기꽃과 겹쳐 보였나 봅니다. 아이들 대답에 저도 아내가 웃던 얼굴을 떠올리며 따라 웃었습니다. 너무 이른 작별을 맞이한 지금 이 순간마저도, 가족을 비춰주는 아내는 정말 너무나 큰 존재입니다. 4년 반쯤 병을 앓았던 것 같습니다. 아무리 괴로워도 아내는 결코 포기하지 않고 앞날을 향해 싸우고, 저희에게 '삶'이라는 것의 의미를 가르쳐줬습니다.

자기 다리로 우뚝 서서, 그때그때에 할 수 있는 일을 최선을 다해서 해내는 그 모습에 몇 번이나 용기를 얻었는지 모릅니다. 마지막 순간에도, 그 며칠 전부터 의식이 몽롱했는데도 아내는 똑똑히 눈을 뜨고 저희에게 말을 건넸습니다.

귀에 대준 전화기에서 들려오는 "힘내", "기다려"라는 목소리에도 대답을 하고, 친한 친구가 달려올 때마다 의식을 되찾고 대화를 하고……. 게이코가 조용히 숨을 거뒀을 때, 그 자리에 있던 사람들에게서 터져 나온 것은 눈물이 아닌 아낌없는 박수였습니다.

훌륭했습니다. 기적을 봤습니다. 저는 아내를 진심으로 자랑스럽게 생각합니다.

제 아내 모리시타 게이코는 2013년 12월 12일, 가족과 친구들의 따뜻한 품 안에서 마흔두 살로 삶을 마감했습니다. 아내를 만나고, 아내와 함께 걸으며 아내의 인생을 색색으로 물들여주신 여러분께 진심으로 깊은 감사 인사를 올립니다.

모리시타 겐지

그리고 오시타는 둘째 딸이 보내준 다음과 같은 문자를 전달해줬다.

니시가모 방문간호팀 여러분께
지금까지 정말 고마웠습니다!
엄마랑 같이 있을 수 없게 돼서 쓸쓸하지만, 힘낼게요.
엄마가 스스로 마지막에 "대단해"라고 말했던 것처럼, 저는 정말 엄마가 대단하다고 생각했어요!
마지막으로 엄마가 사람들 이름을 다 불러줘서 무척 기뻤어요. 집안일은 언니랑 제가 열심히 할 거예요. 아빠는 회사 일 때문에 하기 힘드니까요.

지사

남겨진 사람들 마음에서 게이코가 건네준 것이 생생하게 숨을 쉬고 있다. 나는 서재에서 홀로 가만히 박수를 쳤다.

2019년

2019년
모리야마 가족의 디즈니시 여행에 따라간다.
나는 6년 전, 모리시타 게이코 가족과 함께
디즈니랜드에 갔을 때를 떠올린다.
모리시타에게 힘을 주었던 '디즈니 매직'이
모리야마에게도 일어날까?
나와 모리야마는 미키마우스 쇼를 기다리면서
'선택'에 관해 이야기한다.
나의 선택에 따라 가족이 사느냐 죽느냐가 결정된다면 어떨까?
길고 가혹한 투병 생활로 고통스러워하는 가족을 보면서도
계속 힘내라고, 견디라고 말할 수 있을까?
생존을 위한 선택지가 늘어나면서
선택에 따르는 가혹함도 자꾸만 늘어난다.
그럼에도 우리에게는 놓을 수 없는 '희망'이라는 것이 있다.

다시 꿈나라로

모리야마 후미노리는 두 딸이 봄방학을 맞았으니 가족끼리 디즈니시에 갈 거라고 했다. 나는 6년 전에 모리시타 게이코 가족과 디즈니랜드에 갔던 때를 떠올렸다.

모리야마가 모처럼 도쿄에 왔으니 잠깐 만나보기로 했다.

마이하마역에서 모노레일을 탔다. 평일이라 그다지 붐비지 않는다. 구름 낀 하늘 아래, 아이를 동반한 가족들과 커플들이 내려다보인다. 여기서 이렇게 보니, 봄방학을 맞아 대낮에 꿈나라로 가려는 사람들은 누구 할 것 없이 행복해 보인다. 저마다 안고 있는 고민이나 괴로움 따위는 찾아보려야 찾을 수가 없다. 할아버지와 할머니가 나란히 붙어 걷고 있다.

행복해 보인다. 저쪽에 휠체어를 탄 사람과 가족들이 보이고, 아시아에서 온 관광객들도 있다.

다른 사람들 눈에 우리는 어떻게 보일까.

예전에 취재를 위해 게이코 가족과 동행했었다. 그때 게이코에게는 가족과 함께 디즈니랜드에 가는 것이 마음의 버팀목이었다.

사실 걷는 건 무리인 상태였다. 그런데 꿈나라의 마법에라도 걸렸는지, 게이코의 몸은 일시적으로 기운을 되찾아 놀고, 떠들고, 놀이기구를 탔다. 그리고 야간 퍼레이드를 꿈꾸는 눈으로 지켜보았다.

그때 나는 생명의 신비로움을 목격했다. 진료소에서는 이날 일을 '디즈니 매직'이라고 부른다. 모리야마도 그 일을 의식하고 있는 게 틀림없다.

디즈니시 나들이에 합류하고 보니, 몇 주 만에 만난 모리야마의 안색은 더욱더 노래져 있었다.

"간 기능 장애 때문인데, 지금까지 봐온 환자분들 중에서도 이런 수치는 본 적이 없어요."

모리야마가 말한다. 언제 의식을 잃어도 이상할 것 없는 어마어마한 수치가 나와버린 모양이다.

아내와 두 딸이 제트코스터를 타는 동안, 나와 모리야마는 미키마우스 쇼를 보려고 야외 관람석에 앉아 이야기를 나누기 시작했다. 관람객은 많지 않았고, 쇼가 시작하려면 아직 시간이 있었다.

어떤 식으로 이야기가 흘러갔는지, 그날 모리야마는 예전 직장 이야기를 했다.

"전에 대학병원 소아과 병동에서 일할 때, 아이들의 생체 간 이식 업무를 맡은 적이 있어요. 이식은 몸이 받는 부담이 상당히 커요. 이식을 하더라도 그 후에 반드시 몸이 좋아질 거라고는 장담할 수 없어요. 또 부모가 간을 줄 수 있으면 좋은데 사정상 그럴 수 없는 경우도 있죠.

저기, 작가님. 만약에 작가님 자녀분이 장기 이식을 하지 않으면 살 수 없게 된다면 어떻게 하시겠어요?"

나는 두 아들을 키워낸 엄마다. 생각할 것도 없었다.

"그야 물론 누군가 줄 사람을 찾아야죠. 분명 죽을 각오로 찾을 거예요."

다른 선택지는 생각할 수 없다. 모리야마는 내 의견에 동의했다.

"그렇죠. 어쩌면 내 형제자매나 친척한테 부탁하게 될지도 몰라요. 하지만 안 주겠다고 하면요? 어떻게 생각하시겠어요?"

"……원망하겠죠. ……솔직히 말해 원망할 것 같아요."

내 말에 담긴 격정적인 울림에 나는 무심코 고개를 숙였다. 모리야마가 빤히 쳐다보자 나는 쥐어짜내듯 이 말을 덧붙였다.

"그리고, 원망하는 나를 자책할지도 모르죠."

"이식이란 건, 먼저 기증자의 선의가 있고, 그 선의를 이식자가 받아들이는 거예요. 그게 전제예요. 그런데 그 전제가 틀어져버리는 경우가 많아요."

"듣기에는 좋네요. 누군가가 죽기를 목이 빠져라 기다렸다고 해도 무리가 아닐 텐데 말이에요. 누구라도 그럴걸요. 자기 자식이 눈앞에서 죽어가고 있다면 누구라도."

항암제 치료를 도중에 그만둬버린 모리야마가 조용히 내 말을 듣다가 입을 열었다.

"실제로 그런 사태에 직면하면, 환자도 그렇고 가족도 그렇고, 백이면 백 갈등해요."

역시 나는 이식 수술을 앞둔 사람의 깊은 속마음을 알 수 없었다.

"그런데 겨우 갈등을 극복하고 이식을 받아도, 이제 건강해지느냐고 한다면 꼭 그렇지만도 않아요. 괴롭고 고통스러운 수술 끝에, 그 장기가 못 쓰게 돼버리는 경우도 적지 않죠. 재이식을 해도 세상을 떠나는 아이도 있어요. 그래도 역시 재이식을 하실 건가요? 작가님이라면 어떻게 하시겠어요?"

"하지만, 달리 방법이……."

매일매일, 목숨을 두고 선택에 쫓겨 어찌할 바를 모르는 사람들이 있다.

갑자기 자기 선택에 따라 가족이 사느냐 죽느냐가 결정된다. 이 말을 듣고 괴로워하지 않을 사람이 어디 있으랴. 긴 투병 생활은 가혹할 것이다. 그만큼 힘든 시간을 보내고 눈앞에서 고통스러워하는 자식에게 여전히 힘내라고 말할 수 있을까. 힘을 내라고 했지만 끝내는 그 목숨을 구할 수 없을지도 모르는 상황에 이른다면, 그때 그 심정은 이루 형언할 수 없으리라.

의료적 처치에서 거리를 두고 자연치유력에 희망을 거는 모리야마가 눈앞에 있다. 모리야마의 안색을 보면 몸이 받고 있는 부담을 억눌러가며 여기까지 왔다는 것이 고스란히 보인다.

"전 말이죠, '이 아이가 내 삶의 전부였다'며 눈물을 흘리는 엄마가 싸늘하게 식은 자식을 안고 병원을 나가는 모습을 수도 없이 봤어요."

모리야마의 말을 듣던 나는 무심결에 이렇게 중얼거리고 말았다.

"살아주면 좋겠어요. 무슨 수를 써서든."

나는 누구를 향해 살아주면 좋겠다고 하는 걸까. 살아주면 좋겠다. 가능성은 얼마 되지 않는다 해도, 죽어버린다면 돌이킬 수가 없으니.

하지만 그런 식으로 버티도록 만드는 것이 그 사람에게 행복한 일일까. 그렇게까지 힘을 쥐어짜내게 해서 이 세상에 붙잡아두는 것이 그 사람을 위한 행동일까.

짙은 잿빛 하늘에서 당장이라도 비가 쏟아질 것 같다.

오로지 '암이 하는 이야기'를 들으며 지내는 모리야마가 옆에서 가만히 내 목소리를 듣고 있다. 그리고 나도 모리야마의 목소리를 들었다.

똑같은 간 이식이라도 어른인 경우에는 상황이 또 달라진다고 모리야마는 말했다. 배우자가 기증을 거부하는 바람에 "안 줄 거면 헤어져" 하고 이혼을 선택한 부부도 있다고 한다. 그런가 하면 본인이 필요 없다고 하는데도 살리고 싶다는 일념으로 주겠다고 우기며 서로 말을 듣지 않는 가족도 있다고.

비단 이식에 국한하지 않더라도 많은 갈등이 있다. 근위축성측삭경화증*으로 인공호흡기를 다는 한이 있더라도 살고 싶어 하는 본인과, 이 이상은 간병할 수 없으니 이혼하겠다는 아내. 연간 천만 엔 이상이 들어가는 자신의 면역 치료를 위해 살고 있는 집을 팔려는 남편과 그에 반대하는 아내. 가족 모두가 한마음 한뜻인 것은 아니다.

생존을 위한 선택지는 늘었지만, 그 탓에 선택에 따르는 가혹함의 정도는 자꾸만 불어난다. 우리는 쉽사리 포기할 수 없게 되어간다. 우리 인간은 서양의학에 어디까지 의존해야 좋을지 알지 못한다. 옛날 같았으면 신이나 천운에 맡겼던 영역이다.

"기적의 은혜를 누리는 사람은 있어요. 고통스러운 장기 이식을 받고 나서 대학에 가고, 연애를 하고, 여행사에 취직을 하고, 아이가 태어났다고 하는 환자분도 계셨죠."

서양의학의 빛나는 부분, 한때 우리 대부분이 소박하게 꿈꿨던 인류의 진보다.

"건강을 되찾았으면 하는 바람 때문에 가족들은 갈등을 하

● 　운동신경세포가 서서히 파괴돼 몸을 원하는 대로 움직일 수 없게 되다 사망에 이르는 질환. 미국 야구선수 루 게릭이 이 병으로 사망해 '루게릭병'이라고도 불린다. 천재 물리학자 스티븐 호킹 역시 21세부터 이 병을 앓았다.

게 돼요. 이식받을 일 없이 넘어가만 준다면 먼저 나서서 이식받고 싶다고 할 사람은 아무도 없어요. 그런데 마른하늘에 날벼락이나 다름없는 병에 걸리죠. 그때 가족을 힘들게 만드는 건 뭘까요. 어떤 환자도 가족이 힘들어하는 건 바라지 않아요. 가족들은 하나같이 환자를 구해주고 싶어 하고, 어떻게든 삶을 이어가길 바라죠. 그럼에도 그런 마음들이 가족들을 힘들게 만들어요."

모리야마의 동료 가운데 유능한 남자 간호사가 있었다고 한다. 수염을 기른 그는 아이들에게 인기가 많았다. 자기 초상화를 그려서 수술을 앞둔 아이에게 부적으로 쥐여주기도 했다. 그는 모리야마보다 훨씬 이식에 긍정적이었다. 그는 거리를 두고 이식을 바라볼 수 있었던 것이다.

"하지만 전 그러지 못했어요. 의사는 정말 솜씨 좋은 숙련된 전문가였어요. 해외 출장도 다니면서 실력을 갈고닦았죠. 장기를 이식하면 생명을 구할 가능성이 있어요. 명예로운 일이죠. 그래서 의료는 한계를 모르고 앞으로 앞으로 나아가려 해요. 기적에 홀려버리는 거죠."

하지만 아무리 의사가 최선을 다하더라도 재이식, 재재이식을 하지 않으면 안 되는 아이가 있다. 입원 기간은 길어지고 몸 상태는 자꾸 나빠진다. 끝내 목숨을 잃는 아이도 있다.

"그 아이의 삶의 질은요? 그 아이의 인생은요? 환자는, 그리고 그 가족은 어디까지 버티면 될까요. 부모는 결정 못 해요. 결정할 수 있을 리가 없죠. 그렇지만 부모가 아니면 누가 결정하겠어요. 얼마나 가혹한 일인가요.

의료 행위에 선택지가 많다는 건 잔혹하다는 의미도 가지고 있어요. 누구든 기적을 보고 싶어 하죠. 인간의 욕망을 부추겨버리는 거예요. 의료 행위를 하는 측도 받는 측도, 기적을 보고 싶다는 욕망, 몇 안 되는 가능성에 도박을 걸고 싶어 하는 마음이 분명히 있어요."

후두둑, 빗방울이 떨어지기 시작했다. 군데군데 푸른 하늘도 보여서, 비는 내리지만 날은 환했다. 모여든 관객들이 웅성거리며 하늘을 올려다보았다.

"한계에 부딪혔던 것 같아요. 그 갈등은 절대 해결 못 해요. 지금도 정말 모르겠어요. 어떤 가이드라인이 있으면 좋겠다는 생각이 들지만, 가이드라인이 없었다면 살았다든가 아니면 다른 나라에 갔다면 살았다든가, 아무래도 미련은 남기 마련이죠. 지금이야 크라우드 펀딩*이란 게 있지만 당시에는

● 암 치료와 관련된 크라우드 펀딩을 가리킨다. 암 치료법 개발부터 치료비 모금까지 다양한 주제로 펀딩이 진행된다. 모리야마는 옛날과 달리 현재는 이런 펀딩을 통해 치료의 길을 모색할 수 있는 환경이 마련되었다고 말하고 있다.

그런 것도 없었어요."

모리야마의 야윈 옆얼굴을 바라보았다. 지금의 모리야마에게 이식 의료에 종사했던 경험이 드디어 짙은 영향을 드리우는 것도 같고 아닌 것도 같고, 알쏭달쏭했다.

"그래도 말이죠, '이식은 이제 됐습니다' 하고 집으로 돌아간 환자와 가족이 계셨어요. 제가 담당했던 환자 가운데는 딱두 팀이었죠. 그 모습이 저는 대단히 인상 깊었어요. 그런 선택을 하고 집으로 돌아간 사람은 앞으로 어떻게 지내게 될까, 뒷모습을 배웅하면서 전 상상도 해보지 않았어요. 어쨌든 바쁘고 마음을 놓을 수 없는 직장이었으니까요."

그로부터 몇 번의 이직을 거쳐 모리야마는 방문간호사의 길을 선택했다.

모리야마는 방문간호사를 하게 된 것이 단순한 우연이라고 하지만, 나는 그렇게 생각하지 않았다. 모리야마는 걸어야할 길을 정확히 걸어가 재택의료에 이른 것이었다.

비가 본격적으로 쏟아지기 전이었지만, 장내에 안내방송이 울렸다.

"오늘 예정된 쇼는 기상 관계로 중지되었습니다."

객석이 술렁거렸다. 그 대신 미키마우스와 친구들이 비옷을 걸치고 관객들의 아쉬움을 달래주는 춤을 선보였다.

"미키마우스는 어지간히 비 맞기를 싫어하나 봐."

누군가의 커다란 목소리가 들리고, 주변에서 웃음이 터져 나왔다. 확실히 젖으면 많이 불편할 법한 의상이다.

우리는 자리에서 일어났다. 그리고 모리야마의 가족과 합류하기 위해 걷기 시작했다. 본격적으로 쏟아질 듯하던 빗줄기는 여전히 굵어지지 않고 있었다.

"보고 싶었는데 말이죠."

모리야마가 말했다. 여기에 오는 것은 오늘이 마지막일 거라고 여기는 듯했다.

우리는 미니마우스 귀 장식을 한 여고생, 그리고 유쾌하게 소리 내어 웃는 일가족 사이를 지나갔다. 눈앞에 떠 있는 메탈릭 풍선을 바라보며 인어공주를 모티브로 한 머메이드 라군 시어터 앞을 걸어갔다. 조그만 아이가 달콤한 과자 향기를 풍기며 우리를 지나쳐 갔다.

"병원에서 집으로 돌아왔다고 해서 포기한 건 아니에요."

앞장서서 걸으며 모리야마는 그렇게 말했다. 그 뒷모습이 조금 화가 난 것처럼 보였다.

"집으로 돌아왔다고 해서 죽을 사람이 된 건 아니에요. 집에는 아직 희망이 있어요."

나도 "그렇죠" 하고 동의했다.

"그런데 집에서 생활하고 있어도 주위에서는 앞으로 얼마나 살지를 예측해요. 앞으로 한 달, 앞으로 일주일, 이렇게요. 저도 그렇게 해왔죠. 그게 중요하다고 생각하고 의심하지 않았어요. 필요한 일이란 건 알아요. 가족에게는 특히 중요하죠. 더 살 수 있을 줄 알고 있다가 갑자기 그날이 오면 힘들어하리라는 것도 알아요. 그렇지만 죽을 사람이라고 낙인찍히고, 그런 시선을 받게 돼요. 아아, 이 사람은 앞으로 얼마 안 남았구나. 그런 대우를 받으면 살아갈 에너지가 깎여나가 버려요."

모리야마가 걷는 속도는 놀랄 만큼 빨랐다. 야윈 몸으로 성큼성큼 인파를 피해 걸어갔다. 어떤 추적을 뿌리치는 듯한 걸음걸이였다.

"한 생존자가 이런 말을 했어요. '목숨줄이란 게 그리 간단히 끊어지는 게 아니다.' 간단히 끊어지지 않아요."

모리야마에게 뒤처지지 않으려고 나도 걸음을 빨리했다. 항암제 치료를 그만뒀다고 해서 포기한 건 아니라고 모리야마는 여러 번 말했다. 나는 모리야마의 등 뒤에 대고 말했다.

"잠깐 앉을까요."

모리야마가 그러자며 거리를 바라보는 카페 테이블에 자

리를 잡았다.

"그래도 여명 예측은 중요하잖아요? 대략적인 사실을 알려 주는 게 좋지 않나요? 우리 일반인은 앞으로 수명이 얼마나 남았는지 모르니까요."

나는 커피 두 잔을 사 와서 모리야마에게 하나를 건넸다.

모리야마는 커피에 얼굴을 가까이 댄 채 잠깐 생각했다.

"작가님은 이해 못 하실 수도 있겠네요. 당연해요. 암을 체험한 적이 없으니까요. 우리는 집에서 보다 쾌적하게 지낼 수 있도록 도움을 드리지, 불안을 조장할 수 있는 말은 할 필요가 없어요. '집에서 생활하려면 이러이러한 게 필요합니다' 이런 조언을 드리죠.

그 설명 중 하나로 여명이 있다고 생각하는데, 쉽게 말해 시한부 선고죠. 그 적중률이 그렇게까지 높느냐, 여명 예측이란 건 병세가 안 좋아지면 안 좋아질수록 맞아떨어지는 법이라, 진행성 암이라면 앞으로 3개월이라고 하더라도 전혀 믿을 게 못 돼요. 한 달이 될지도 모르고, 5년이 걸릴지도 모르거든요. 나아버리는 경우도 있고요.

물론 다방면으로 준비하기 위해서라도 예후 예측은 중요해요. 내년에 벚꽃을 볼 수 없다는 걸 알고 있어도, 몇 주 사이에 느닷없이 몸이 안 좋아지면 '선생님, 어떻게 된 거죠' 하면서 충격을 받아요. '아직 못다 한 일이 있는데' 하는 생각이 들기 마련이죠. 예기애도豫期哀悼*라고, 죽음을 받아들일 때까지 준비 기간이 필요해요…….”

모리야마는 조금 혼란스러워 보였다. 다행인지 불행인지, 모리야마는 정확한 예측을 할 수 있다. 검사 결과를 토대로 말하자면 모리야마의 남은 생은 주 단위, 길어도 월 단위다. 모리야마 자신도 이따금 그렇게 푸념했다.

“그래도…… 마음과 몸의 에너지라고 해야 할까, 의료적인 판단을 아득히 뛰어넘는 뭔가가 여전히 있어요. 그걸 이끌어 내 주는 건 일종의 긍정적인 사고나 각오라든지, 가족일 테죠. 그런 것들로 인해 바뀌어가는 경우도 있어요. 그런데 '앞으로 며칠'이라고 딱 잘라 말해버리면, 살아갈 기력과 에너지가 깎여나가 버려요.

좋아지는 사람이 많을 거예요. 면역 항암제인 옵디보를 투여해서 극적으로 나은 사람도 있어요. 하지만 같은 약을 써도 좋아지지 않는 사람도 있죠. 그 차이는 뭘까요.

그래서 생각해요. '암이 하고 싶은 말'이 있을 거라고. 환경

● 다가올 이별과 상실을 겪기 전에 미리 애도하는 반응. 환자나 그 가족이 죽음을 예기했을 때 발생하는 정상적인 상실감을 가리키는 용어다.

을 바꾸고 자기 행동도 바꾸고. 행동이 바뀌면 생각도 달라져요. 그리고 잠재의식 속에 있는 셀프 이미지까지 바꿔버린다면, 낫지 않을 병도 나아요. 암도 사라지고요.

그렇지만 잠재의식에서부터 철저하게 나을 거라고 생각하지 않으면 암은 사라지지 않아요. '이렇게까지 노력했는데'라는 생각이 저변에 남아 있으면, 암이 소멸할 정도로 다시 태어날 수가 없어요. 바로 그게 낫는 사람과 낫지 않는 사람을 가르는 경계선이라고 생각해요. 서양의학을 쓰느냐 안 쓰느냐가 문제가 아니라, 그 정도로까지 깊게 자기 내면을 마주해야만 낫는 사람이 되는 게 아닐까요."

나는 마주 앉은 모리야마의 얼굴을 쳐다봤다. 분명 모리야마는 현대 의료에 종사해온 간호사다. 하지만 모리야마라는 사람의 됨됨이를 안다면, 지금의 모리야마도 이해할 수 있다.

모리야마는 갑자기 나타난 암과 끈기 있게 협상을 하고 있었다. 섬멸이 아닌 대화를 원하고, 적대가 아닌 감사를 하고, 공존하기 위해 숙주로서 협정을 맺으려고 노력하고 있는 것이다. 모리야마는 자신의 인생을 바꾸라는 사인으로서 암이 나타난 거라고 의미를 부여했다. 자신의 전문 분야였던 서양의학과의 작별을 결의한 듯했다.

암은 낫는다고 잠재의식 속에서도 완전히 믿게 됐을 때, 그때 암이 사라진다고 모리야마는 믿고 있었다. 아니, 정확히 말하자면 믿으려고 어떻게든 노력하고 있었다.

귀까지 황달로 물든 모리야마의 뒤로 사람들이 지나갔다. 손을 맞잡은 젊은 커플, 더피 인형을 안고 있는 여자아이와 부모. 이곳은 꿈나라다.

예전에 나는 게이코 가족과 함께 디즈니랜드에 있었다. 움직이는 것도 신기할 정도로 체력이 떨어졌는데도 게이코는 이곳에서 살아갈 에너지를 얻었다.

모리야마는 그 에너지를 쐬게 된다면, 어쩌면 자신도 좋아지지 않을까 기대하고 있었다. 모리야마에게는 기적을 일으키는 곳을 향한 순례였는지도 모른다.

하지만 자신에게는 마법의 힘이 그다지 깃들지 않는다는 사실에 낙담한 것처럼 보였다.

"나한테는…… 산이나 온천이 더 맞는가 봐요……."

왜 기적이 깃드는 사람과 깃들지 않는 사람이 있는 걸까. 낫는다는 신념이 아직 부족하기 때문에 암이 사라지지 않는 걸까. 모리야마는 하늘이 나누어준 카드 속에서 열심히 승부를 가리고 있었다.

"끙끙대면서 생각을 해요. 왜 암에 걸렸을까. 그런데 대체의학 선생님은 이렇게 말씀하시더군요.

인과응보라는 말이 있다, 인과는 태어날 때부터 가진 것이어서 아무리 생각해도 우리로서는 알 길이 없다. 어떤 사람은 병에 걸리고 싶지 않아도 걸리고 만다. 바꿔 말하면 어떤 사람은 아무리 병에 걸리고 싶어도 걸리지 못하는 거죠.

작가님은 '난 모리야마 씨의 진심이 뭔지 모르겠어요'라고 하는데, 당연한 거예요. 병에 걸리지 않으면 병에 대해선 알 수 없죠. 아뇨, 암 환자라고 해도 다른 암 환자의 마음을 어떻게 알겠어요. 모르는 게 당연한 거예요. 그건 어쩔 수 없는 거예요. 애초에 원인을 가지고 태어난 거라서, 자기 힘으로는 뭘 어떻게 할 수가 없어요. 그렇지만 이제부터의 운명은 바꿔 갈 수 있어요. 맺지 못했던 인연을 이제부터 맺어갈 수 있어요. 인과에 얽매이지 말고, 인연을 소중히 여기고 살면 되지 않을까요."

모리야마는 검사 수치가 나빠져서 거동을 못 하게 되면 어쩌나 노심초사했다. 하지만 대체의학 의사는 숫자에는 일절 얽매이지 말라고, 숫자는 수의 세계에 불과하니 얽매여서는 안 된다고 격려했다.

"수치가 나빠지면 점점 희망을 잃게 돼요. 누구나 불안해지죠. 하지만 그런 건 제쳐두라고, 숫자에 연연하지 말고, 누가 어떻게 생각하든 갈 수 있다면 마음껏 가고 싶은 곳에 가면 된다고 하셨어요.

게이코 씨도 무척 불안했을 텐데도 그걸 이해하고 디즈니랜드에 갔기 때문에 그렇게 멋지게 웃는 얼굴로 하루를 보낼 수 있었을 거예요.

우리는 그런 사람들에게 용기를 주고, 불안을 부추기지 않는 의료나 케어를 얼마나 해왔을까요? '인간이 본래 가진 힘은 그 정도가 아니에요'라는 메시지를 간호사로서 전달해왔는지, 느낄 수 있게 해드렸는지 매우 의문스러워요.

병원은 일단 행동을 제한하고 봐요. 자유롭고 편안하게 살아갈 힘을 억눌러버린다고요. 그럼 집은 어떠냐, 집도 족쇄를 걸어버려요. 본인은 하고 싶은데 여러 곳에서 브레이크를 걸어버리죠. 이런 게 본인의 에너지를 떨어뜨리지 않을까요?

'후회 없는 인생을 살았다'고 말할 수 있게끔 하고 싶은 걸 마음껏 할 수 있도록 도움을 드리는 건, 어쩌면 의료나 간호라는 카테고리 안에 들어가지 않을지도 몰라요. 그렇다면, 전 의료나 간호가 아닌 부분에서 일을 하고 싶은 마음이 있어요. 만약 낫는다면…… 낫는다면 말이에요."

예전에 방글라데시의 불교 사원에 묵었을 때 일이 생각난다. 재스민꽃이 피고, 이름 모를 열대 나비가 소리도 없이 노니는 낙원이었다. 하얀 스피츠가 강아지와 장난을 치고, 고아들이 서로서로 공부를 가르쳐주었다.

그곳에는 병을 얻은 승려가 고아들의 보살핌을 받으며 홀로 누워 있었다. 오후가 되면 아이들이 승려를 부축해 밖으로 데리고 나왔다. 승려는 바깥에 있는 침대에서 날이 저물 때까지 꾸벅꾸벅 졸았다. 멀리서 승려들이 염불 외는 소리가 들려왔다. 아름답게 차려입은 재가 신도들이 와서 병자를 위해 기부를 하고 갔다. 사원 뜰에는 화장터도 있다. 서서히 쇠약해지다 숨을 거둔 승려는 화장터에서 불에 타 재가 되고, 사람들은 그 재를 사원 벽에다 펴 바른다.

태국의 정글에 있는 삼림파 사원에 묵은 적도 있다. 삼림수도의 전통을 따르는 그곳에도 울창한 숲 한가운데에 화장터가 있었다. 재가 된 승려의 유골은 잼 병에 무성의하게 담겨 있고, 병에는 빗물이 고여 장구벌레가 들끓었다.

그 공동체 안에서 생로병사는 무엇 하나도 위장되어 있지 않았다. 커다란 도마뱀과 뱀이 있는 숲속에서, 병도 죽음도 자연의 사이클로서 자리하며 비바람에도 사람들 눈에도 그대로 노출되어 있었다.

스코틀랜드의 영성 공동체 핀드혼에서는 꽃과 초목이 병든 사람들의 마음을 치유한다고 했다. 일본을 방문한 티베트 불교 승려는 이런 말을 했다. "티베트 아이들은 태어날 때부터 죽기 위한 준비를 합니다."

우리는 무엇에서 치유를 받고, 어떤 치료를 받을 것인가. 무엇을 믿고, 어떻게 죽어갈 것인가. 유일하고 절대적인 정답 같은 것은 그 어디에도 없었다.

이 세상에는 표준치료 범주에 들어가지 않는 선택지가 무수히 많지만, 현대 일본인 대부분은 표준치료라는 코스를 선택한다. 하지만 그곳에서 손쓸 방도가 사라졌을 때는 돌아갈 장소가 없으며 죽음을 준비하는 교육도 받지 않은 상태다.

"대부분은 '표준치료'라는 컨베이어벨트에 올라탄 채 거기서 '앞으로 몇 달'이라는 선고를 받아요. 컨베이어벨트에 타야만 한다는 생각이 거의 확립되어 있고, 의사가 앞으로 살 수 있는 기간까지 일방적으로 예측해버리죠.

하지만 컨베이어벨트에서 내려오기는 어려울 거예요. 그 틀을 걷어내고 '좋을 대로 하면 됩니다'라는 말을 들었을 때 느끼게 될 불안감을 우리는 견뎌내지 못해요. 그건 우리 탓이 아니에요. 이 나라, 이 사회가 그런 식으로 배양해온 거죠.

예를 들면, 간호사도 의사도 없는 외딴섬 같은 곳에서 출산하고 병에 걸리는 사람들은, 119에 전화하면 금세 구급차가

오는 사회에 사는 사람들과는 각오 자체가 달라요. 우리는 사회로부터 영향을 받고 있어요. 그렇지 않은 세상을 보아온 사람에게는 그렇지 않은 선택지가 잔뜩 있어요. 이제부터는 그렇지 않은 세상을 보려는 기운이 높아지지 않을까요.

다만 그런 다양한 선택지가 있는 삶을 살 수 있느냐 없느냐는, 의사한테 찰싹 달라붙어 의존하지 않고 자기 목숨에 얼마나 확고한 각오가 서 있느냐에 달렸어요. 그런 마음가짐으로 의료를 이용하는 게 중요하다고 생각해요."

오로지 서양의학을 맹신한다 하더라도 다른 선택지가 없었다면 그것 역시 운명이라고 모리야마는 말한다. 종말기 암인데도 호놀룰루 마라톤을 뛰었던 환자처럼 의료의 바깥 세계로 손을 뻗어 더듬는 사람이 있는가 하면, 의사에게 모든 것을 맡긴 채 '고맙습니다, 고맙습니다' 하고 손을 모으고 눈을 감는 사람도 있다.

"만나느냐 만나지 못하느냐도 운명이에요. 이번 생에서 맺어지지 못했던 인연이 다음 생에서 맺어질지도 모르고요. 그렇게 생각하면 조금 편안해지지 않나요?"

우리 스스로 결단을 내리는 것 같지만, 실상은 그렇지 않을지도 모른다.

우리는 자라온 환경이나 보고 들어온 것들, 만난 사람들의 모습에서 영향을 받는다. 만약에 우리가 다른 가정에서 자랐다면, 또는 다른 직업을 가졌다면 다른 선택을 했을지도 모른다. 인생에서 내리는 선택이 본인 의사 하나에 따라 이루어진다고 생각하기 쉽지만, 실은 눈에 보이지 않는 것에 의해 크게 좌우되고 있다.

아무리 노력해도 개인이 가진 힘으로는 어찌할 수 없는, 눈에 보이지 않는 경계면이 존재한다. 우리는 오로지 그 망망대해 안에서 헤엄을 치고 있다. 그런 거대한 힘이 작용하는 줄은 알아차리지도 못한 채.

우리는 놀이기구 앞에 줄을 서 있는 모리야마의 가족들과 합류했다.

"같이 타죠."

나는 그 권유를 사양하고 꿈나라를 뒤로했다.

2013년

2013년, 일곱 번째
일주일에 한 번씩 와타나베 니시가모 진료소에 나오는
비상근 의사, 하야카와 미오.
환자들에게 "선생님만큼은 달라요"라는 말을 듣는
베테랑 간호사 요시다 마미.
대형 병원에서 의사로, 수간호사로 일하던 그들이
재택의료의 길로 들어선 이유는 무엇일까?
이 두 사람에게 의사와 간호사의 입장에서 본 의료 현장의 현실,
재택의료의 장단점, 인간다운 의료에 관해 들어본다.

굿 클로저

하야카와 미오는 와타나베 니시가모 진료소에 일주일에 한 번씩 나오는 비상근 의사다. 10여 년 전, 하야카와는 한 대학병원에서 폐암 말기인 남성 환자를 담당했다. 진찰을 하러 가면 환자는 호흡곤란으로 괴로워하고 있었다. 의식이 흐려진 채로 괴로움에 몸부림치며 몇 번이고 산소마스크를 벗어던지려 했다.

"마스크를 떼면 더 괴로워져요."

그는 이미 하야카와의 당부를 알아들을 수 없는 상태였다. 마스크를 떼어내려고 자꾸만 허공을 헤집는 손을 붙잡으며 하야카와는 어떻게든 환자의 고통을 덜어주고 싶었다.

하야카와가 판단하기에 그의 남은 생은 앞으로 일주일 남짓. 모르핀 투여량을 지금 이상으로 급속히 올리면 호흡이 억제되어 곧 죽음에 이를지도 모른다.

환자는 도리질을 치듯이 고개를 크게 흔들었다. 그리고 눈물을 흘리며 이렇게 말했다.

"선생님, 이제 됐잖아요?"

그 말을 들은 순간, 하야카와의 내면에서 뭔가가 번쩍 튀었다. 그녀는 간호사에게 이렇게 지시했다.

"모르핀을 늘리세요."

"하지만 선생님, 괜찮을까요?"

"괜찮으니까 늘려요. 무슨 일이 있어도 선생님 책임이 아니에요. 내가 모두 책임질게요."

죽음으로 직결될지도 모른다. 그런 불안이 없었던 것은 아니다. 그렇지만 손 놓고 있을 수는 없었다. 가능한 모든 수단을 써서 환자가 느끼는 고통을 덜어주는 것이 중요하다, 하야카와는 그렇게 판단했다. 아파하는 환자를 내버려두더라도 의사는 책임을 추궁당하지 않는다. 철저히 무사안일주의를 고수하면 자신이 위험한 처지에 빠질 일은 없다. 그렇다고 이대로 고통스러워하는 사람을 내버려둬야 할까? 하야카와는 그럴 수 없었다.

다행스럽게도 모르핀을 투여하고 얼마 지나지 않아 환자는 안정을 되찾고 표정이 편안해졌다. 환자를 생각하는 마음이 강하지 않았다면 하야카와는 그를 그대로 방치했을 것이다. 고통스러워하는 환자를 보고 싶지 않다면, 말없이 환자 곁을 떠나 가족에게 이렇게 말하면 그만이다. "제가 할 수 있는 일은 이제 없습니다. 전 주치의로서 할 수 있는 모든 일을 했습니다." 하지만 하야카와의 성품은 그걸 용납하지 않았다.

환자는 평온한 시간을 보내다 사흘 뒤에 숨을 거두었다.

"주치의가 얼마나 인간적인가, 그게 환자 운명을 바꿔버려요."

하야카와는 그렇게 말한다.

"환자가 지내는 장소는 어디가 됐든 상관없어요. 환자분이 편안한 마음으로 있을 수 있다면 그곳이 제일 좋다고 생각해요. 병원이든 호스피스든 자택이든, 어디든 좋아요. 그렇지만 주치의는 중요해요. 장소가 어디든, 소중한 인연을 만나고 멋진 시간을 보내는 사람은 많아요. 꼭 집이라고 좋다고 할 수는 없는 거죠."

하지만 이런 말도 덧붙였다.

"환자가 지내기에 가장 좋은 곳은 어디일까 생각해보면, 전

집이라는 결론에 이르러요. 저희가 봐도 환자에게 좋은 의료를 쉽게 실천할 수 있는 곳이라고 생각하거든요."

하야카와는 대형 병원에서 소아암 환자들을 진료한 경험이 있었다.

"드라마에서는 대체로 순진무구한 천사 같은 애가 나오잖아요? 그런 건 일단 픽션이란 걸 알아야 해요. 대부분이 불만으로 가득하고, 응석받이에 제멋대로예요."

하야카와가 담당했던 열여섯 살 남자아이도 그랬다. 부모가 이혼해서 아버지와 함께 살던 아이는 암이 발견되어 어쩔 수 없이 입원하게 됐다. 건강할 때는 축구를 했지만 이제 공을 찰 수 없는 몸이 돼 있었다. 부친은 전형적인 회사원으로 아들과 관계가 원만하지 못했다.

"일이 바쁘다 보니 좀처럼 아이를 보러 오질 못하는 거예요."

무표정한 얼굴로 거의 입을 열지 않는 아들과 보내는 그 시간이 견디기 힘들었을 것이다. 아버지는 일주일에 한 번 오는 그 시간마저 5분도 안 돼 허둥지둥 돌아갔다. 그런 부자 관계였다.

아이는 간호사하고도 말 한 마디 나누지 않았다. 하야카와에게도 마찬가지였다.

그래서 하야카와가 아이에게 말을 걸었다.

"넌 하고 싶은 게 뭐야? 뭐든 할 수 있다면 뭘 하고 싶어?"

"어차피 못 하잖아요?"

아이가 노려보는 듯한 눈초리로 대꾸했다.

"그건 모르지, 말해봐."

그러자 아이는 머뭇거리다가 이렇게 말했다.

"집에 가고 싶어요."

"집에 가고 싶다고? 갈 수 있어."

순간 아이의 얼굴이 환해졌다.

"네? 갈 수 있어요?"

"그래, 갈 수 있어. 간호사 선생님들한테 집으로 와달라고 하면 돼."

그때 아이는 하야카와에게 처음으로 마음을 연 듯했다.

그런데 아버지는 아들의 부탁이 당황스러운 모양이었다.

"그렇다 하더라도 애를 간병할 수 있을지 어떨지……."

말은 그렇게 했지만, 아버지는 결국 살날이 얼마 남지 않은 아들을 위해 간병휴가를 받아 집에서 함께 지내기로 결정했다.

마지막 며칠, 아이의 통증이 심해졌다.

아버지는 날마다 밤을 새워 아들의 등을 어루만져주었다.

병원에서는 아버지에게 한 마디도 하지 않던 아들이 드디어 아버지와 허물없이 지내게 됐다.

그런데 자식이란 부모가 행복하기를 바라는 존재인지도 모른다.

"아빠, 밤에 잠도 못 자고 힘들지? 이제 됐어. 병원에 들어 갈게."

그렇게 말한 아들은 구급차로 병원에 실려 왔고, 이틀 뒤에 숨을 거두었다.

하야카와에게 인사를 하러 온 아버지는 감사하다는 말을 남기고 돌아갔다고 한다.

그 뒷모습을 보며 하야카와는 이런 생각이 들었다고.

"떠나는 사람은 남겨지는 사람에게 선물을 주고 가요. 그때 그분은 아빠의 얼굴을 하고 있었어요. 아이가 그분을 아빠로 만들어줬구나 싶었어요. 떠나면서 주는 마지막 선물로요."

재택의료는 의사 재량이 크다. 하야카와는 환자를 위해 최선을 다할 수 있는 현장은 집이라고 생각한다.

일상적으로 죽음을 접하는 일에 종사하면서도 하야카와는 어릴 때부터 죽음이 무서웠다고 한다.

"죽음에 대한 생각을 하니 밤에 잠을 못 자겠더라고요. 그래서 어떻게 하면 고통 없이 죽을 수 있을지 골똘히 생각하다 보니 의사에 이르게 됐어요."

올곧지만 조금 별난 구석이 있는 하야카와. 아마 그런 괴짜가 드물기에 완화치료가 제자리걸음을 걷는 것이리라.

예전에는 병을 낫게 하는 일이 무엇보다 중요해서 환자의 고통을 없애는 일에는 그다지 관심을 가지지 않았다.

의료에 있어서 죽음은 곧 패배이며, 고통을 없애는 것은 부차적인 문제라는 분위기가 있었다.

"10년 전, 제가 신참이었을 때는 치료 방법이 없는 말기 암 환자한테는 아무런 경험도 없는 햇병아리가 배정됐어요. 가망이 없다는 걸 알면 의사는 흥미를 잃어버려요. '그래, 너, 네가 그 환자 봐라' 뭐 그런 느낌? 그렇지만 미숙하기 때문에 아무것도 모르죠.

신참들끼리 '이 약 괜찮을까', '그 약을 써볼까' 의논하면서 환자를 맡았어요. 무섭죠. 적어도 전 너무 무서웠어요. 그런데 수련의 시절은 뭐 그런 분위기예요. 아직도 그런 병원이 있을지도 몰라요. 의사는 낫지 않는 사람한텐 관심이 없어요. 그래도 전 생각했어요. 의사는 이런 게 아무렇지도 않을까, 아무것도 못 느끼는 걸까."

수련의 시절, 하야카와는 지식이 부족하고 무력한 자신에게 화가 났다. 그와 동시에 의문도 생겼다. 도대체 의사의 윤리란 무엇일까. 사람으로서 당연한 감정이 결여되어 있으면서 어떻게 이 일을 할 수 있는 걸까.

하야카와에게는 잊을 수 없는 광경이 하나 있다. 어느 날 밤, 간암을 앓는 고령 여성이 간 내 종양 출혈로 집중치료실로 실려 왔다. 간이 부어오를 대로 부어오른 데다가 복수도 차 있었다. 장이 움직이지 않는 장폐색 상태로, 장관에 가스가 차서 빵빵하게 부풀어 있었다. 의사들은 이 죽음이 임박한, 손쓸 방도가 없는 여성을 어떻게 치료할지 의논하기 시작했다. 다들 구급이나 집중치료 전문의라서 간암이나 종말기 의료에는 전문 지식이 없었다.

의사들은 호흡을 확보하기 위해 입에 삽관을 했다. 그때 환자는 목소리를 잃었다.

이윽고 한 의사가 이렇게 말했다.

"일단 장에 가스가 차서 빵빵하니까 항문관을 넣어서 가스를 빼자."

하야카와가 보고 있는 앞에서 덩치 큰 남자들이 환자를 에워싸고 기저귀를 쩍쩍 벗기더니, 여성의 다리를 벌리고 이렇게 말했다.

"잠깐만요, 미안해요."

그러고는 굵은 팔뚝으로 항문에 관을 삽입했다. 관이라지만 비닐로 만든 단순한 관이다. 이어 남자 의사들이 여성의 복부를 가스가 나오게 꾹꾹 누르기 시작했다.

하야카와는 가슴이 찢어질 것 같았다.

"환자를 에워싸고 '가스 나왔어?', '아니, 아직 안 나오는데' 그러고 있는 거예요. 가스가 찼다 해도 그게 금세 푸슉, 나올 리가 없잖아요. 게다가 그러는 동안에 간에서 출혈이 생길지도 모르니까 절대 움직이지 말라면서, 환자를 치료대 위에 개구리처럼 눕혀놓았어요."

하야카와는 환자의 눈에서 한 줄기 노란 눈물이 흘러내리는 것을 보았다. 그러나 수련의라는 자신의 위치상, 잠자코 보고 있는 수밖에 없었다고 한다.

"눈앞에 충격적인 광경이 펼쳐지고 있었어요. 전 속으로 이렇게 생각했어요. 뭐 하는 거야? 이 사람들, 사람한테 무슨 짓을 하고 있는 거야. 생각이 제대로 박힌 의사도 많겠지만, 그렇지 않은 의사도 있어요. 그들은 사람을 사람이라고 생각하지 않아요. 환자가 어떤 심정으로 어떻게 죽든지 간에 아무런 관심이 없어 보였어요. 복도 한가운데를 지나가는 간호사한테 '누가 한가운데로 다녀도 된다고 했어' 하고 고함을 지르는 의사도 있었죠. 가끔 클레임을 거는 환자도 있지만 대부분은 목숨줄이 잡혀 있기 때문에 의사 안색을 살피며 아무 말도 못 해요. 돈을 잘 버니까 다들 떠받들어주기만 하지, 누구한테 비판 들을 일이 없죠. 그러니 생각이 제대로 박히지 않은 의사도 있는 게 당연해요."

그래도 시대 흐름이 달라져 환자들은 사람다운 의료를 제공받기 시작했다.

"옛날에는 목숨을 연장시키는 게 무엇보다 우선이었죠. 이제 사람들 인식도 달라지고, 의료 현장도 많이 변했을 거예요. 아나운서였던 이쓰미 마사타카 씨가 '암과 싸우고 오겠습니다'라는 말을 한 적이 있는데요, 그 무렵은 병에 진다는 게 용납이 안 되는 시절이었어요. 병에 지지 않을 것, 무슨 일이 있어도 파이팅 포즈를 취할 것. 이런 걸 요구하는 분위기였던 것 같아요. 의료 현장에서도 마찬가지였고요. 그게 그리 먼 옛날 일이 아니에요. 불과 십수 년 전만 해도 그랬어요. 그런데 최근에 캔디스 멤버였던 배우 다나카 요시코 씨가 육성이 담긴 테이프를 남기기도 했잖아요. 거기서 '저, 질지도 모르겠어요'라고 말하는 대목이 아주 인상 깊었어요. 그 말을 들으니 이런 생각이 들더라고요. 드디어 세상이 여기까지 변했구나. 이제 싸우지 않아도 된다, 암한테 져도 괜찮다고 생각할 수 있는 시대가 드디어 왔구나."

검은 머리카락을 질끈 묶은 하야카와가 조용히 말했다.

하야카와는 조금이라도 인간다운 의료를 하고 싶어서 재택
의료를 택했다. 재택의료 의사는 병원에서 근무하는 의사보
다 재량이 크고, 환자 또한 보다 자유롭다. 물론 의사가 갖춘
지식이나 경험이 미숙하다면 환자는 불행해진다. 그 때문에
하야카와는 공부에도 여념이 없다. 하지만 의욕이나 지식을
남들보다 배로 갖췄다 하더라도 그녀의 고민에는 끝이 없다.

"가끔 드는 생각인데, 좋은 의사인지 어떤지 환자는 검증도
안 해요. 나이가 있고 권위가 있어 보이면 그걸 고맙게 여기
죠. 의료라는 건 궁극적으로는 모든 게 연명 행위예요. 어디
까지 할지, 어디서 그만둘지를 결정하는 건 의사한테 달렸고
요. 그런데 재택의료 의사 중에는 의료 지식이 따라오지 못하
는 사람이 꽤 있어요. 부업 삼아 시작하는 사람이 많거든요.
'어떻게 이 지경이 될 때까지 내버려뒀지' 그런 생각이 드는
케이스도 있어요. 편안하게 죽으려면 의료 지식을 제대로 갖
춘 좋은 의사를 만나야 해요."

"어떻게 구분하죠?"

"그럴 방법이 없으니까 문제죠."

그런 경위로 하야카와는 지금 와타나베 니시가모 진료소에서 일하고 있다. 그렇지만 재택의료가 그리 만만하지만은 않다. 왕진을 가는 하야카와와 동행한 날에 겪은 일이다. 앞서 방문한 환자 진료가 길어지는 바람에 다음 환자 왕진에 늦고 말았다. 미리 연락을 취해두었지만, 문을 열자 환자의 가족이 우리에게 불같이 화를 냈다. 배우 나카오 아키라를 쏙 빼닮은 우락부락한 얼굴을 한 그에게 하야카와, 간호사 오쿠무라 그리고 나까지 세 사람이 나란히 무릎 꿇고 앉아 설교를 들었다. 무려 한 시간 반. 도중에 밖에서 세찬 비가 내리기 시작했다. 거기다 번쩍하고 번개가 치더니 우르릉, 커다란 천둥 소리까지 울렸다.

그 난리 통을 겪은 탓인지, 하야카와와 나 사이에는 묘한 연대감이 생겨났다.

하야카와는 지금도 죽음이 무섭다는 이야기를 하면서 내게 묻곤 한다.

"내 기일은 봄일까, 여름일까, 가을일까, 겨울일까. 그런 생각 안 하세요?"

"뭐예요. 그런 건 생각해본 적도 없어요. 그런 걸 신경 쓰면 종말기 의료 취재 같은 걸 어떻게 해요."

내가 웃자 하야카와는 부르르 몸을 떨더니 이렇게 말했다.

"내 기일을 생각하면 무서워서 잠을 못 자겠어요."

"하야카와 선생님은 목숨이 왔다 갔다 하지 않는 치료를 하는 게 어때요?"

그러면서 나는 웃어버렸다. 하지만 하야카와는 그 정도로까지 죽음이 무섭기에 환자 측에 선 진료를 할 수 있는 것이리라. 그녀는 환자가 편안한 죽음을 맞이할 수 있게끔 설계하는 것도 의사가 해야 할 일이라고 말한다.

"여명을 알리는 것도 중요한 일이죠?"

내 질문에 하야카와가 힘차게 고개를 끄덕였다.

"그것 또한 엔드 오브 라이프를 맞이한 환자에게는 민감하고 중요한 일이에요. 몇 달 전부터 환자와 정확히 의사소통을 해서, 어떤 생각을 가진 사람인지 파악하고 나서 알려야 해요."

"다들 잘 받아들이는 편인가요?"

"이것만큼은 제각각인데, 지금까지 살아온 인생 자체가 크게 영향을 끼쳐요. 절대 죽음을 받아들이지 않고 마지막까지 포기하지 않고 싸우겠다는 사람도 있고, 유연하게 받아들이는 사람도 있어요."

"전 딱히 인생에 미련이 없어서 간단히 '아아, 그래요' 하고 포기해버릴 것 같은데."

하야카와는 내 얼굴을 잠시 보고 있다가 쓴웃음을 지었다.

"네, 그래요. 다들 건강할 땐 그렇게 말씀하세요. 하지만 정작 그렇게 되고 보면 달라져요."

그렇구나, 그런 것일지도 모르겠다. 인간은 은연중에 자기만큼은 죽지 않는다고 생각하는 경향이 있다.

"역시 시한부 선고를 받아들이는 사람이 받아들이지 않는 사람보다 더 편한가요?"

"아마도 자기 운명을 담담히 받아들이는 사람은 그런 인생을 걸어왔겠죠. 어쩌면 살아오면서 트러블을 만나도 유연하게 대응해왔는지도 몰라요. 하지만 이것만큼은 받아들이라고 해도 무리예요. 받아들이는 것도, 받아들이지 않는 것도 존중해야죠. 그게 의료인에게 요구되는 소양이라고 생각해요."

하야카와가 담당했던 한 환자의 이야기다.

그 환자는 얼굴에 생긴 암이 커진 상황이라 겉으로 봐도 악화되고 있음을 알 수 있었다. 병증이 어느 정도인지 고지도 받은 상태였고, 남은 생도 어렴풋이 짐작하고 있었다.

하지만 그는 이렇게 말했다.

"선생님, 내가 병원을 세울 테니까 선생님은 거기서 일하면서 암을 치료해주세요."

그는 자기 운명을 순순히 받아들이지는 않았다. 하야카와는 그의 남은 생을 몇 주로 보고 있었다. 그의 집안 사정 때문에 연명 처치를 받을 것인지를 포함한 모든 일을 본인과 이야기해야만 했다.

그래도 그는 밝게 말했다.

"내가 병원 지어준다니까."

하야카와는 그에게 어떻게 말해야 할지 고민스러웠다.

어느 날, 그가 하야카와에게 물었다.

"내년에 나, 벚꽃 볼 수 있겠죠?"

웃는 얼굴이었지만 그의 눈에는 불안한 빛이 감돌았다.

하야카와는 그가 남은 생이 길지 않음을 예감하고 이런 질문을 하는 거라고 느꼈다. 좀 더 살 수 있다는 말을 듣고 싶어서 이런 질문을 한 거라고.

"앞으로 며칠이나 더 살겠습니까?"

환자는 대놓고 그렇게 묻지 못한다. 하지만 벚꽃 구경 얘기라면 물어볼 수 있다.

하야카와는 대답 대신 이렇게 물었다.

"선생님은 어떻게 생각하세요? 벚꽃 보실 수 있겠어요? 힘내실 수 있겠어요?"

"……."

그의 눈에 당혹감이 떠오르더니, 이윽고 눈시울이 젖어들었다.

"못 보는구먼."

하야카와가 말없이 고개를 끄덕였다.

"……'못 본다'라."

데구루루, 하야카와는 진실이 소리를 내며 환자의 품속으로 굴러드는 느낌을 받았다.

"……그래요. 고맙습니다."

그는 하야카와의 예상대로 몇 주 뒤에 세상을 떠났다.

그 후로도 많은 환자들이 하야카와에게 물어 왔다.

"내년 여름에는 제가 여기에 있을까요?"

"석 달 뒤에도 여전히 입원해 있을까요?"

그런 질문을 받으면 하야카와는 조용히 되묻는다.

"환자분께서는 어떻게 생각하세요?"

그러면 대부분의 환자가 자기 운명을 받아들인다고 한다. 역시 그랬구나, 하는 얼굴로.

시한부 선고는 의사가 하는 것이 아니다. 환자 자신이 느끼고 있는 바를 끄집어내는 것이다. 인간은 어딘가에 자기가 죽을 시기를 예측하는 능력을 가지고 있다고 하야카와는 느끼고 있었다.

하야카와는 이렇게 말한다.

"가족도, 요양보호사도, 간호사도 해줄 수 없는 게 있어요. 마지막 몇 주를 프로듀스하는 일, 그것만큼은 의사만이 해줄 수 있어요. 그 사람에게 가장 소중한 남은 시간을 성의를 가지고 생각해주는 의사를 만나느냐, 못 만나느냐에 따라 환자의 상황이 크게 달라져요. 본인 뜻에 반하는 연명 치료를 하지 않는 것, 임종 직전에 의식을 어느 정도 유지하도록 할 것인지도 최종적으로는 의사의 판단이 영향을 끼쳐요.

이 사람이라면 정신적으로 버틸 수 있겠다, 이 가족이라면 환자에게 힘이 되어줄 수 있겠다. 그렇게 판단했다면 가능한 한 환자의 의식이 맑게 유지되게끔 해요. 하지만 그런 사람만 있는 게 아니니까요. 가족과 사이가 나쁜 사람, 통증 때문에 패닉에 빠지고 괴로워 몸부림치는 사람도 있어요. 그럴 때는 의식 수준을 떨어뜨리도록 컨트롤해야 해요. 환자와 의사 간에 신뢰 관계가 없으면 못 할 일이죠. 그날을 대비하는 일은, 환자와 그 가족이 어떤 사람인지, 어떤 생각을 가지고 있는지 모른 채로는 할 수가 없어요. 쉽게 말해, 만족스러운 임종의 순간을 만들 수 있느냐 없느냐는 의사 실력에 달려 있어요."

환자의 인생관을 이해하고 그 사람에게 적합한 마지막 시간을 만들어주는 의사가 몇 명이나 있을까. 선고를 받는 측은 그 순간 가장 가혹한 말을 전해 듣는다. 원래 죽음을 받아들이는 방식은 사람에 따라 전혀 다르다. 우리가 맞이하는 마지막 시간은 어떤 생각을 가진 의사를 만나느냐에 따라서도 달라진다. 임종과 관련된 일들을 의료 관계자에게 통째로 맡겨버리는 것이 얼마나 무서운 일일까. 의사도 인간이다.

옷을 살 때는 입어본다. 머리를 자를 때는 마음이 잘 통하는 미용사에게 맡긴다. 그런데 우리는 의사가 어떤 생사관을 가진 사람인지도 모른 채 자신의 운명을 맡긴다.

최근에 하야카와는 와타나베 니시가모 진료소를 그만두기로 결심했다.

"전 재택의료에 꿈을 가지고 지금까지 쭉 달려왔어요. 두 살배기 아이를 키우면서 계속 일을 했지만 둘째가 태어나면 당분간은 육아에 전념할 생각이에요. 지금은 다른 가족을 위한 역할을 해낼 때라기보다는 우리 가족을 돌봐야 할 때니까요.

옛날에는 그런 생각을 한 적이 없어요. 그런데 이제 다른 누구도 아닌 내가 먼저 행복하고 나서 다른 사람을 도와야겠다는 생각이 들어요. 그게 아니라면 다른 사람도 행복하게 해줄 수 없을 거예요."

졸업식

와타나베 니시가모 진료소와 같은 법인인 요양시설 홋코리안에서 한 남성 환자가 숨을 거뒀다. 이른 아침이라 가족은 임종을 지키지 못했다. 허겁지겁 달려온 환자의 아내는 충격으로 일그러진 얼굴이었다.

방금 전에 환자의 임종을 확인한 와타나베가 그녀에게 말했다.

"주무시듯이 조용하게 가셨습니다. 고통 같은 것은 전혀 없어 보이셨어요. 저희도 남편분과 함께 지내며 즐거운 추억을 많이 만들 수 있었습니다."

아내는 그 말을 들으며 연신 고개를 끄덕였다.

"선생님께 큰 신세를 졌습니다. 고맙습니다."

우리는 먼저 조용히 길을 떠난 이를 배웅했다. 나는 인연이 닿아 마침 그 자리에 있던 사람들의 얼굴을 둘러보았다. 방금 유족이 된 늙은 아내, 60대인 와타나베, 40대인 나와 다른 사람들 역시 언젠가 그곳으로 간다. 우리는 잠시 이곳에 머물다 휴가가 끝나면 떠나버리는 여행객 같은 존재다. 다소 이르고 늦은 차이는 있어도, 언젠가 갈 곳은 모두 똑같다. 100년 뒤에 여기에 있을 사람은 아무도 없다. 가모노 조메이가 《방장기》에 쓴 대로, 우리는 찰나를 살고 있다. 하지만 조금 전에 이 세상을 졸업한 인생 선배는 우리를 안도하게 만든다. 그의 죽음이 평안 그 자체였기 때문이다.

예전에 와타나베가 이런 말을 했었다. "환자분이 주인공인 무대에 우리도 올라가서 다 함께 즐거운 연극을 한다."

우리는 잠깐 동안 다른 사람의 무대에 오른다. 지금은 선배가 인생의 졸업식을 치르는 장면이다.

"제가 돌봐줄 수 있었으면 좋았을 텐데, 제 힘으로는 도저히……."

등이 구부정한 아내가 불편한 다리로 남편에게 다가가 얼굴을 들여다본다.

"아이고…… 아이고……."

손수건으로 눈물을 훔친 아내는 또다시 남편의 얼굴을 바라본다.

"아이고…… 아이고……."

아내의 눈에서 굵은 눈물방울이 떨어졌다. 딸 부부와 외손자도 도착해 어깨를 맞대고 한 남자의 얼굴을 다 함께 지켜보았다. 죽음은 남겨진 사람들을 강하게 하나로 묶는다. 죽은 사람이 보내는 마지막 선물이다.

그때 홋코리안의 간병 직원들이 물수건을 가지고 들어왔다.

"가족분들께서 함께 몸을 닦아드리시겠어요? 아니면 저희가 해드릴까요?"

"저희도 같이 할게요."

딸의 말에 가족들이 수건을 하나씩 들었다.

"아빠 얼굴이 참 편안해 보이네, 많이 야위긴 했지만. 너도 닦아드려."

수건을 건네받은 10대 손자. 받아들긴 했지만 그냥 손에 든 채 할아버지 몸을 가만히 보고 있었다.

"아이고…… 아이고……."

아내가 남편의 볼을 토닥토닥 어루만졌다.

그러고는 남편이 와타나베와 함께 홋코리안에 처음 왔을 때의 모습을 그리운 듯이 한참 이야기했다.

그러는 사이, 베테랑 간호사 요시다 마미가 들어왔다.

"여기서부터는 간호사가 하겠습니다. 잠시 밖에서 기다려 주셔도 괜찮을까요?"

가족들은 긴장한 얼굴로 밖으로 나갔다.

요시다가 익숙한 손놀림으로 남자의 유카타를 벗겼다. 기저귀를 벗기자 변이 소량 묻어나왔다. 요시다는 비닐장갑을 낀 손으로 남은 변을 항문에서 능숙하게 긁어내고, 따뜻한 물수건으로 둔부를 닦아낸 다음 새 기저귀를 채우고 새 옷을 입혔다. 이어 머리를 빗기고 얼굴을 닦아주자 왠지 남자의 얼굴에 미소가 어린 것처럼 보인다. 조용한 방에서, 요시다는 이제 다 끝났다는 듯 이불에 진 주름을 착착 펴더니 고인의 몸에 살며시 덮어주었다.

서늘한 실내에 조용한 공기가 흘렀다. 이곳에서 남자는 떠날 때를 맞이하고 있다.

문 쪽으로 걸어간 요시다는 "오래 기다리셨습니다" 하고 가족을 들여보냈다. 그 동작을 보고 있노라니 이런 생각이 든다. 이 사람은 대체 몇 사람이나 이렇게 배웅해왔을까.

건물 현관 앞에는 이미 장례업체에서 나온 사람들이 이동 침대를 꺼내놓고 대기하고 있다. 현관을 조용히 들어서는 그들을 치매 노인들이 걱정스러운 눈빛으로 지켜본다. 장례업체 사람들도 완벽한 동작으로 남자를 이동침대에 눕히고 주름 한 점 없는 새하얀 천을 덮어준다. 그리고 깊고도 아름답게 머리를 조아려 인사를 하고, 다시 조용히 복도를 지나 현관으로 걸어간다. 가정적인 시설이다. 병원과 달리 복도가 하나인 이곳에서는 복도를 통해 나가는 '선배'를 시설 사람들도 함께 배웅하게 된다.

꽃무늬 스카프를 목에 두른 키 작은 노부인이 "아이고" 하고 한숨을 내쉬더니, 질끈 눈을 감고 "나무아미타불, 나무아미타불"을 외면서 합장을 했다. 이동침대를 뒤따르는 가족들이 배웅하는 노인들에게 "그동안 신세 많았습니다" 하고 나직하게 인사를 했다. 이동침대는 출입문 너머로 멀어지고, 담당 직원들은 고개 숙여 망자를 배웅했다. 나는 몇몇 직원과 함께 밖으로 나갔다.

이윽고 남자를 태운 차가 보이지 않게 되자 다들 각자 일상 업무로 돌아갔다. 노인들도 조용히 방으로 사라졌다. 나는 손차양을 하고 하늘을 올려다봤다. 아침 햇살이 눈부시다. 지금껏 이렇게까지 죽음을 가까이에서 지켜본 적이 없었다는 사실에 의아해진다. 이렇게 사계절이 돌아오는 것처럼, 옛날부터 반복되어왔을 텐데.

죽음을 무덤덤하게 바라보게 된다는 죄책감이 점차 흐릿

해져가는 현실을, 더는 거스르지 않기로 했다. 꽃이 지고 새싹이 돋는 계절이 오듯이 사람도 가고 오면서 세대가 바뀐다. 하야카와가 했던 말을 떠올리며 내 기일은 어느 계절이 될까 생각해보았다. 하지만 두려워할 일은 아니라고 느꼈다.

나는 요시다 간호사를 뒤쫓아가 물었다.

"마지막 가시는 길을 단장해드릴 때는 어떤 점에 주의를 기울이세요?"

요시다는 살짝 웃더니 이렇게 대답했다.

"살아 계실 때보다 아름답게 해드리라고 배웠어요. 그래서 진심을 담아 단장해드리고 있어요."

요시다는 와타나베 니시가모 진료소 설립 때부터 함께한 직원으로, 무라카미와 더불어 최고로 손꼽히는 베테랑 간호사다. 요시다는 중학생 때 집이 파산했다. 책상에까지 압류 딱지가 붙어 서랍조차 열 수 없었다고 한다. 중학교를 졸업하자 간호학교에 들어갔고, 개인 의원에 얹혀살며 청소나 심부름을 하면서 통학했다. 원장 가족의 몸종이나 다름없는 생활이었다고 요시다는 회상한다. 욕조는 언제나 마지막에 쓸 수 있었고, 밤 10시에 간신히 일에서 해방되면 간호학교와 통신제 고등학교 공부를 했다. 요시다는 고졸 간호사 틈바구니에서 필사적으로 일하며 갖은 고생 끝에 간호사가 된 사람이다.

근면함을 인정받은 요시다는 대형 병원 수간호사가 됐다. 결혼도 하고 아이도 태어나고, '자, 이제부터 행복 시작이구나' 생각하던 바로 그때 암에 걸렸다. 화학요법과 수술로 암을 극복했지만 방사선치료 후유증으로 장벽이 얇아졌다. 다음에 장이 터지면 수술이 어려운 상태라 언제 죽을지 모를 리스크를 짊어지고 살게 되었다. 지금도 요시다는 인공 항문과 방광을 달고 간호 업무를 하고 있다.

그래서일까. 환자들에게 "선생님만큼은 달라요"라는 말을 종종 듣는다고 한다.

요시다는 재택의료의 장점을 이렇게 표현했다.

"재택의료 일을 하기 전까지는 미처 몰랐던 것들이 많아요. 병원에 있었을 때는 야근을 하면 60명이나 되는 환자를 봐야해요. 그런 상황에 누가 돌아가시기라도 하잖아요? 그분한테 계속 붙어 있을 수가 없어요. 가족들이 빨리 작별 인사를 하고 밖에 나가 계시도록 안내를 하고, 신속하게 몸을 닦아드리고 가족들 품으로 보내드려요. 물론 그때도 진심을 담아서 닦아드렸지만, 가족분들과 함께한다는 건 꿈도 못 꿨어요. 그런데 댁에서 '어떤 옷을 입혀드릴까요'라고 말하면서 몸을 닦아드리고 있으면, 여러 추억 이야기가 나와요. 그러면서 가족분들뿐만 아니라 저희도 마음을 정리하게 되는 것 같아요."

이 요양시설도 와타나베 니시가모 진료소와 똑같은 이념으로 경영되고 있다. 그렇기 때문에 요양시설에 들어온 사람들에게는 이곳이 '집'인 셈이다.

집에서 임종을 맞고, 집에서 떠나보낸다. 시노자키의 아들이 쓸쓸하지만 슬프지는 않다고 했던가. 날카로운 슬픔이 아니라, 좀 더 부드럽게 와닿는 작별. 나무에서 자연스레 열매가 떨어지는 듯한 작별 방법이 있음을 배워간다.

요시다는 디즈니랜드에 갔던 모리시타 게이코에게 용기를 줬던 장본인이기도 하다.

요시다는 동생처럼 아끼던 게이코가 임종할 때도 곁에 있었다.

친하게 지내던 환자와 작별할 때, 요시다는 어떤 심경일까.

"슬퍼서 쓰러져 울지는 않아요. 디즈니랜드 사진을 봤을 땐 펑펑 울었지만, 환자분이나 가족분들 앞에서 눈물을 보이지 않도록 혼자 남몰래 울어요.

말을 건넨다면 '애쓰셨어요, 고생하셨어요' 뭐 그런 느낌이려나요. 저도 20대에 암에 걸린 이후로 수술을 여러 번 거듭했고, 그때마다 죽음을 각오했어요. 그래서 죽음을 특별하게 생각하지는 않아요. 저도 언젠가 죽을 테니까요. 앞서 인생을 졸업한 선배들께 지금까지 고생 많았다고 위로하는 마음이랄까요.

게이코 씨가 돌아가셨을 때도 이렇게 말씀드렸죠. '애쓰셨어요. 이제 통증에서 해방되셨네요. 고생하셨어요'라고요."

환자는 왔다가 떠나간다. 기억에 남는 환자는 어떤 사람들일까.

"한 부인이 인상에 남아요. 처음엔 도무지 마음을 열어주지 않으셨죠. 특히 우리 모리야마 선생님은 유일한 남자 간호사잖아요? 얼굴만 봤다 하면 '당장 꺼져!' 이러시는 거예요. 참 안쓰러웠죠.

저한테도 처음엔 마음을 열지 않으셨어요. 저희는 왕진을 가는 만큼 진찰료가 조금 비싸요. 그러다 보니 '너네 따위한테 줄 돈 없다. 오지 마!' 그런 말도 들었어요. 그런데 어느 날은 침대 밑에 먼지가 잔뜩 쌓여 있는 게 보였어요. 그분은 소중한 걸 모두 침대 밑에 감춰두는 버릇이 있어서 아무도 못 만지게 하는데, 제가 '청소 좀 할게요' 하고 뭐라 그러거나 말거나 청소를 싹 해버렸어요. 그랬더니 표정이 달라지면서 '이렇게 해준 건 댁이 처음이우' 이러시더라고요. 인정받은 순간이었죠.

섣달 그믐날엔 '뭐 드시고 싶은 거 없으세요?' 하고 여쭤보

니 '명절 음식 먹고 싶어. 술지게미에 절인 생선구이'라고 하
시는 거예요. 사실은 간호사가 할 일이 아니라서 이런 짓을
하면 혼이 날 테지만, 그믐날에 그분 댁에 가서 만들어드렸어
요. 당시 그분은 식욕이 없었는데도 그걸 다 드셨어요.

전 그분한테 배웠어요. 다들 그냥 단정 짓고 못 드신다고
생각하고 있었어요. 아무도 뭘 좋아하냐고 물어보지도 않았
죠. 하지만 사실은, 환자는 먹고 싶은 음식이 있고 그걸 드리
면 드신다는 거예요.

재미있는 일도 있었어요. 그분이 미꾸라지가 먹고 싶다고
하시기에 모리야마 선생님이 온 거리를 샅샅이 뒤져 생미꾸
라지를 조달해 왔죠. 일단 볼 안에 넣어뒀는데, 어느샌가 꿈
틀대며 도망을 나왔지 뭐예요. 간호사들이 총출동해서 쫓아
다니다 겨우 잡았어요."

요시다는 그때를 떠올리는 듯 후후 웃었다.

"'뭐지, 산 채로 드시려나?' 했는데, 냄비에 퐁당 넣고 뚜껑
을 닫으시더니……."

우리는 그 대목에서 크게 웃었다.

"마지막 가시는 길은 모두 함께 지켜봤어요. 모리야마 선생
님도 불평 하나 없이 잘해줬어요. '너 같은 거 필요 없어', '꺼
져버려'라는 말을 들어가면서 말이죠. 그래도 힘든 걸 잘 이

겨냈고, 마지막에는 고맙다는 생각이 들었어요. 그분께는 많은 걸 가르쳐주셔서 고마운 마음이 들었고요."

멋대로 살아온 사람에게도 배울 것은 있는 법이다. 그러니 좀 더 당당하게, 마음 가는 대로 살아도 좋을지 모른다. 어차피 누구에게도 폐를 끼치지 않고 살기란 불가능하니 말이다.

2014년

2014년

엄마가 돌아가셨다.

새파란 하늘 아래, 관이 집 밖으로 나왔다.

왜 눈물이 안 나는 걸까.

나는 고개를 갸웃거리며 엄마를 배웅했다.

엄마의 기운이 아직도 주위에 짙게 감돌고 있었다.

드디어 무거운 몸을 벗어던지고 가뿐해진 엄마가,

오랜만에 보는 양산 아래서 나와 어깨를 나란히 하고,

"날씨가 참 덥네"라고 말하며 자기 관을 떠나보내는 것만 같았다.

엄마는 이 세상에 미련 따위는 하나도 없으리라.

이것이 집에서 죽는다는 것이리라.

이것이 집에서 떠나보내는 것이리라.

영혼이 있는 곳

1

긴 투병 생활 동안 엄마가 우는 모습을 두 번 봤다. 마지막으로 우는 엄마를 본 것은 여름이 시작될 무렵이었다. 남쪽을 바라보는 넓은 거실에 간병침대가 놓여 있고, 엄마는 그곳에서 조용한 나날을 보내고 있었다. 이 집은 작고한 소설가 가이코 다케시가 만년을 보낸 쇼난 해안 인근의 저택을 설계했던 사람이 설계한 주문 주택이다. 하얀 집, 빨간 지붕, 세련된 실내 인테리어를 아빠는 퍽 자랑스러워했다. 딸이 그 작가의 이름을 딴 상*을 받은 것은 우연이었지만 아빠는 무척 기뻐

했다. 아빠는 이 집을 사랑한다. 엄마 몸을 소중하게 돌보는 것과 똑같이, 이 집도 구석구석까지 아빠 손때가 묻지 않은 곳이 없다. 언제 가도 기분 좋게 정돈되어 있다.

낮 동안 아빠는 엄마를 휠체어에 태워 텔레비전 앞에 데려다 놓았다. 이제 그 눈동자가 화면을 좇는 일은 없지만, 낮에 방영하는 프로그램에서 이따금 웃음이 이는 소리를 들으면서 엄마는 선잠을 잤다.

휠체어에 매달린 우윳빛 영양액이 똑, 똑, 똑, 천천히 시각을 새겼다. 뜰에는 엄마가 심은 장미가 핑크색 꽃을 피웠고, 커다란 백부용이 바람에 흔들리고 있었다. 그날 나는 볼일이 있어 자리를 비운 아빠 대신 엄마를 돌보러 왔다.

엄마 얼굴을 본 나는 "어머, 엄마" 하고 큰 소리를 내고 말았다. 미간에 커다란 검은 그림자가 있었다. 자세히 보니 검정과 하양 반점 무늬가 있는 모기 한 마리가 앉아 있었다. 보통 건강한 사람 얼굴에는 모기가 이렇게까지 당당하게 앉지 않는다. 앉았다 하더라도 금세 쫓겨 날아간다. 그 광경을 본

● 사사 료코는 《엔젤 플라이트, 국제 영구 송환사》로 2012년 제10회 가이코 다케시 논픽션상을 수상했다. 장편·단편소설, 르포, 기행문 등 다양한 작품을 남긴 작가 가이코 다케시를 기념하기 위해 슈에이샤에서 제정한 상으로, 논픽션 작가 등용문으로 위상이 높다.

순간, 가슴이 미어졌다. 옛날에 집에서 기르던 갈색 시바견이 떠올랐던 것이다.

코끝과 발끝이 까만, 애교가 많은 개였다. 조르고 졸라 초등학교 4학년 때 길러도 된다고 허락을 받았다. 우리 집 아이돌이었지만, 개는 인간을 앞질러 어른이 되고 빨리 나이를 먹었다. 점차 기운이 없어지고 마당에 둔 개집 안에서 꼼짝달싹하지 않는 날이 늘어갔다. 그래도 내가 집에 돌아가면 굽은 허리로 영차, 하고 일어나 좋아라 꼬리를 흔들며 맞아주었다. 지난날 털에서 감돌던 윤기는 어느덧 사라지고 발걸음도 비실비실해져 있었다.

어느 날, 개 꼬리에 묻은 작은 포도색 알갱이를 발견했다. 털을 가르고 살펴보니 여기저기에 잔뜩 묻어 있었다. 자세히 보니 진드기였다. 순간 소름이 돋았다.

"엄마, 엄마. 어떡해, 진드기가 잔뜩 붙었어!"

나는 마당에서 엄마를 불렀다. 아직 젊었던 엄마는 슬리퍼를 신고 나와서 그 모습을 보고 아름다운 눈썹을 찡그렸다.

"벌레도 참 똑똑해. 피부가 튼튼한 젊은 개한테는 얼씬거리지 않는데, 약해지니까 어디서 냄새를 맡고 왔는지 이렇게 꾀네."

그리고 한숨을 한 번 쉬었다.

"늙어서 그래. 이제 집에 들여서 살게 해야겠다."

엄마는 개가 죽으리라는 것을 예감했다.

진드기 제거약으로 벌레를 잡았지만, 집 안에 들인 개는 점점 쇠약해졌다. 개도 역시 죽을 때를 골라 떠나는 것일지도 모른다. 내가 결혼하고 한 달도 채 지나지 않은 밤, 엄마 예언대로 개는 숨을 거뒀다.

아빠는 정성을 다해 가꾸는 정원에 묵묵히 깊고 검은 구멍을 팠다. 개는 좋아하던 장난감과 담요와 함께 그곳에 묻혔다.

사람 얼굴에 앉은 모기를 발견하면 엄마는 뭐라고 말할까.

이제 다 됐구나, 하고 한숨을 지을까. 죽음을 앞둔 생명에게는 이상하게 벌레가 꼬인다고 했던 그 말이 진짜인지 어떤지는 모른다. 하지만 엄마는 그렇게 생각하고 있었다.

콧날이 오뚝한 얼굴, 여전히 도자기처럼 하얀 피부에 불길한 소식을 가지고 온 모기는 마치 엄마에게 찍은 마침표 같았다. 본인은 코를 찡그리고 허공을 바라보고 있었다. 그때 그 자리에는 엄마가 저세상으로 가버리겠다는 예감 같은 것이 가득 차 있었다.

나는 일부러 딴청을 부리며 말했다.

"뭐야 진짜, 이런 데 모기가 다 앉고. 잡아줄게. 잠깐만 참아."

나는 엄마 쪽으로 살금살금 다가가 몸을 숙이고, 숨을 멈추고 엄마 미간을 살짝 때렸다. 찰싹, 작은 소리가 났다.

천천히 손바닥을 뒤집어 확인해봤다. 검붉은 모기 잔해가 남아 있었다.

"됐다, 잡았어. 이것 봐."

나는 일부러 쾌활하게 엄마 눈앞에 손바닥을 펼쳐 보여줬다. 하지만 엄마는 나한테 맞은 충격에 한동안 부들부들 몸을 떨었다. 갑작스러운 충격을 받으면 손발에 힘을 준 채 약한 경련을 일으키는 것도 엄마의 병증 가운데 하나였다. 황급히 엄마를 잡아줬지만 비교적 흔히 있는 일이라서 크게 신경 쓰지 않았다.

"사람 얼굴 한가운데 다 앉고, 참 무례한 녀석이었어…… 그치."

그러면서 웃는데 엄마 눈에 눈물이 고인 것이 보였다.

"미안, 엄마. 아팠어? 아파? 미안해."

나는 엄마의 이마를 어루만졌다.

"미안, 미안. 진짜 미안해."

이윽고 엄마는 오열하기 시작했다. 몇 년 동안 엄마가 우는 모습을 본 적이 없었던 나는 깜짝 놀랐다. 왜 우는지 나는 잘 몰랐다. 딸한테 맞아서 우는 눈물이었을까, 얼굴에 모기가 앉았는데도 쫓아내지 못한 것이 분해서였을까, 아니면 벌레가 앉았다는 것에서 뭔가를 예감해서였을까.

"미안해. 미안, 미안."

그저 사과하는 수밖에 없었다. 하지만 나도 뭘 사과하고 있는 건지 알 수가 없었다. 엄마 얼굴을 때려버린 것이 미안해서였을까, 엄마가 하고 싶어 하는 말을 알아주지 못하는 것이 답답해서였을까.

어린아이처럼 서럽게 우는 엄마와 그런 엄마를 꼭 안은 나. 말로 의사소통을 할 수 없는 우리는, 오후 프로그램이 방영되는 텔레비전에서 이따금 흘러나오는 떠들썩한 웃음소리를 들으면서, 서로의 마음속에서 일어나는 감정을 어쩔 줄 모른 채 보고만 있었다.

나는 끝 모르게 계속되는 엄마의 고난을 그저 방관하고 있는 딸에 지나지 않았다.

2

8월에 들어섰다. 그 무렵 나는 논픽션 작품을 갓 출판한 상
태였는데, 원고 의뢰가 늘어 바쁜 나날을 보내고 있었다. 테
마에 들어가 있는 건 어째서인지 모두 '죽음'이었다. 문헌을
뒤지고, 죽음에 대해 사람들이 구술한 녹음 내용을 받아 적
고, 문장으로 정리했다.

그때 나는 동일본대지진 당시 재해 장면을 집필하고 있었
다. 매일 아침 쓰나미 장면이 담긴 영상을 재생하는 것으로
하루를 시작하고, 종교인이나 철학자가 쓴 죽음에 대한 고찰
을 조사하다가 하루가 끝났다. 덕분에 나는 죽음에 관한 서적
에 파묻혀 살았다. 그날도 나는 죽음을 테마로 한 에세이를
쓰고 있었다.

멀리서 스마트폰 진동음이 울렸다. 소파에서 몸을 일으키
니 이미 하늘이 훤하게 밝아오고 맨션 밖으로 펼쳐진 숲에서
들새 우는 소리가 들렸다. 선잠을 잤던 모양이다. 잠기운이 가
신 것 같아서 스마트폰을 끌어당겨 시간을 보니 아침 5시다.

아빠 전화였다. 나는 스마트폰을 귀에 댔다.

"여보세요."

"그래, 료코냐. 엄마가 돌아가셨다."

"네?"

"엄마가 돌아가셨다."

"……그래요?"

흐트러짐 없는 아빠 목소리. 흐트러짐 없는 내 목소리.

"새벽녘에 뚝 하고 숨소리가 멎더라. 입에 손을 대니 숨을 안 쉬더구나."

"지금 애들 깨워서 그쪽으로 갈게요."

"그래, 기다리마."

"아빠, 괜찮아요?"

"그래, 괜찮다."

나는 애들 방으로 가서 대학생과 고등학생이 된 두 아들, 엄마가 눈에 넣어도 아프지 않을 정도로 사랑했던 그녀의 손자들을 깨우고, 걸어서 친정으로 향했다.

여벌 열쇠로 문을 열고 안으로 들어가자, 아빠가 간병침대 위에서 엄마 몸을 안고 있었다.

엄마는 병을 얻고 난 뒤로 본 적이 없는 편안한 얼굴로 잠들어 있었다. 우리는 누워서 거동을 못 하는 엄마와 돌아가신 엄마를 구분할 수 없었다.

아빠가 손자들을 가까이 불렀다.

2019년

2019년

나는 이번이 마지막 기회라고 생각하면서 말을 꺼냈다.

"재택의료에 대해 말해주겠다고 해서 지금까지 따라왔어요.
그런데 제대로 된 이야기는 지금껏 듣질 못했네요.
어때요, 하고 싶은 말 없어요?"

모리야마가 가쁜 숨을 몰아쉬며 후후 웃었다.

"무슨 말을 하는 거예요, 작가님. 잔뜩 보여드렸구먼.
이게 바로 재택의료였기에 가능했던 거잖아요.
누구보다 행복하게 하루하루를 살기.
내가 하고 싶은 대로 하루를 보내고, 몸 상태를 보아가며
내가 좋아하는 사람과 함께 좋아하는 걸 먹고 좋아하는 곳에 가고.
병원에서는 절대 못 할 생활이었죠."

그렇게 모리야마는 나에게 삶을 마감하는 방법을 가르쳐주고
세상을 떠났다. 그리고 모리야마가 마지막으로 남긴 부탁을
들어주기 위해 나는 남겨진 사람들을 만나러 간다.

삶을 마감하는 방법에 관한 레슨

1

함께 가자는 제안에 나는 모리야마를 따라 교토대학병원에 갔다. 그리고 모리야마와 함께 진찰실에 들어가 주치의가 하는 이야기를 들었다. 동행인은 나만이 아니었다. 아내 아유미, 와타나베 니시가모 진료소의 의사 오바라 아키오, 간호사 오타 기요에, 그리고 실습하러 와 있던 젊은 의대생. 많은 사람이 한자리에 모여 같은 이야기를 공유했다. 와타나베 니시가모 진료소이기에 가능했던 그리운 광경이다.

엑스레이에 찍힌 그림자는 암세포가 사멸했기를 바라던

모리야마의 희망을 부정했다. 모리야마는 사진을 보고 설명을 들으며 고개를 끄덕였다. 병원에서 할 수 있는 일은 사라졌다.

"지금까지 고마웠습니다."

정중하게 고개를 숙이는 모리야마 얼굴에서는 감정이 읽히지 않았다. 누구 하나 평정심을 잃은 이 없이, 모두 말없이 진찰실을 나섰다.

뭔가 생각에 잠긴 모습으로 외래 병동의 긴 복도를 걸어가던 모리야마가 빙글 돌아서서 나에게 말했다.

"지금까지 많은 환자분을 접해왔지만, 그분들도 다들 이런 심정으로 댁으로 돌아가셨겠다는 걸 새삼 알게 됐어요."

"이런 심정이라…… 어떤 심정인가요? 괜찮다면 좀 가르쳐 주시겠어요?"

내가 물었다.

"으음── 이런 심정은, 이런 심정이에요……."

모리야마는 이렇게 대답하더니 다시 가벼운 발걸음으로 앞을 향해 걷기 시작했다.

다른 사람들 역시 말수가 적었다.

그 무렵부터였을까. 각오를 다졌던 것일까, 아니면 뭔가를 하지 않고는 못 배겼던 걸까. 모리야마는 착착 죽을 준비를 하고 있었다. 묘지를 보러 가고, 진료소에 얼굴을 내밀고 인사를 했다. 말은 늘 오락가락했다. "만약에 내가 나으면"이라고 했다가, "내가 죽으면"이라고 했다가.

어느 날은 쓰야*와 장례 절차를 상담하러 간다면서 절에 같이 가지 않겠느냐고 물어왔다. 나라현에 있는 유명 사찰 하세데라에서 소개받은 절이라고 했다.

모리야마의 모친은 신앙심이 두터운 분이었다고 한다. 선조들의 위패를 모신 절의 총본산인 나라 하세데라로 해마다 반드시 참배하러 갔다고. 모리야마는 같은 진언종이며 집에서 가까운 절을 소개받아 자신의 사후 일을 부탁하기로 한 것이다. 모리야마는 걷기도 버거운지 지팡이를 짚어야 했다.

승려를 만난 모리야마는 죽은 뒤에 머리맡에서 염불을 해주기를 원했고, 또 어떤 법명을 받을지 등을 상담했다.

모리야마는 아마도 앞으로 일주일, 어쩌면 며칠로 보이는 용태였다. 그런 사람이 스스로 절을 찾아가 사후 일에 대해서 아무렇지 않게 이야기하고 있다. 옆에서 지켜보고 있자니 몹시 신비로운 기분이 들었다. 영화나 드라마라면 이 대목에서

●   고인을 장사 지내기 전에 친족과 지인이 밤을 새워 죽은 이를 지키는 의식.

눈물을 쏟을까.

레스토랑에서 주문이라도 하는 것처럼 쓰야를 의뢰하는 모리야마를 보며, 나 역시 딱히 강한 슬픔에 사로잡히지는 않았다.

모리야마가 나라 하세데라에 가서 부처님께 절을 올리던 모습을 떠올리며 아유미는 이렇게 말했다.

"보통은 낫게 해주세요, 살려주세요, 이럴 것 같잖아요. 그런데 저이 말로는, 그땐 달랐대요. 부처님이 앉아 계신 모습을 보니까 그저 '내 모든 걸 맡기겠다'는 기분이 들었대요. 그러면서 안도한 게 아닐까요."

그때 모리야마는 사후에 가야 할 곳을 발견했던 것일지도. '기도할 테니 낫게 해주세요'가 아니라, 크나큰 존재에게 자기 몸을 아무런 조건 없이 맡겼던 것일지도 모른다.

모리야마는 하세데라에서 소개받은 주지를 만나 상황을 이야기하고 사후에 있을 자신의 장례를 맡겼다. 그러는 동안 모리야마의 표정은 줄곧 평온했다.

죽음의 수용. 엘리자베스 퀴블러 로스가 말한 다섯 단계의 마지막 단계에 모리야마는 서 있었다. 주지에게 "부탁드리겠습니다"라고 한마디 덧붙이며 작별을 고한 모리야마는 마음이 놓인 듯한, 달관한 듯한 얼굴로 아유미와 나란히 경내를 걸었다. 절에서는 모란 축제 준비가 한창이었다. 예년보다 개화 시기가 늦어져 아직 2할 정도밖에 피지 않은 상태였다.

힘든 몸일 텐데도 모리야마는 아유미와 둘이 문 앞에서 기념사진을 찍었다. 그리고 다시 천천히 걷기 시작했다. 그 뒷모습을 보면서 나도 천천히 뒤를 따랐다.

계절이 돌고 돌듯 사람의 계절도 바뀌어간다. 떠나가는 봄이 아쉬운 듯 교토에서는 여기저기서 벚꽃이 소리도 없이 떨어지고 있었다. 이제 곧 때가 오면, 모리야마는 저쪽 세계로 건너가는 배를 타리라. 작별을 앞에 둔 나에게도 체념과 함께 은은한 슬픔이 밀려왔지만, 차올랐다 물러가기를 반복하는 밀물과 썰물처럼 자연스럽게 다가왔다. 출산 전에 느끼는 약한 진통과도 매우 비슷한 형태였다.

모리야마는 예전부터 교토 약과대학에서 교편을 잡고 있었다. 5년 전부터는 진료소에서 모리야마의 제자들을 실습생으로 받기 시작해 현재까지 106명이 거쳐 갔다.

그날은 '재택의료 현장에서 약사의 역할'에 대한 패널 디스커션이 있었다. 모리야마는 패널리스트로 연단에 설 예정이었다. 병세가 상당히 심각해져 이제 움직이는 것도 괴로워 보였지만, 그날 밤 모리야마는 캠퍼스에 있었다. 진즉에 몸은 한계를 맞이했을 텐데 정신력만으로 움직이고 있다는 것이 누가 보아도 확연했다.

모리야마가 목소리를 쥐어짜내 말을 하기 시작했다. 그 모습을 젊은 예비 약사들이 숨죽여 지켜보고 있었다. 학생들에게 선사하는 모리야마의 마지막 수업이었다.

"약대생 여러분은 간호대생이나 의대생과 달리 약을 통해 해결책을 찾아내려는 분이 많을 겁니다. 하지만 가능하다면 재택의료 현장을 이해하고 또 환자를 이해한 다음 그 사람에게 맞는 약이 무엇인지를 꼭 생각해주셨으면 합니다. 현장에서는 의사와 간호사 등 여러 직종의 의료진이 일하고 있습니다. 그 사람들이 일을 수월하게 할 수 있도록 만들려면 무엇이 필요한지를 아셔야 합니다. 혹시 배우고 싶은 분이 계신가요? 환영합니다. 언제든 실습하러 오십시오.

한 말씀만 더 드리겠습니다. 전 이렇게 암 환자가 돼버렸습니다. 부디 환자를 대할 때는 '낫지 않을 사람'이라는 생각은 하지 말아주세요. 설사 예후가 심각하더라도, 꼭 나을 사람이라고 믿고 힘이 되어주셨으면 합니다."

마지막 수업을 마치자 모리야마는 마음이 놓였던 모양이다. 이튿날 만나러 가보니 이제 상체를 일으키기도 힘에 겨운지 침대 안에 웅크리고 있었다.

"왔어요" 하고 말을 걸자 "네" 하는 힘없는 대답이 돌아왔다. 얼굴에 흙빛이 돌고 흰자위에는 노란 막이 떠 있었다. 모리야마는 하루하루 야위어갔다. 수액을 맞지 않겠다고 결정한 몸은, 저편으로 건너가기 위해 하루하루 짐을 내려놓고 가벼워졌다.

나는 이번이 마지막 기회라고 생각하면서 말을 꺼냈다.

"재택의료 얘기를 해주겠다고 해서 지금까지 따라왔어요. 그런데 제대로 된 이야기는 지금껏 듣질 못했네요. 어때요, 하고 싶은 말 없어요?"

모리야마가 가쁜 숨을 몰아쉬며 후후 웃었다.

"무슨 말을 하는 거예요, 작가님. 잔뜩 보여드렸구먼."

"네?"

나는 들릴락 말락 한 숨을 내쉬고 되물었다.

"이게 바로 재택의료였기에 가능했던 거잖아요. 누구보다 행복하게 하루하루를 살기. 내가 하고 싶은 대로 하루를 보내고, 몸 상태를 보아가며 내가 좋아하는 사람과 함께 좋아하는 걸 먹고 좋아하는 곳에 가고. 병원에서는 절대 못 할 생활이었죠."

"……그랬던 거군요."

이것이 바로 200명 넘는 사람의 임종을 지켜본 모리야마가 선택한 마지막 나날을 보내는 방법이었다. 항암제를 끊고 나서는 의료나 간호가 개입하는 일도 거의 없었다.

모리야마는 여름방학을 맞은 어린아이처럼 날마다 아유미와 놀면서 지내기를 택했다. 평소 '버리는 간호'를 주장하고, 간호직이라는 틀을 넘어선 인간으로서의 케어를 추구한 모리야마는, 서양의학 전문직에서 내려와 모든 치료를 중단하고 가족 품으로 돌아갔다.

의료도 간호도 없고 요양이라는 이름마저 배제한, 이름이 붙지 않는 흔하디흔한 나날을 보내기. 이것이 모리야마의 선택이었다. 이 기간 동안 그는 간호사도 아니고 약대 강사도 아니었다. 물론 내 앞에서도 간호 전문가가 아니었다. 남은 생이 얼마쯤 된다는 예측을 버리고, 4기라는 사실을 잊고, 그날그날을 오롯이 즐겼다. 암이 하고자 하는 말에 귀를 기울이며 그저 진지하게, 열심히 자연치유를 믿고 놀면서 지냈다. 모리야마는 내게 '지금을 살라'는 가르침을 주었다. 자신이 말한 '버리는 간호'를 그대로 실천한 것이다.

물론 모리야마는 간호 전문가이며 아유미도 병원에서 근무하는 사회복지사다. 무슨 일이 일어날지 알고 있다. 모리야마도 아유미도 장기 휴가를 내고 자유롭게 지낼 수 있는 특수한 환경이었던 것도 분명하다. 의사에게 선고받지 않더라도 그들 부부는 스스로 남은 시간을 거의 정확하게 짐작할 수 있었을 것이다.

가까운 온천에 가고, 등산을 하고, 맛있는 것을 먹고, 드라이브를 하고.

나도 그들 부부와 함께 비와 호수에 가고 유채꽃을 구경했다. 히타치 바다에 가고 디즈니시에 가고 자연식 레스토랑에서 식사를 했다. 뿐만 아니라 그들 가족은 병자라며 겁먹지 않고 다 같이 캠핑을 떠나 침낭에서 잠을 잤다.

"분명 나는 암 환자예요. 하지만 병자니까 침대에 누워서 병원 밥이나 먹는 게 아니라, 의료나 간호라는 프레임워크를 걷어낸 곳에서 인생을 찾아냈어요. 이게 바로 익스트림 재택 의료 아닐까요."

"그건 그래요."

나는 고개를 끄덕였다.

결국 간호를 배우는 학생을 위한 기술적인 이야기는 거의 나오지 않았다. 모리야마가 언제쯤 이야기를 꺼낼지 내심 생각하면서 많은 나날을 이리저리 휘둘려왔지만, 나도 그와 마찬가지로 언젠가 죽을 운명을 지닌 몸에 불과하다. 다만 나는 아직 죽음이 언제 찾아올지 예측하지 못하고 있을 뿐이다. 만약에 내일 사고로 죽으리라는 것을 알고 있다면, 모리야마처럼 필사적으로 지금을 즐길 수 있을까. 그저 다가오는 죽음을 눈앞에 두고 공포에 질려 아무것도 할 수 없게 되어버리는 건 아닐까.

돌이켜 생각해보면, 함께한 모든 순간이 초등학생 시절로 되돌아간 것처럼 즐거웠다. 죽어가는 사람과 함께 있던 시간 모두 나에게 평생 잊기 힘든 추억이 됐다. 사람은 시간을 자유롭게 줄이거나 늘릴 수 있을지도 모른다. 순간순간 시간이 멈춘 것처럼, 우리는 그 시간 속에서 같이 식사를 하고 같이 놀았다. 휴게소에서 모리야마와 함께 먹었던 쑥떡 맛은 결코 잊지 못할 것이다.

종말기 환자 취재. 그 시간은 그저 놀고 지내는 사람과 함께 놀았던 나날이었다. 그리고 사람은 언젠가 죽는다, 반드시 죽는다는 것을 모리야마와 함께 배운 시기이기도 했다. 그래, 그거면 될 것이다. 마음 가는 대로 살아도 된다. 모리야마는 그런 견본이 되어 내 곁에 있어 줬다.

봄이 절정인 동안, 나는 자전거를 빌려 타고 가모강 제방에 만발한 벚꽃을 보면서 양쪽 기슭을 여러 번 건너가며 모리야마를 만나러 갔다. 그 사람이 그 사람답게 집에 있다. 그것을 위해 간호가 있고, 의료가 있다. 만약 의료가 무대에 등장할 막幕이 없다면, 그것이 제일 좋은 법이다.

"지금은 좀 어때요?"

내가 묻자 모리야마는 내 쪽을 살짝 돌아보며 천천히 입을 열었다.

"몸이 뜻대로 잘 안 움직이기 시작하네요. ……그런 건 아마 다들 마찬가지 아닐까요.

사는 게 조금씩 힘들어지고. 그 속도가 빨라지기 시작하고. ……화장실을 제때 못 가게 되고.

지금도 아내 생리용 패드를 차고 있어요.. 살면서 제일 보여주기 싫은 그런 모습을 받아들여준 아내가 정말 고마워요. 못 하는 게 늘어서 한심하기도 해요. 그렇지만 그 한심한 면을 당연하게 받아들여주는 상대가 있어 편해요.

만약 지금 입원 중이라면 '왜 기저귀를 안 차느냐'라든지 '왜 간호사를 안 불렀느냐'라는 말을 듣겠죠? 속으로는 싫어도 강제로 기저귀를 차게 되고요.

기저귀, 소변패드, 휴대변기, 터치업(난간), 간병침대 등등, 간호사 시절에 저는 융통성 없게 이것도 필요하고 저것도 필요하다, 죄다 써야 된다고 했어요. 환자가 안락하게 생활하는 게 가장 좋다고 생각했거든요. 그런데 간병침대는 싫다는 환자분이 개중에 꼭 계셨어요. 그때는 간병침대를 들이면 편한데 왜 저러실까 싶었죠. 제가 그 처지가 되고 보니 그 마음을 조금 알 것 같아요.

위험하니까, 불편하니까, 그런 말로 걸핏하면 행동을 제한하려 하죠. 하지만 집에서라면 지금까지 살아온 지혜와 경험으로 어떻게든 마지막까지 자립해서 생활할 수 있어요.

환자가 어떤 생활을 하고 싶어 하느냐, 그걸 헤아려주는 게 재택의료가 가진 장점이에요. 바로 그게 최첨단 의료 아니겠어요. 그 사람 요구를 하나하나 들어주고, 사이즈에 맞는 옷을 만들어주는 맞춤 의료. 재택의료를 이렇게 평가해주는 학생이 있었죠. 기뻤어요.

'이렇게 안 하시면 안 돼요'가 아니라 '어떻게 하시든 괜찮아요', '해보세요, 안 되면 바꾸면 돼요'라는 한마디가 고마울 때가 있잖아요.

그런데 이게 전형적인 재택의료 형태냐고 묻는다면, 전혀 그렇지 않아요. 제가 복이 많은 건 알고 있어요. 이런 억지를 받아주는 동료가 있으니까 이렇게 지낼 수 있는 거죠.

내 가치관, 내가 믿는 것과 소중히 아끼는 것, 가족들이 지켜줬으면 하는 것이 뭔지 적어도 아내나 가족들한테는 전하고 싶어요. 어떤 말이 아니라, 내가 뭘 하고 있는지 또 죽고 나서 뭘 남겼는지를 저마다 느낄 수 있는 마지막 모습이 조금이라도 남아줬으면 좋겠어요. 어떤 삶을 추구했느냐라고 하면 좀 거창하게 들리겠지만요. ……그럴 수 있다면 이렇게 사는 것도 그리 나쁘지 않을 것 같네요."

이야기를 나누면서 우리는 모리야마가 탈 배가 바로 근처에 와 있음을 예감했다. 종말기 환자 집을 돌면서 간호사들은 환자가 눈을 감게 될 날을 거의 정확하게 예측하곤 했는데, 나 같은 문외한도 어렴풋이나마 알 수 있었다. 모리야마는 벚나무에 새순이 돋을 무렵에 떠날 것이다. 지금 계절이라면, 벚꽃이 만발하던 계절에 세상을 떠난 시노자키 씨가 기다리고 있을 것이다.

"몸은 안 아파요?"

내가 묻자 모리야마는 힘없이 미소 지었다.

"덕분에 통증은 없어요. 그런데 밤에 잠을 못 자요. 너무 가려워서 식욕이 없어요. 이러고 있는 것만으로도 힘들어요. 의욕 같은 게 안 생겨요. 그런 상황이 힘이 드네요. 그리고 계단 오르내리기가 힘들어요. 숨을 못 쉬어서……."

"불안하진 않아요?"

"불안이라, 그래, 1층에 못 내려가게 되면 어떡하지 싶을 때가 있어요. 그게 불안이라면 불안이겠죠."

"죽는 게 무서워요?"

"그 질문 몇 번째죠."

우리는 함께 빙그레 웃었다.

"그래요. 다만 전에도 말했다시피, 내가 이 세상에서 사라진다는 것 그리고 나라는 존재가 아무것도 아니게 된다는 그런 막연한 공포가 문득 솟구쳐서, 그런 걸 큰 목소리로 지워버리고 싶어질 때가 있긴 했어요. ……그런데 이 병에 걸리고 그런 마음이 없어졌다는 이야기를 한 적이 있을 거예요.

그건 아마도 막연했기 때문에 무서웠던 거라고 생각해요. 죽음이라는 것이 누구보다도 일찍 내 몸에 내려오고 나면 그건 더 이상 공포가 아니에요. 이게 뭐지, 난 아직 괜찮은 걸까, 난 암에 안 걸리는 걸까 또는 난 왜 죽는 걸까, 그런 정체를 알 수 없는 불안이 전부 선명해지잖아요. 그렇게 되면 막연하게 두려워하던 것이 구체적으로 보이기 시작해요. 마음에 품은 공포의 정체가 분명히 보일 때, 사람은 어딘가에서 한시름을 놓아요.

인간에겐 원래부터 그런 프로세스가 내재되어 있는 것 같아요. 그 프로세스가 이루어지지 않으면 다음 세대로 이어나가지 못하게 된다거나 하는 게 분명 있을 거예요.

막연하던 공포는 사라지고, 그만큼 하고 싶은 일이나 좋아하는 일을 하면서 나답게, 자연스럽게 몸의 프로세스에 따라

가게 되는 거죠."

"자연스러운 프로세스라는 표현에 납득이 가나 봐요?"

"그래요. 다들 원래부터 가지고 있지 않을까요. 퀴블러 로스의 주장은 상당히 정확해요. 처음엔 '왜 내가' 하는 분노가 오고, 그 분노를 품으면서 나는 안 죽는다고 부정하거나 어떻게든 회복하려고도 하고, 타협도 하면서 차츰 받아들이죠. 그 프로세스라는 건, 주위에서 난리만 치지 않으면 자연스럽게 되어가는 거라고 생각해요. 다행히 아내는 단단히 마음의 준비를 해줬고 동료들도 의료에 모든 걸 맡기지 않으려는 나를 잘 이해해줬어요. 그 덕에 이렇게 잘 지낼 수 있었다고 생각해요."

후우, 하고 숨을 내쉬는 모리야마에게 물어봤다.

"저세상을 믿어요? 윤회는 어떻게 생각해요?"

"그러게요, 지금까지 그다지 현실감을 못 느꼈는데 있으면 좋겠다는 생각이 막연하게 들어요. 이런 상태가 되고 보니까 내가 암이 하고자 하는 말, '달라져야 한다'는 그 말을 얼마나 잘 들어줬는지 여전히 알 수 없는 부분이 있어요. 어쩌면 나는 이번 생에서는 암이 하고자 하는 말을 못 들었는지도요.

혹시 다음에 다시 태어난다면, 암이 하려는 말을 알아듣거나 아니면 많은 사람의 마음을 들을 수 있게 될지도 모르죠.

이번 생에서 얻은 선물을 다음 생에 가지고 가는 게 아닐까 싶어요.

이번 생에서 칼로 자르듯 딱 끝나는 게 아니에요. 나는 내가 태어나고 자란 그 집에서 배턴을 넘겨받았지만, 이런 식으로 이도 저도 아니게 끝나는 바람에 달라지지 못한다면 다음 생에서는 꼭 달라지리라는 마음이 자연스럽게 솟아나지 않을까요.

만약에 이번 생만으로 세상이 끝나지 않는 거라면, 또는 저세상에서 이번 생을 산 의미가 실현된다고 생각하면 무척 여유로워지지 않나요? 이번 생으로 모든 게 완결되는 거라면, 범죄도 그렇고 병도 그렇고 너무 절망적이잖아요. 저세상이란 게 그저 머릿속에서 만들어낸 거라고 여길지도 모르지만, 혹시라도 눈에 보이지 않는 세계가 있다면 문화나 사회가 좀더 다채로워질 거예요."

2

다음 날, 모리야마는 오래 알고 지낸 미용사를 집으로 불러 마지막 이발을 했다. 우리 할아버지도 그랬다. 사람은 마지막을 앞두고 머리를 정돈하고 싶어지는 것일지도 모른다. 이어 모리야마는 진료소에서 알고 지낸 장례업체 직원을 불러 장례 준비를 했다. 장례업체 측에서는 모리야마가 병을 앓고 있었다는 사실을 알고 깜짝 놀랐다. 동시에 아유미가 모리야마와 부부라는 사실에도 놀랐다. 아유미 역시 근무하는 병원에서 그 업체 사람들과 안면이 있었던 것이다. 장례업체 직원들은 진심이 담긴 얼굴로 이렇게 말했다고 한다.

"저희도 모리야마 가의 일원이라는 마음으로 식을 준비하겠습니다."

오카타니를 만났다. 예전에 모리야마와 조개 캐기 여행에 동행했던 남자 사무직원이다.

"모리야마 선생님이 암에 걸렸다는 이야기를 듣고 많이 놀랐어요. 그렇게 좋은 분이 왜 암에 걸려야 하는 건지. 하지만 전 믿었어요. 다른 사람은 몰라도 선생님이라면 분명히 병을 치료하고 건강하게 복귀하실 거라고요. 신이 있다면 어떻게 이렇게 불공평할 수가 있죠, 신이 원망스러워요."

그러는 오카타니를 보니 코끝이 빨개지고 눈에는 눈물이 맺혀 있었다.

"모리야마 선생님은 정신을 차리고 보면 언제나 그 자리에 있어 주는 분이셨어요. 좋은 일도 궂은 일도 가장 먼저 말하고 싶은 분, 특히 좋은 일이 생기면 제일 먼저 알려드리고 싶은 분. 그때 조개 캐기 여행, 참 즐거웠죠. 그렇지만 그건 모리야마 선생님이 계시고 오시타 선생님이 계셨기 때문이에요. 그 덕에 제가 환자분과 함께 즐거운 시간을 보낼 수 있었던 거예요. 최고의 추억이었어요. 모리야마 선생님은 저에게 아버지 같으면서도 형 같은 존재셨어요."

그날 밤, 오카타니가 병문안을 하러 모리야마의 집을 찾아왔다.

눈물을 흘리는 오카타니에게 모리야마는 힘겨운 호흡 사이로 이렇게 말했다.

"즐겁게, 즐겁게."

귀에 익은 말이었다. 그것은 시노자키가 입버릇처럼 하던 말이었다. 시노자키에게 프린트해 전해줬던 것과 똑같은, 하프 콘서트가 열렸던 날에 찍은 기념사진이 모리야마의 방에도 장식되어 있다. 시노자키 부부도, 모리야마 부부도 웃는 얼굴이다.

여행을 떠나려는 모리야마가 걸어갈 길을, 앞서 떠난 시노자키가 부드럽게 밝혀주고 있다.

조개 캐기 여행을 간 시게미는 행동하는 용기를, 시노자키는 즐겁게 산다는 것이 얼마나 중요한지를, 게이코는 꿈나라의 마법을, 호놀룰루 마라톤을 뛴 환자는 마지막 순간까지 포기하지 않는 마음을, 기가 센 노부인은 제멋대로라는 소리를 듣는 한이 있더라도 먹고 싶은 것을 먹는 즐거움을 모리야마에게 가르쳐주었다. 또 내가 알지 못하는 많은 사람이 모리야마에게 죽음을 두려워하지 않아도 된다고 알려주었다. 그리고 이번에는 모리야마가 내게 삶을 마감하는 방법을 가르쳐주고 있다. 인류가 쉬지 않고 이어온 삶의 고리 안에 나도 들어가 있다.

나도 집으로 돌아가야 할 때가 왔다. 가모강을 건너 수없이 드나들었던 모리야마의 서재를 빙 둘러보았다. 벽 두 면을 차지한 커다란 책장, 캠핑에 가지고 다니는 랜턴, 애플 마크가 있는 매킨토시 랩톱, 그리고 와타나베 니시가모 진료소의 보라색 간호사 유니폼. 책장에서 가장 눈에 띄는 곳에 놓인 내 책 두 권. 환자 가족과 찍은 사진, '오랜 간호사 생활, 수고하셨습니다'라고 모리야마의 딸들이 손글씨로 쓴 상장. 아유미가 마당에서 따 온 비올라 꽃다발. 그리고 드러누우면 파란 하늘이 보일 커다란 천창. 이 서재도 숨을 쉬고 있는 듯하다.

아아, 집은 좋다. 모리야마가 살아온 모습 그대로지 않은가.

나는 모리야마가 내민 손을 맞잡는다. 우리 둘 다 이번이 마지막이라는 것을 예감하고 있다.

"그럼, 또 봐요."

내가 손을 놓는다.

"부탁할게요."

모리야마가 말한다. 그는 내게 맡겼다. 하지만 대체 무엇을? 나는 평생에 걸쳐 그 질문을 하게 되리라. 앞으로 모리야마를 수없이 만날 것이 틀림없다. 고민거리 가득한 원고 속에서.

문 앞에서 걸음을 멈추고 뒤를 돌아보았다. 모리야마가 앙상해진 손을 있는 힘껏 하늘을 향해 뻗었다. 나 또한 커다랗게 두 번 손을 흔들고, 그 손을 살며시 내 가슴에 가져다 댔다. '나한테 맡겨요'라는 뜻이었다.

3

이날 밤, 모리야마가 음성을 남겼다.

4월 20일. 새벽 2시 반이군요. 좀처럼 잠이 안 와 뒤척이고 있어요.

아유미를 힘들게 해서 미안하네요. 그래도 마음은 편해요.

꿈을 꿨어요. 어찌 된 영문인지 교토대 검사실에 취직한 꿈이었어요. 그런데 일하는 사람들이 이상하게도 모두 초보지 뭡니까.

'왜 이런 데서 일하고 있담. 뭐 상관없어, 1년만 있다가 다른 데로 가버리지 뭐.'

그런 생각을 했어요. 그런데 그곳은 단순한 검사실이 아니라 어딘지 모를 사막 한가운데 있는 검사실이더군요. 알고 보니 〈인디애나 존스〉의 세계였어요.

쳐들어온 악당들에 맞서 해리슨 포드와 함께 싸웠어요. 대단한 도구는 없지만, 지혜를 짜내서 악당들을 척척 해치워나갔죠. 죽어라 싸웠어요. 기분이 끝내주더군요. 아직 이렇게 움직일 수 있구나 싶어서요.

드디어 악당들을 다 해치우고 정신을 차리니 여기로 돌아와 있었죠. '암인데 어쩌려고' 그런 말 따위엔 요만큼도 신경 쓰지 않고 마음껏 날뛰고 보니, 몸은 너무나 잘 움직이고 세상은 훨씬 더 넓어진 것만 같더군요. '나 아직 안 죽었어' 하는 생각도 들고요. 인간이란 참 대단하죠. 이상입니다.

황당무계한 꿈. 모리야마는 꿈에서도 필사적으로 살려고 했고, 환자로서 느끼는 심경을 알려주려고 했다.

"뭐라는 거야, 모리야마 씨."

나는 그가 남긴 음성을 들으면서 홀로 웃음 지었다. 그리고 울었다.

모리야마는 드디어 화장실을 가러 일어설 수 없게 됐다.

기저귀를 차고, 마지막으로 만나고 싶은 사람의 방문을 받고, 그 사람이 떠나면 고통스러운 표정으로 괴로워하다 정신을 잃었다. 고형물도 수분도 거의 섭취하지 못하게 되면서 모리야마의 살기 위한 고군분투는 일단락을 짓게 됐다.

이튿날 아침, 모리야마는 아유미에게 이렇게 말했다.

"이틀 뒤에는 세데이션(진정)시켜서 잠들게 해줘. 너무 힘드네."

의료용 마취제를 투여해 의식 수준을 떨어뜨려 잠들게 해달라는 것이다. 그대로 숨을 거둘 가능성도 충분히 있다.

그때 모리야마는 펑펑 울었다고 한다.

"한심해. 좀 더 멋지게 가고 싶었는데. 자연스럽게…… 약에 의존하지 않으려고 했는데."

그 모습을 아유미는 이렇게 전해 왔다.

"본인밖에 모를 고통을 대신해줄 수 없었어요. 물론 본인 선택을 거부할 수도 없었죠."

그 후, 오시타가 방문해서 세데이션에 들어가기 위한 준비 사항을 설명했다. 그리고 간병침대와 재택 산소발생기가 들어왔다. 복지용품 담당자는 모리야마의 달라진 모습을 보고 당황한 듯했지만, 익숙한 손놀림으로 조립을 하고 떠났다. 그 무렵 모리야마는 스스로 침대로 이동하는 것도 힘에 부쳐 했다.

세데이션을 앞두고 모리야마는 다시 한번 의사 표시를 했다. 이삼일 후가 아니라 밤부터 곧바로 시작해달라고.

모리야마의 희망에 따라, 딸들이 재택 주치의에게 세데이션에 따르는 리스크에 대한 설명을 듣는 자리가 마련됐다. 세데이션에 들어가면 잠든 채로 눈을 뜨지 않고 숨을 거둘 수도 있다. 그때까지 모리야마는 딸들에게 작별을 고할 기회를 좀처럼 잡지 못하고 있었다.

하지만 그러는 게 당연할지도 모른다. 가족에게 새삼 할 말을 남기는 것은 상당히 어려운 일이다. 결국 부모님이 아무 말도 하지 않고 떠났다는 사람을 여러 명 알고 있다.

밤 9시가 지나자 재택 주치의 오바라가 도착했다.

아유미가 두 딸을 모리야마의 서재로 불렀다.

"오늘 선생님이 중요한 말씀을 하실 거거든. 아빠가 너희도 같이 들으면 좋겠대."

그때 일을 아유미는 이렇게 말한다.

"둘째는 좀 싫은 내색을 했어요. 그래도 기본적으로 엄마, 아빠를 거스르지 않는 아이들이라 다 같이 자리해줬지요."

오바라와 오시타는 모리야마 발치에 앉고, 아유미와 두 딸은 모리야마의 머리맡 옆 바닥에 앉았다. 둘째는 엄마와 언니 사이에 있었다.

오바라가 아이들에게 쉬운 말로 설명해주기 시작했다.

"보통 사람은 낮에 깨어 있으면 밤에는 자연히 잠을 자게 되어 있잖아? 사람은 자는 동안에 몸에 쌓인 피로를 회복하도록 만들어져 있어. 그런데 아빠는 병이 방해해서 잠을 잘 주무시질 못해. 그래서 약을 써서 잘 주무실 수 있게 하는 거야.

주사를 놓기도 하고 약을 먹는 경우도 있지만, 그러면 약효가 금세 없어져버려. 그래서 수액으로 천천히 약을 넣어서 아침까지 푹 주무실 수 있게 할 거야.

그런데 지금 아빠 몸 상태 같으면 약효가 다 떨어져도 계속 잠을 주무시거나 눈이 잘 떠지지 않게 돼버리는 경우도 있어. 어쩌면 눈을 뜨지 않은 채로 점점 호흡이 약해지다가 숨이 멎어버리는 일이 생길지도 몰라."

오바라는 좀처럼 그다음 말을 꺼내지 못했다.

그 말을 이어가듯이 모리야마가 딸들에게 말했다.

"아마 괜찮을 거라고 생각은 하는데, 어쩌면 그냥 그렇게 일어나지 않을지도 모르니까 너희한테 해두고 싶은 말이 있어. 아빠는, 너희가 아빠 모습을 지켜봐 줬으면 좋겠어. 기저귀를 차고 똥도 혼자서는 못 누게 됐지만, 사람은 말이야, 태어났을 때 혼자서는 아무것도 못 하는 것처럼 마지막에도 누군가의 손을 빌려야 할 때가 와. 아빠도, 엄마도, 물론 할아버지도 할머니도, 사람은 누구나 다른 사람 신세를 져야 하는 때가 온단다."

모리야마는 또렷한 목소리로 이야기를 이어갔다.

"너희 둘이 엄마 곁에서 든든하게 힘이 돼줘야 해. 아빠는 너희가 아빠 딸로 태어나줘서 정말 기뻐. 고마워. 아빠는 일찍 떠나지만, 시간이 긴가 짧은가는 하나도 중요하지 않아. 짧지만 알찬 시간이었어. 너희가 커가는 모습을 어딘가에서 꼭 지켜보고 있을게."

도중에 둘째 딸이 흐느끼는 소리가 섞여들었다. 아유미가 열한 살인 둘째를 품에 안고 머리를 쓰다듬어줬다. 감정을 나타내는 것이 서툰 첫째는 표정 변화 하나 없는 얼굴로 눈물도

홀리지 않았다. 그렇게까지 필사적으로 자신을 억제하고 버텨내려는 첫째를 아유미는 안쓰러운 눈길로 지켜보았다.

세데이션은 22일 밤부터 시작되었다. 이튿날 아침 모리야마는 또렷하게 잠에서 깨어나 문병 온 와타나베와 무라카미를 맞았다. 하지만 각성한 후 찾아오는 고통이 더욱더 심해져 23일 밤에는 본인 희망대로 시간을 앞당겨 저녁 7시가 지나자 세데이션을 시작했다.

전날 밤과 달리 이날 밤 모리야마는 진정 중인데도 "기저귀 좀 봐줘", "갈아줄래……" 하면서 몽롱한 와중에도 의사를 전달했다. 그렇게 고통이 그다지 완화되지 않는 모습으로 하룻밤을 보냈다.

24일, 모리야마는 잘라내버리고 싶을 정도로 손발이 무겁게 느껴져 몸을 주체할 수 없는 듯 침대 위에서 한참을 괴로워했다. 그래서 그날은 오후 4시가 지나서부터 세데이션을 시작했다.

약이 투여되는 도중에 약효가 떨어졌는지, 모리야마는 밤새 심하게 뒤척였다. 낮 동안 보인 무거운 몸을 주체 못 하던 모습이 상상이 안 될 정도로 움직이던 모리야마는, 아유미가 꾸벅꾸벅 졸고 있는 동안 침대 가장자리에 걸터앉거나 엎드려 있었다.

모리야마를 보러 다양한 사람이 다양한 시간에 찾아왔다.

24일에는 4월부터 진료소에서 일하기 시작한 신참 간호사가 오시타와 함께 방문간호를 왔다. 대학생 시절 실습하러 왔을 때 모리야마에게 지도를 받았던 여자 간호사로, 오늘은 오시타의 지도 아래 족욕, 손발톱 깎기, 마사지 등 실제 업무에 들어갔다. 첫 실전을 앞두고 주저하는 신참에게, 모리야마는 "피가 나도 괜찮다"며 발톱 깎기를 맡겼다.

마사지를 해주러 날마다 방문하던 오시타에게 모리야마는 이렇게 말했다.

"간호사는 참 대단해."

오후에는 아유미의 부모님이 오카야마에서 올라왔다. 아유미가 말하기를, 고향에 내려갔을 때 잠깐 만나기는 했지만 그때는 모리야마와 부모님 사이에 대화다운 대화가 없었다고 한다.

"친정에 가도 걸끄러운지 대화를 피하는 것처럼 거의 방에만 틀어박혀 있었어요."

하지만 이번에 만난 두 분께 모리야마는 지금까지의 경과와 감사의 뜻을 정확하게 전달했다.

"잘 버텨줬지만, 조금만 더 힘내줬으면 했는데."

아유미 모친의 말에 모리야마는 이렇게 대답했다.

"그래도 암이 발견된 후로 아유미와 충분히 좋은 시간을 보냈으니까요."

온화하고 말수가 적은 아유미의 부친은 아유미와 모친을 방에서 내보내고 모리야마와 단둘이 무언가를 이야기했다.

나중에 아유미가 무슨 이야기를 했냐고 물어보니 부친은 짤막하게 대답했다.

"응, 고맙다고 하더라."

그날 급히 하프 연주회가 열렸다. 예전에 시노자키 집에서 연주했던 이케다가 커다란 악기를 가지고 모리야마 집으로 왔다.

연수 중인 의대생과 신참 간호사도 모인 가운데, 이케다가 아름다운 음색을 연주했다. 계절은 돌고 돌아, 시노자키 집에서 연주회가 열렸던 그날로부터 여섯 번째 봄을 맞이했다. 예전에 자신이 기획했던 하프 콘서트가 자신의 임종기에 다시 열릴 줄은 모리야마도 생각하지 못했으리라.

이번 생에서 모리야마는 천천히 작별을 고할 기회를 부여받았다. 가족들과 친구들 또한 모리야마의 집을 찾아와 작별을 고했다.

집에서 임종하는 것이 삶을 마감하는 가장 자연스럽고 가장 여유로운 방법이라고 늘 말하던 모리야마였다. 그는 본인이 생각하는 가장 바람직한 장소에서 여정이 시작되는 순간을 맞이하려 하고 있었다.

그리고 25일. 원래 모리야마와 함께 시찰하려 했던 암 요양시설에 혼자 다녀온 오바라가 민들레 두 송이를 손에 들고 찾아왔다.

"시설에 희귀한 일본민들레가 피어 있더라고요."

모리야마에게 보여주고 싶어서 일부러 꺾어 온 모양이었다.

오바라는 모리야마와 진료소의 장래를 논하던 동료였다.

돌아가려 할 때 오바라는 좀처럼 발걸음을 떼지 못하고 자꾸만 꾸물거렸다. 왜 그러고 있는지 아유미가 의아해하는데, 오바라가 마침내 "그 암 요양시설 규칙이 뭐라고 그랬죠?" 하고 나직하게 입을 열었다. 그러고는 "그쪽 직원들이 힘을 전해달라고 해서요"라며 살며시 모리야마를 포옹했다.

아유미는 깜짝 놀랐다. 덩치도 크고 언뜻 차가워 보이는 오바라였다. 그런 그가 모리야마를 위해 들꽃을 꺾어 소중히 가져오고, 눈앞에서 남편을 안아주고 있다.

함께 불철주야로 일해온 그들의 마지막 작별 의식이었다.

25일, 본인의 희망에 따라 모리야마는 아침부터 계속해서 세데이션 수액을 맞았다.

재조정한 약은 정확하게 진정 효과를 발휘했고, 모리야마는 깊은 잠에 빠져들었다.

환류하는 행복

1

모리야마에게 부탁받은 일이 있었다. 자신이 방문간호를 하며 집에서 임종을 지킨 사람의 가족들을 만나고 와달라, 작별한 후 가족들은 어떻게 지내고 어떤 감정을 가지고 있는지 꼭 이야기를 듣고 와달라는 것이었다.

첫 번째로 찾아간 사람은 예전에 모리야마가 제안해 하프 콘서트를 열었던, 그 벚나무 정원 집에 사는 시노자키의 아내 미쓰코였다. 6년 만이었다. 현관 초인종을 누르자 그때와 전혀 인상이 달라지지 않은 미쓰코가 문을 열어줬다. 세월을 거

슬러 올라간 듯한 기분에 순간 당황스러웠다.

"어머, 오랜만이에요. 어서 들어오세요."

"실례하겠습니다."

신발을 벗고 안으로 들어서서 미쓰코를 따라 복도를 걸어갔다. 그곳에 있는 것만으로도 마음이 편안해지는 분위기는 그때 그대로였다. 뜰에서 솨솨 소리가 들리는 듯한 상쾌한 바람이 불어들었다.

"그때 생각 나네요."

그렇게 말하며 걸어가던 나는 예전 습관대로 시노자키가 누워 있던 방 앞에서 그만 우뚝 멈추고 말았다. 반사적으로 그를 찾았지만 물론 시노자키의 모습은 보이지 않았다.

대신 기타와 함께 벽에 걸린 그림 몇 장이 눈에 들어왔다.

그중 한 장에서 눈을 뗄 수 없었다. 그림 속에 자리에 누운 시노자키가 있었다. 머리 위로 빛이 쏟아져 들어오고, 시노자키는 그쪽을 향해 기도하듯이 손을 맞잡고 있었다.

미쓰코가 그린 그림이었다.

"그이가 꼭 기도하는 것처럼 손을 맞잡고 잠들어 있는데, 마침 창문으로 빛이 쏟아져 들어오지 뭐예요. 마치 주님께서 인도하고 계신 것 같죠? 그래서 스마트폰 카메라로 찍어놨어요. 언젠가 그림으로 그려내고 싶다고 생각은 했는데, 막상 사진을 보니 당시 일이 떠올라서 붓을 잡기까지 조금 시간이 걸렸어요. 그래도……, 그리길 잘했어요.”

이별의 고통이나 슬픔 너머에는 조용하고 평온한 시간이 기다리고 있는 걸까. 그 그림 옆에는 삼 형제가 나란히 선 그림이 있었다. 복도로 나오자 부부와 어릴 적의 삼 형제가 찰싹 붙어 웃고 있는 그림이 걸려 있었다. 이 집에는 시노자키가 아직 살아서 가족을 지켜보고 있다. 곳곳에서 그의 숨결이 느껴졌다.

복도 끝에 난 창문이 활짝 열려 있고, 창밖으로 벚나무 정원이 펼쳐졌다. 벚꽃이 끝을 고하며 소리도 없이 지는 풍경은 한 폭의 그림 같았다.

시노자키가 만든 오래된 목마와 나무 덱도 그때의 연극 무대를 기억 속 모습 그대로 재연이라도 하는 것처럼 정원을 지키고 있었다. 내가 말했다.

“모리야마 씨가 열었던 하프 콘서트 때도 벚꽃이 질 무렵이었는데……. 이 시기에 방문하다니 좀 신비로운 기분이 들어요.”

그러자 미쓰코가 눈을 크게 뜨고 고개를 끄덕였다.

“맞아요. 전화를 받았던 날이 마침 6년 전 하프 콘서트 날이었죠. 그때 생각을 하고 있는데 전화가 울려서 깜짝 놀랐어요. 분명 주님께서 인도하신 거겠죠."

콘서트 날 그랬던 것처럼, 정원을 바라보는 거실로 다시 한번 안내받았다. 자리를 잡고 앉고 보니 눈높이가 그때와 똑같다. 모든 것이 그대로다. 주방에서 미쓰코가 커피콩을 갈고 있다. 벚꽃이 떨어지는 소리까지 들릴 성싶은 조용한 시간이다.

"그때 모리야마 씨뿐만 아니라 아내분과 아직 어렸던 두 딸도 함께 왔었어요."

내 말에 커피를 내온 미쓰코가 고개를 끄덕였다.

"모리야마 씨 아내분을 생각하면 감정이입을 하고 말아요. 물론 본인이 제일 힘들었겠지만, 아내분도 참 강한 분이라고 생각해요. 언젠가 다시 이야기를 나눌 시간이 오면 좋겠어요. 따님들도 하프 콘서트가 끝나고 나서 우리 남편한테 깜찍한 편지를 보내줬는데."

당시 모리야마 씨 인상이 어땠냐고 묻자 미쓰코는 이렇게 대답했다.

"모리야마 씨는 조용하고 행동거지도 부드러운 분이었어요. 그러면서 단호한 면도 있었죠. 본인한테나 주위 사람한테나 포용력 있는 분이라는 인상을 받았어요. 그리고 상대방이 기뻐할 거라고 생각하면 곧바로 행동으로 옮겼죠. 사진 찍은 걸 프린트해서 주신 적도 있고, 콘서트 풍경을 바로 DVD에 담아 보내주시기도 했고요."

그러더니 미쓰코는 방 한쪽 구석에 놓인 사진으로 시선을 옮겼다. 그것은 모리야마의 서재에도 놓여 있던, 시노자키와 미쓰코를 한가운데에 두고 하프 콘서트 때 찍은 단체 사진이었다. 시노자키 부부가 있고, 모리야마도 가족과 함께 있다. 모두 행복해 보인다.

"저땐 남편도 컨디션이 좋아서 무척 즐거워했어요."

그때를 그리는 듯 미쓰코의 얼굴에 미소가 떠올랐다.

투명해 보일 정도로 밝은 모습은 예전 그대로였다. 나는 정원에 시선을 준 채 말했다.

"하스이케 선생님이랑 방문했을 때 시노자키 씨가 하신 말씀 있잖아요, '즐겁게, 즐겁게'. 그 말씀이 잊히지 않아요."

"남편이 아직 건강했을 때, 친정아버지가 암으로 돌아가셨어요. 그때 막내가 중학생이었는데, 남편이 이런 말을 했어요. '장인어른께서 애들한테 삶을 가르쳐주고 계시는 것 같아.' 삶을 마감하는 방법이라고 할까요. 그이 나름대로 여러모로 느끼는 바가 있었던 게 아닐까요. 남편은 병에 걸리고 나서도 자기 일거수일투족이 주위에 어떤 영향을 끼치는지를 아주 많이 생각했어요. 자기 몸 걱정만 해도 벅찰 텐데. 굉장한 사람이라고 생각해요."

미쓰코는 "참, 주책이네요" 하고 웃고 나서 다시 이야기를 이어갔다.

"모든 것이 합력하여 선을 이루느니라,* 그렇게 되어야겠죠."

나는 이것이 모리야마가 말하는, 죽어가는 사람이 전하는 마지막 가르침이라고 생각했다.

모리야마는 이런 말을 자주 했다.

"죽음을 멀리하니까 아이들이 죽음을 배울 기회를 놓치게 돼요. 죽어가는 사람이 얼마나 다채로운 것들을 많이 가르쳐주는데. 그게 참 안타까워요."

죽어가는 사람은 그저 보살핌받는 게 전부인, 도움을 필요로만 하는 무력한 존재가 아니다. 그들은 많은 것을 가르쳐준다. 실제로 얼마 안 되는 기간을 취재했을 뿐인데도 시노자키가 내게 가르쳐준 것은 결코 적지 않았다.

"오늘 돌이켜보니 어떠세요. 집에서 간병하고 싶어 하는 사람들에게 해줄 조언은 없으실까요?"

"조언이라기보다는…… 할까 말까 망설이고 있다면 꼭 해

●　〈로마서〉 8장 28절에 나오는 성경 구절.

보시라고 말씀드리고 싶어요. 처음엔 무척 불안했어요. 병세가 나빠지기라도 하면 무슨 일이 일어날지 모르잖아요? 나 같은 문외한이 뭘 할 수 있을까 걱정이 되죠.

그렇지만 니시가모 진료소 분들은 한밤중에라도 와주겠다고 하셨고, 실제로 달려와주셨어요. 좋은 분들을 만날 수 있다면 그만한 복이 없을 거예요.

물론 간병하는 쪽도 힘들지만, 환자 본인을 중심에 두고 생각해줘야 해요. 만약 환자가 바란다면, 여러 제도를 이용해서 한번 시도해보셨으면 해요. 집에서 돌보겠다고 마음만 먹는다면 어떻게든 될 거예요."

그렇지만 사랑하기에 힘이 드는 부분도 있지 않느냐고 묻자 미쓰코는 고개를 저었다.

"남편하고는 일심동체라고 할까요, 곁에서 지켜보자니 괴롭다는 그런 객관적인 느낌이 들었던 게 아니라, 지금 생각해보면 내가 아프고 괴로운 거라고 받아들이고 함께 싸웠어요. 당시엔 나 자신도 필사적이었어요. 힘든 줄도 몰랐고, 내가 당신한테 이렇게까지 해준다는 생각도 들지 않았어요. 만약에 처지가 뒤바뀌더라도 남편 역시 나한테 똑같이 해줬을 게 분명하니까요.

항암제 부작용으로 입원했을 때는 외박도 못 했기 때문에,

저는 날마다 병실에 가서 면회 시간 끝날 때까지 같이 있었어요. 남편은 집으로 돌아갈 수 없었던 그때가 제일 힘들었다고 했어요. 남편이 죽고 나서 저는 제 몸 절반 이상이 사라진 듯한 상실감을 느꼈어요. 어떤 모습이라도 좋으니, 숨을 쉬고 있어 주기만 해도 좋을 것 같았어요.”

미쓰코는 숨을 한 번 쉬고 말을 이었다.

“마지막 이틀 전쯤? 약으로 잠들게 한 채 보내드리는 방법도 있다는 제안을 받았어요. 하지만 그렇게 하면 서로 소통할 수 없게 돼버리잖아요. 기운이 있을 때 그이가 마지막까지 ‘싸우겠다’고 했기 때문에, 가족들과 상의해서 거절했어요. 그이는 가족을 위해, 자신을 위해, 조금이라도 가능성이 있다면 싸우겠다고 말했거든요.

그이가 아주 잠깐씩, 10분 20분씩 정신을 차릴 때가 있었어요. 그 순간이 가족들한텐 보물이었죠. 경험할 때까지는 몰랐어요. 아무리 힘겨운 하루였어도, 그 30분이나 한 시간이 있다는 것만으로 그 하루는 더없이 행복한 시간이 돼요.

당연하게만 여겼던 시간이 이렇게나 행복한 거였구나 하고요. 말을 못 해도 괜찮다. 서로 바라보기만 해도, 서로의 체온을 느끼기만 해도 좋다. 가족과 그런 시간을 가질 수 있기를 그이를 비롯해 우리 가족 모두가 바랐어요. 그이는 아프고 고통스러운, 우리 상상을 아득히 넘어선 영역을 헤쳐나가고 있었어요……. 힘들었을 테지만, 그이가 가족을 위해 싸우겠다고 하는 이상, 주위 사람들이 백기를 들 수는 없잖아요.

간호사로 일하는 조카는 의견이 달랐어요. '삼촌은 뭐랑 싸우는 거예요, 이건 이길 수 없는 싸움이에요'라고 문자를 보냈죠. 남편도 그 문자를 봤어요.

하지만 그이는 그냥 '그 녀석답네' 하고 말았어요. 자기를 생각해서 하는 말이라는 걸 알았던 거겠죠. 조카 생각은 '필요 없는 통증은 참지 않아도 된다'는 거였겠죠. 뭐가 정답인지는 몰라요. 하지만 그때 우리가 내린 결단이 정답이었다고 생각하고 싶어요.

그이는 죽기 이틀 전에도 자기 발로 걸어서 화장실에 갔어요. 가족들과 이야기도 나눴고요. 그러면 된 거 아닐까요."

미쓰코의 목소리는 밝다. 그녀와 이야기하다 보면 나도 모르게 아빠 생각을 하게 된다. 오랜 간호 끝에 엄마를 떠나보내고 아빠도 뒤를 쫓듯이 가버리는 게 아닐까 하는 생각이 들었지만, 아빠는 폭풍우가 지나간 뒤의 티끌 하나 없는 맑은 하늘 같은 모습으로 건강하게 지내고 있다. 얼마 전에는 세계 일주 크루즈 여행을 마치고 돌아왔다.

미쓰코가 다시 웃음을 머금었다.

"아무리 열성을 쏟아도 후회가 남는다고 하는데, 신기하게도 저한테는 단 하나의 후회도 남지 않았어요. 재택의료를 선택한 것도, 다섯 식구가 한마음으로 필사적으로 살아온 나날도요. '아플 때나 건강할 때나, 죽음이 두 사람을 갈라놓을 때까지 아끼고 사랑하며……'라고 맹세한 말을 서로가 완수해낸 게 아닐까 싶어요.

재택의료진 분들을 만나고 겨우 두 달 정도였네요. 그런데 엄청나게 긴 기간을 함께한 것 같아요. 도움도 많이 받았죠. 그이가 죽었을 때는 요양보호사 자격을 따서 이번에는 다른 누군가의 힘이 되어주자는 생각을 진심으로 했을 만큼요.

저희는 크리스천이라 보통은 교회에서 장례식을 올리지만, 그이가 사랑한 이 집에서 마지막 길을 가게 해주자는 생각에 집에서 장례식을 치렀어요.

시작 직전까지 세 아들이 기타를 치고 있어서 근처 분들도 놀라셨을 거예요. '이번엔 〈어메이징 그레이스〉를 부르자' 하고 노래를 시작했는데 평소에 연습을 안 해놔서 목소리가 다 따로 놀았죠."

미쓰코의 얼굴에 미소가 번졌다.

"그이가 죽은 뒤에는 슬픔에 잠겨 있을 틈도 없었어요. 처리할 일이 어찌나 많은지요. 큰일을 치르고 얼마 뒤에, 보통은 있을 수 없는 일이겠지만요, 첫째 제안으로 아들들이랑 넷이서 와카야마의 시라하마에 갔어요."

"정말이세요?"

"네, 2박 3일이었을 거예요. 5월이라 사람도 별로 없어서 바닷가에서 와—— 하고 뛰어다니기도 하고 기타도 쳤어요. 온천에도 가고요. 저녁엔 카레를 만들어 먹으면서 많은 이야기를 나눴어요. 그이랑 캠핑 다니던 걸 생각하면서요. 그이도 함께 와줬을 거예요. 사진을 갖고 갔거든요. 아침마다 아들들이 사진을 보면서 밝게 인사했죠. '아빠, 잘 잤어?' 하고요. 그게 너무나 좋았어요.

그이가 떠난 직후에도 그랬고, 지금도 문득 무척 쓸쓸해질 때가 있어요. 그래도 떠나보낸 지 한 달 뒤에는 그전까지 했던 취미 활동을 다시 시작했고, 또 한 달 뒤에는 친구 권유로 보이스 트레이닝을 시작했어요.

첫 시간에 자기소개를 할 때였는데, 보물을 하나 소개해달래요. 남편이라고 할까 생각하는데, 앞서 자기소개를 한 분이 굉장히 부부 사이가 좋은 분이라서 먼저 남편 자랑을 해버린 거예요.

그 얘길 들으면서 난 이제 그이를 만질 수도, 목소리를 들을 수도 없구나 싶었어요. 그러고 나서 자기소개를 하다가 나도 모르게 눈물을 쏟고 말았어요.

그래도 거기엔 연세가 있는 분들이 많아서 먼저 남편을 떠나보낸 분도 계셨어요. 다들 '기운 내요', '힘내요' 하면서 위로해주시고, 제가 이야기를 마칠 때까지 계속 기다려주셨어요.

좋은 친구들이죠. 경험한 사람은 다들 알아주는 것 같아요.

처음 얼마 동안은 혼자 있을 때 남편 생각에 울기도 했어요. 훌쩍훌쩍 우는 게 아니라 어린애처럼 엉엉 목 놓아 울었어요. 실컷 울고 나면 후련해지면서 마음에 평화가 돌아왔는데, 그게 좋았던 걸지도 모르겠어요. 신기하게도 그이가 살아 있을 때보다 그이의 존재가 강하게, 가까이서 느껴지는 거예요. 물리적인 제약 없이 언제나 바로 곁에 있어 주는 느낌이랄까요. 그래서 스스로도 놀랄 만큼 빨리 털고 일어날 수 있었던 것 같아요. 제가 털고 일어난 후에 남편을 여읜 분도 계셨는데 '시노자키 씨는 어떻게 그렇게 빨리 털고 일어났어요?' 하고 물어보시더라고요.

물론 괜히 쓸쓸해질 때도 있어요. 뭔가 결정해야 할 때 혼자서 해야 하고, 맛있는 걸 먹어도 '맛있네' 하고 말할 상대가 없어요. 힘들다면 그게 제일 힘드네요. 함께 나눌 사람이 없다는 거요. 아이들이야 굉장히 착하지만 아무래도 남편이랑은 다르죠. 엄마 생각을 많이 해주긴 해도, 남편을 대신할 수는 없잖아요. 그걸 바라서도 안 되는 거고요. 그래서 늘 남편과 마음속으로 대화하면서 무슨 일이든 의논하고 있어요. 이렇게 말하면 이렇게 대답하겠지 하고요. 그러고 보니 둘째도 취업 문제로 고민할 때 똑같은 말을 했어요. '아빠였으면 이럴 때 뭐라고 말해줄까.'

그이였다면 틀림없이 이렇게 격려했겠죠. '한 번밖에 없는 인생이니까 마음껏 즐겨. 스스로 결정한 거라면 그게 정답이야. 파이팅!' 둘째는 직접 창업해서 열심히 뛰고 있어요. 연줄도 없고 전문적으로 배운 것도 아니지만 즐겁게 일하고 또 조금씩 궤도에 오르고 있으니 남편도 안심하고 있을 거예요."

죽은 사람이 살아간 모습과 남긴 메시지는 남겨진 사람에게 영향을 미친다. 시노자키가 남긴 메시지는 '즐겁게, 즐겁게'. 육체는 사라져도 그것은 남은 이들에게 계승된다. 죽음을 맞는 사람은 다른 사람을 격려하고 용기를 줄 수 있다. 죽음을 향해 가는 사람은 이 세상에 태어날 때 하늘로부터 부여받은 아름다운 성품을 이 세상에 두고 갈 수도 있다.

미쓰코가 말을 이었다.

"아이들이 엄마 꿈은 뭐냐고 묻는데요, 저도 뭔가 하나 더 이루고 싶어요. 그림을 많이 그리게 되거든 개인전을 열고 싶어요."

"돌아가셨어도 계속 가족들과 함께 계시네요, 시노자키 씨는."

내가 그렇게 말하자 미쓰코는 저 먼 곳을 사랑스러운 눈으로 바라보았다.

"네, 그래요……. 맞아요, 말씀하신 그대로예요. 원래 그이는 낮에는 직장 때문에 집에 없었으니까, 지금도 그냥 집에 안 들어온 느낌이에요. 아아, 정신없이 바쁜 모양이구나. 천국으로 혼자 파견근무 나갔구나 싶어요."

미쓰코의 얼굴에 은은한 미소가 번졌다.

헤어질 때 미쓰코가 작은 주머니를 내 손에 쥐여주었다.

"부활절 달걀이에요. 모리야마 씨와 아내분께 전해주세요. 교회에서 만들어 왔어요. 오늘이 부활절이잖아요."

정확히 부활절 날에, 6년 전 이맘때쯤 세상을 떠난 시노자키 집을 방문해 남겨진 이의 이야기를 들은 건가. 신비로운 인연을 느꼈다.

계절은 돌고 돌며, 사람의 생사 역시 돌고 돈다. 언젠가 내 차례가 올 것이다. 만약 내가 집에서 지내고 곁에 가족이 있다면, 분명 시노자키에게 배운 것들을 떠올리게 되리라.

나도 할아버지와 엄마 그리고 시노자키가 가르쳐준 것처

럼, 아름답게 삶을 마감하는 방법을 가족들에게 가르쳐줄 수
있을까.

현관에서 발을 멈추고 인사를 하려고 고개를 숙이는데 옆
에 있는 화단으로 눈이 갔다.

"독일붓꽃……, 이제 조금만 있으면 피겠네요."

그러자 미쓰코가 퍼뜩 생각났다는 듯이 말했다.

"그러고 보니 모리야마 씨가 일부러 알아보고 가르쳐주신
게 있어요. 독일붓꽃 꽃말은 '행복한 결혼'이래요."

2

모리야마가 소개해준 또 다른 유족을 만나러 갔다. 그녀와
는 첫 대면이다. 그녀는 흰색 자가용을 몰고 버스 정류장 근
처로 나를 데리러 와줬다.

갈색 머리카락에 허스키한 목소리. 내가 차에 오르자 그녀
는 물고 있던 담배를 재떨이에 비벼 끄고는 서글서글한 웃음
을 지었다.

다나카 유미. 진료소 요양보호사이다. 그러면서 '유족'이기
도 하다.

"모리야마 씨한테서 살짝 이야기를 듣긴 했어요. 가족이 아닌 분을 간병하셨다면서요. 그분과는 어떤 관계셨나요?"

그렇게 운을 띄우자 유미는 얼굴 앞으로 손을 휘휘 저었다.

"진짜 별 얘기 아닌데. 그 사람은 이혼하고 혼자 살았어요. 나도 돌싱이고. '그럼 사귈까' 해서 아주 잠깐 사귀긴 했는데 역시 안 맞아서 헤어진 사람이에요. 실질적인 부부 사이라고 안 하면 개인정보니 면회 시간이니 여러모로 성가셔서 거짓말을 하긴 했지만, 사실은 순수한 남사친이에요."

만약을 위해 한 번 더 확인해봤지만 그녀는 웃으며 말했다.

"네? 연애 감정요? 전혀요."

유미의 남사친에게 폐암이 발견된 것은 4년 전. 항암제 치료를 받고 싶은 마음은 있었지만, 병원에 입원해버리면 빨래도 부탁을 해야만 할 수 있고 병원 밥도 입에 안 맞아서 치료를 차일피일 미루고 있는 상황이었다고 한다. 그러고 있는 걸 보다 못한 공통의 친구가 유미에게 의논해온 것이었다.

"'난 사양할게'라고 했는데 그 친구는 누구 도와주는 사람이 있으면 항암제 치료를 받겠다 그러고, '그럼 내가 할 수 있는 범위에서 도와줄까' 뭐 그렇게 된 거죠. 폐암이었어요. 두 번에 걸쳐 항암제 치료를 했는데, 얼마 안 있어 암이 뇌로 올라왔죠."

유미는 담배에 불을 붙여 한 모금 맛있게 빨고 이야기를 계속했다.

"그때 그 친구는 여기서 좀 더 거리가 있는 곳에 살았어요. 직접 운전해서 병원에 다닐 생각이었나 본데, 중환자다 보니 그게 되나요. 입원할 바에야 병원 근처로 이사를 가자, 그렇게 얘기가 됐어요. 이사 오고 나서도 그 친구는 '난 건강해', '남들처럼 살 수 있어'라며 재택의료는 계속 거부했어요. 재택의료를 받아들이고 병원에 안 다니게 되면 살아도 산목숨이 아니라고 생각한 거죠.

난 그로부터 한 달을 매일매일 그 친구 집을 드나들며 말상대랑 식사 준비를 해줬어요. 회사도 다니고 있었으니 수면 시간은 고작 두세 시간. 내 정신 상태도 좀 이상했을 거예요."

병자와 함께 사는 가족은 크든 작든 좀 이상해지기 마련이다. 우리 집도 그랬다.

"가족이라면 그래도 마음 굳게 먹고 사람 목숨을 짊어질 수 있을지도 몰라요. 하지만 생판 남의 목숨을 혼자 짊어진다니, 무지막지하게 힘든 일이었죠. 지금에 와서 하는 생각이에요."

그녀가 짊어졌던 책임에 대해 생각해봤다. 옛 연인이 암에 걸렸다는 소식이 들려온다면, 나는 간병을 해줄 수 있을까. 예전에 사귀었던 사람들을 한 명 한 명 떠올리며 그 사람은 아니야, 그 사람도……, 한 명씩 가능성을 지워갔다. 애초에 간병을 해줄 수 있을 만큼 서로에게 애정이 있다면 지금도 함께 있을 것이다. 일을 하면서 간병까지 함께할 수 있을지도 생각해봤지만 역시 무리였다. 나에겐 자신도 없고 능력도 없었다.

"재택의료를 받아보라고 열심히 권했지만 들으려 하지 않았어요. 그걸 받아들이는 건 곧 죽음을 받아들이는 거라고 여겼나 봐요. 그런데 한 달 만에 암이 빠르게 진행되니까 '그럼 한번 만나보기만이라도 할까' 그러더군요."

그때까지는 오래 걷지는 못해도 장도 보러 갈 수 있고 요리도 할 수 있었다. 그래서 그 친구는 "난 건강해"라며 계속 거부했다고 한다. 그런데 모리야마와 의료진을 만나고 보니 점차 마음이 풀려 "일주일에 한 번 와주면 되겠어요" 하고 이야기가 됐다. 진료소에서 실제로 관여한 건 두 달 정도였다.

유미의 손가락 사이에서 가느다란 보랏빛 연기가 피어올랐다.

"좋았나 보더라고요. 다음 방문을 기다리게 됐죠. 자존심이 센 사람이라 누가 자기 이야기를 들어주는 게 좋고, 재활 열심히 했다고 칭찬도 받고 싶었나 봐요."

얼마 뒤에 척수로 암이 전이되어 병세가 악화되었다. 그래도 진료소에 연락을 취하면 모리야마나 오시타가 반드시 와줬다고 한다.

"고통스러워하는 것 같은데 어떻게 해야 좋을지 알 수가 있나요. 나도 뭘 잘 모르니까 한밤중에라도 전화를 했죠. 그러면 어느 때건 와줬어요. 잠은 언제 잘까, 밥은 언제 먹을까 하는 생각이 절로 들데요. 문밖에서 대기하고 있는 게 아닐까 싶을 정도로 빨리 왔어요."

내가 아는 모리야마, 뜨거운 의지와 굳은 신조를 가진 모리야마가 그곳에 있었다. 모리야마는 긴급용 휴대전화를 가지고 퇴근하기 일쑤였고, 진료소에도 누구보다 일찍 출근하고 누구보다 늦게까지 남아 있었다.

"척수로 전이돼서 움직일 수 없게 된 날 밤, 그 친구가 처음으로 울었어요. 죽기 한 달쯤 전이었을 거예요. 그때까지는 당당했죠. 죽는다는 건 생각 안 했어요. 어떤 민간요법도 하지 않았어요. 옛날에는 할아버지나 할머니가 돌아가시는 걸 가까이에서 접할 기회가 있었지만 지금은 아니잖아요. 자기 목숨이 짧다는 생각 자체를 안 해요. 그 친구 역시 그렇게 일찍 눈앞에 죽음이 닥치리라고는 전혀 자각하지 않았죠.

난 그냥 친구잖아요. 그 사람 아들은 가나가와에 사는데 주

말밖에 못 쉬니까 병원에 못 가죠. 자세한 설명을 듣고 싶어서 평일에 회사를 쉬고 병원에 가보려고 해도 환자 본인의 진찰권이나 보험증 없이는 설명을 들을 수 없어요. 그래서 본인한테 빌리려고 하면 '왜 너희만 병원에 가냐'는 반응이 나와요. 그러니 아들은 설명을 듣고 싶어도 들을 수가 없었어요. 재택의료를 하면서 의사 선생님이 집에 와서 설명해주는 자리가 마련됐죠. 그때 처음으로 상황을 제대로 들을 수 있어서 한시름 놓았던 기억이 나요.

그 사람은 일류기업 사장이었어서 자존심이 세고 친구도 없어요. 그래도 나름 복 받았구나 싶었던 건, 모리야마 씨랑 진료팀이 '다 같이 커피 마십시다' 하고 왁자지껄하게 함께 시간을 보내주기도 하고, 그 사람이 문득 '고기가 먹고 싶네' 하니까 시가현에 있는 무슨 무슨 고깃집으로 당장 정찰을 가주기도 하는 사람들이 곁에 있었다는 거예요.

와타나베 선생님은 '거긴 좀 머니까 근처에 있는 그 집은 어때?' 하고 다른 가게를 찾아주셨죠.

목욕 간병도 고마웠어요.

다들 정말 대단해요. 내가 짊어지고 있던 100톤짜리 짐을 100그램으로 만들어줬어요. 나 혼자만 짊어지고 있던 책임이라는 짐을 다 같이 들어줬어요. 그 사람들하고 같이 있으면

즐겁고 떠들썩했어요. 평생 함께할 수 있으면 좋겠다는 생각
이 들었죠."

모리야마는 자기주장을 내세우지 않는 조용한 사람이다.
하지만 정신이 들고 보면 언제나 곁에 있다. 그런 모리야마가
그 무리 속에서 미소 짓고 있는 모습이 눈에 선했다.

"모리야마 씨는 환자 본인에게나 가족에게나 불안감을 주
지 않는 사람이었어요. 한밤중이든 꼭두새벽이든 전화하면
반드시 와주는, 내 마음의 정신안정제였어요."

유미 역시 친구를 간병한 일에 후회는 없다고 했다. 내가
물었다.

"그런데 돌아가신 친구분은 유미 씨에게 감사의 마음을 표
현하셨나요? 마지막에 '고맙다' 하고 울면서 손을 맞잡는다
든지 그런 거요."

"전혀요. 전혀 없었어요. 다른 분들한테는 고맙다고 한 것
같은데, 나한텐 한마디도 안 했어요."

그러면서 유미는 익살스러운 표정을 지었다.

"그래도 그 묘한 사람이 마지막에는 좋은 선물을 해줬어
요."

하아, 하고 담배 연기를 뿜어낸 유미는 아련한 눈빛으로 먼
곳을 바라보더니 이내 뭔가가 생각났다는 듯이 웃었다.

"그 친구 아들 말이에요, 어릴 때 아빠랑 헤어지고 엄마 밑에서 자랐대요. 그 친구하고는 거의 왕래도 없었던 모양이에요. 그런 환경이다 보니 엄마 편을 들고 아빠한테는 반발심이 있었나 봐요. 그런데 생판 남인 내가 간병을 한다고 그러고 있으니, 자기만 모른 척할 수 없다며 가나가와에서 일주일에 한 번씩 올라오더라고요. 결국에는 간병휴가를 내서 아버지와 보낼 마지막 시간을 만들었어요.

그 아들도 꽤 남자다운데 인연을 못 만나서 독신이었어요. 그런데 이 간병휴가를 계기로 환자 한 사람을 위해 여러 명이 협력하는 팀 의료의 굉장함을 느꼈나 봐요. 전문학교에 가서 간병 공부를 시작하더니 거기서 지금의 아내를 만났어요. ……올 10월에 아기가 태어난대요."

담배 연기가 유미의 웃음을 타고 유쾌한 듯 흔들렸다.

"그 친구, 마지막에 좋은 선물을 남겼어요."

먼저 떠나는 사람은 남겨진 사람에게 선물을 준비한다.

"그 친구가 죽고, 진료팀에게 '안녕히 가세요'라고 말하려니 너무 쓸쓸했어요. 모리야마 씨와 동료분들과 같은 공기를 마시고 싶었어요. 그래서 그 친구 아들보다 한발 먼저 요양보호사 자격을 따서……. 와타나베 니시가모 진료소에 요양보호사로 취직해버렸어요."

간병이 유미의 인생을 바꾸어버린 것이다. 죽어가는 사람은, 남겨진 사람의 인생에 영향을 미친다. 그들은 인생이 유한하다는 것을 가르쳐주고 어떻게 살아야 하는지 생각하게 해준다. 죽음은 남겨진 자들에게 행복하게 살아가는 힌트를 준다. 죽어 떠나는 사람은 이 세상에 슬픔만 두고 가지 않는다. 행복 또한 두고 간다.

커튼콜

1

모리야마가 의식을 잃은 뒤에도 문병이 이어졌다.

모리야마가 해온 일은 그가 모르는 사이에 많은 사람들에게 영향을 미치고 있는 것 같았다.

와타나베 니시가모 진료소의 비상근 의사가 모리야마를 찾아왔다.

서른다섯 살의 다부지고 젊은 의사였다. 그는 꾸밈없고 솔직한 태도로 이렇게 말했다.

"전 방문진료가 어떤 건지 아무것도 모르고 일을 시작했어요. 시작하고 얼마 안 됐을 때였어요. 제가 '이래 가지고 괜찮을까요?' 하고 모리야마 선생님께 지나가는 투로 물어봤어요. 그랬더니, 빈말일지도 모르겠지만 '선생님은 방문진료가 체질인데요'라고 말해주셨어요. 전 그때까지 뭔가에 잘 맞는다느니 체질이라느니 하는 말은 들어본 적이 없었어요. 생각이나 감정 같은 걸 말로 잘 나타내지 못하지만, 이래 보여도 사람들이랑 이야기하는 걸 좋아해요. 그런데 모리야마 선생님이 그런 말을 해주시니 '역시 그런가 보다' 하고 자신감이 생기더라고요. 모리야마 선생님을 만난 건 운명이었다고 생각해요. 저한테는 확실한 재산이 되었어요."

남편이 하던 일이 이렇게 다음 세대로 이어지고 있다는 사실이 아유미를 기쁘게 했다.

"모리야마 선생님 손을 좀 잡아봐도 될까요?"

그렇게 양해를 구한 젊은 의사는 양손으로 모리야마의 손을 꼭 쥐고 감긴 눈을 가만히 바라봤다.

"감사합니다."

그가 모리야마에게 깊숙이 고개를 숙였다.

젊은 의사가 가고 나자, 예전에 책임 요양보호사였으며 지금은 사업 관리자가 된 도요시마가 나타났다.

동행 없이 혼자였다.

도요시마는 누워 있는 모리야마를 멍하니 지켜보며 침대 옆에 우두커니 서 있다가, "많은 것을 배웠습니다"라는 한마디만을 남기고 조용히 자리를 떠났다.

오바라가 꺾어다 준 일본민들레는 굳게 닫힌 꽃잎을 다시 열지 않았다.

하지만 아유미는 그 오므라든 꽃을 보고 "어머" 하고 탄성을 올렸다.

생각지도 못한 하얀 홀씨를 만들어놓은 것이 아닌가.

아유미는 4월의 베란다에 민들레 홀씨를 뿌렸다. 모리야마의 삶의 족적 또한 이 민들레와 똑같을지도 모른다고 생각하면서.

모리야마가 뿌린 씨앗은 곳곳에서 싹을 틔웠다. 모리야마의 육체가 사라져버려도 그 싹은 무럭무럭 자라나서 꽃을 피우리라.

아유미는 모리야마의 일기 대신이라면서 내게 문자를 보내왔다.

오늘 아침부터는 깊은 잠에서 깨어나지도 않고 몸을 뒤척이지도 않게 됐습니다. 어제까지는 귓가에 대고 말하는 내 목소리에 '그래' 하고 고개를 끄덕일 정도로는 반응이 왔었는데 오늘은 그것도 없네요. 힘든 걸 잘 못 참는 사람이었는데, 뭘 위해서 이렇게까지 계속 힘을 내 버티고 있는 걸까요? 오감을 총동원해서 그이가 전하는 메시지를 이해하려 하고 있어요.

거의 날마다 비가 내렸다. 그런데 일기예보를 보면 27일만큼은 '맑음' 표시가 떠 있었다. 아유미는 한 가지 확신을 하고 있었다.

사회복지사 일을 하면서 많은 작별을 경험했기 때문에 알 수 있어요. 떠나는 사람은 자기 자신뿐만 아니라 모두에게 가장 좋은 날을 골라요. 그것만큼은 믿고 있어요. 그래서 딱 하루 맑을 거라는 이날을 보고 '아아, 이날 가겠구나' 하고 생각했어요.

그리고 27일 아침, 일기예보대로 창문으로 밝은 햇살이 쏟아져 들어왔다.

커튼을 걷은 아유미가 모리야마에게 말했다.

"여보, 봐, 비가 개었어."

모리야마의 호흡수가 줄어 있었다. 아유미는 두 딸을 머리 맡으로 불렀다.

가족이 지켜보는 가운데, 모리야마는 마지막으로 크게 숨을 쉬고 호흡을 멈췄다.

아침 햇살을 받으며 편안한 얼굴로 잠든 모리야마를 바라보며 아유미가 두 딸에게 말했다.

"아빠한테 박수."

세 모녀가 박수를 쳤다. 예전에 모리시타 게이코가 숨을 거두었을 때처럼 박수 소리가 일었다.

"그게 감동적이었나 봐요. 자기도 그렇게 보내달라고 했어요."

아유미가 미소 지으며 말했다. 게이코가 가르쳐준 '삶을 마감하는 방법'을, 이번에는 모리야마가 가족들에게 전하고 있었다.

4월 27일 6시 40분. 5월 1일까지 앞으로 나흘, 레이와* 시

●　　나루히토 일왕이 즉위한 2019년 5월 1일부터 사용한 일본의 연호.

대가 막을 여는 것을 보지 못하고 모리야마 후미노리는 마흔
아홉 살에 세상을 떠났다.

아유미가 모리야마의 머리와 얼굴을 어루만지며 말을 걸
었다.

"여보, 잘 버텼어. 여보, 고마워."

두 딸과 재택의료진이 보고 있어도 전혀 개의치 않았다. 민
망한 마음은 조금도 없었다. 그저 사랑과 위로하는 마음만이
넘쳐흘렀다. 아유미는 남편을 자랑스럽게 생각했다.

"당신 멋졌어. 마지막까지 멋이 뭔지 아는 사나이였어."

2

당장에라도 비가 쏟아질 듯한 날씨 속에서 장례식이 열렸
다. 모리야마가 자기 손으로 준비한 장례식이었다. 향을 올리
는 와타나베 니시가모 진료소 직원들과 아유미의 친구들로
인해 긴 줄이 만들어졌다. 요양보호사 다나카 유미도 그 속에
있었다.

"내가 이 일을 하게 된 건 모리야마 씨 덕분이에요. 이렇게
좋은 분이 왜……. 내가 대신 저곳에 있고 싶어요. 난 아무런

보답도 못 했는데.”

엉엉 우는 유미에게 아유미가 말했다.

“남편은 생전에 자기에게 도움을 받았다면 그것을 다른 사람에게 갚아달라고 말했어요. 앞으로도 부디 환자분들을 위해 힘써주세요.”

마지막으로 아유미가 출관 인사를 소리 내어 읽었다.

“오늘 연휴 중인데도 이렇게 제 남편 모리야마 후미노리의 장례식에 참석해주셔서 진심으로 감사드립니다.

재택의료를 천직으로 여긴 남편은 그 현장이 가진 매력을 지역에, 여러 직종에, 후진에게 널리 알리고 싶다며 매진하던 참에, 작년 여름에 암을 발견했습니다.

놀랐고 불안했던 마음은 부정할 수 없지만, 이 일을 새 삶을 사는 전기로 삼아 저희 가족은 다시금 서로를 바라보고, 생활을 되짚어보며 이 자리까지 함께 걸어왔습니다. 병으로 인해 잃은 것도 많겠지만, 이 기간 동안 저희는 여러분과 좋은 인연을 맺고 여러분의 크나큰 애정과 우정, 배려를 느꼈으며 생명의 신비와 강인함, 기도에 깃들어 있는 힘을 깨달았습니다. 병을 앓았기에 비로소 얻게 된 것들이고, 무엇과도 바꿀 수 없는 저희의 소중한 재산이 되었습니다.

여러분이 성심껏 지원해주신 덕분에 남편은 자신이 선택

하고 만들어낸 재택의료를 뜻대로 온전히 누릴 수 있었습니다. 저희가 새 삶을 사는 시간을 따뜻하게 지지해주신 여러분께 진심으로 감사드립니다.

남편은 여러분 안에서 앞으로도 계속 살아 있으리라고 확신합니다. 겉으로는 안 그래 보여도 사실 외로움을 많이 타는 사람입니다. 여러분 곁에 소리를 죽이고 함께 있는 남편을 느낄 때가 있다면, 가끔 그 목소리에 귀를 기울이고 대화를 나눠주시면 행복할 것 같습니다.

저희 가족도 남편의 열정을 이어받아 작은 걸음을 한 걸음 한 걸음 내디뎌 가려 합니다. 앞으로도 따뜻하게 지켜봐 주십시오.

마지막으로 부탁드릴 것이 있습니다. 인생의 마지막 순간을 모두 자기 손으로 정리해온 남편은, 여러분의 박수를 받으며 이 자리를 떠나기를 소원했습니다. 부디 여러분의 마음을 박수에 담아, 남편이 다음 수행의 길로 떠날 수 있게 해주십시오. 오늘 자리해주셔서 정말 감사합니다."

말이 끝나기 무섭게 커다란 박수가 일었다. 마지막 공연 커튼콜처럼, 박수는 도무지 그칠 줄을 몰랐다. 많은 사람이 모리야마가 살아온 족적을 기렸다. 간호사로서의 인생을, 아빠로서의 인생을, 친구로서의 인생을.

예전에 와타나베가 이런 절묘한 말을 한 적이 있다.

"우린 환자분이 주인공인 연극의 관객이 아니에요. 함께 무대에 오르고 싶어요. 모두 함께 신나고 즐거운 연극을 하는 거죠."

무대에서 수많은 조연을 연기했던 모리야마 후미노리. 마지막에 이르러 그는 주인공 역할을 완수했다. 그의 친구 역할, 그의 마음을 듣는 작가 역할을 맡았던 나는 괜찮은 조연이었을까.

박수 소리를 들으며 아유미는 이런 생각을 했다고 한다.

'아무리 큰 박수를 받더라도, 주연배우가 인사를 하러 다시 등장하지는 않을 거예요.'

하지만 그 연극은 배우를 바꿔 계속 이어진다.

언젠가 내가. 언젠가 누군가가.

에필로그

요즘 조깅을 하고 있다. 모리야마 씨의 이야기를 쓰면서 시작한 습관이다. 우리 동네도 큰 태풍이 지나가고서야 가을이 느지막이 얼굴을 내비치는가 싶더니, 오늘은 꽤 쌀쌀하다. 시민공원에 늘어선 벚나무에 아침 햇살이 내려앉아 있다. 겨울채비라도 하는지 작은 들새들은 내가 다가가도 아랑곳없이 정신없이 뭔가를 쪼아댄다. 나는 모리야마 씨와 지금까지 만났던 사람들을 떠올리면서 공원을 달린다.

모리야마 씨가 병에 걸렸다는 소식을 알게 된 그날로부터 벌써 1년이 지났다. 모습을 바꾸어가는 하루하루는 해가 갈수록 속도를 더해가는 것만 같다. 좀 더 나이를 먹으면, 인생은 찰나의 꿈처럼 느껴지는 게 아닐까.

가까운 사람이 사라지면 세상의 모습은 결정적으로 달라지고 만다. 누군가의 부재를 극복하기란 의외로 힘겹다. 무언가로 메우려 해도 메워지지 않는다. 영구결번이 된 채 빈자리로 남고 만다.

'만약에' 그 사람이 살아 있다면. 그 사람이 지냈을 시간이나 털어놓고 싶었던 이야기, 함께 먹었을 맛있는 음식과 보았을 경치가 '만약에'라는 말을 동반한 채 나날이 흘러넘치고, 켜켜이 쌓인다.

이사 때문에 소중한 친구와 헤어져야 했던 어린 시절처럼, 가끔씩 그리움과 쓸쓸함으로 코끝이 시큰해진다. 어른이 되면 나아질 줄 알았건만 남겨지는 괴로움에는 전혀 익숙해지지 않는다. 어찌할 수 없는 거라고, 이제 그만 체념하기로 했다.

그런데 신기하게도, 죽은 사람을 평소보다 몹시 가깝게 느끼는 날도 있다. 모리야마 씨가 자기 마음에 충실하게 살았던 것처럼 나도 가고 싶은 곳에 가고, 만나고 싶은 사람을 만나고, 먹고 싶은 것을 먹고, 내 몸을 소중히 아끼려고 주의하고 있다. 고집불통이고 성급한 성격은 여전하지만 조금이나마 다른 사람에게 너그러워진 기분도 든다. 너무나 미미한 변화라서 주위에서는 알아차리지 못할 것 같지만. 인내력을 기르고 겸허해지는 데에 달리기가 조금이나마 도움이 되는지도 모르겠다.

최근 들어 모리야마 씨가 했던 말을 자주 떠올린다.

"나에게는 다른 사람을 화나게 하거나, 뭔가를 슬퍼하거나 할 시간이 없어요."

모리야마 씨는 살아 있는 내게 지금도 계속 영향을 끼치며 나를 움직인다. 그렇다면 과연 그는 죽었다고 말할 수 있을까. 이런 형태로 다시 책을 쓰게 만든 그가, 다른 형태로 아직 살아 있다고 말할 수는 없는 걸까.

이 책은 각 장 제목대로 2013년부터 2019년까지 재택의료 현장에서 만났던 사람들을 취재하고 그 모습을 기록한 것이다. 원고에 쓰지 못한 일까지 7년 동안 적지 않은 죽음을 접하며 나는 한 가지 사실을 깨달았다. 우리는 그 누구도 '죽음'에 대해 진정으로 이해하지 못하고 있다는 것이다. 이렇게 오랜 세월에 걸쳐 질문을 던져왔는데도 여전히 모르고 있다는 말이다. 어쩌면 '살아 있다', '죽었다' 같은 말은 그저 개념일 뿐이고, 사람에 따라서 또는 경우에 따라서 달라질지도 모른다. 확실한 것은 그저 매 순간 우리가 이곳에 존재하고 있다는 것뿐이다. 바꿔 말한다면, 매 순간 작게 죽어가고 있다고 할까.

마음 놓고 있을 때가 아니다. 하고 싶은 것을 탐욕스럽게 해야 한다. 망설임 속에서라도 내 발이 가려는 방향으로 한 걸음 내디뎌야만 한다. 소중한 사람을 소중하게 대해야 한다.

다른 사람의 큰 목소리에 자신의 내면의 목소리가 지워져버릴 것 같다면 멈춰 서서 귀를 기울여야 한다. 그렇게 마지막 순간까지 성실하게 살아가려 하는 것, 그것이 종말기를 지내는 사람들이 가르쳐준 이상적인 '삶의 방식'이다. 적어도 나는 그들에게서 '삶'을 배웠다.

힘든 상황에서도 인터뷰에 응해주신 환자와 가족분들께 깊이 감사드린다. 특히 모리야마 아유미 씨에게 많은 신세를 졌다. 그리고 하루하루, 환자 곁에서 힘이 되어주는 와타나베 니시가모 진료소를 비롯한 의료인분들께, 또 7년이나 되는 세월을 인내심과 넓은 마음으로 기다려주신 슈에이샤 인터내셔널의 다나카 이오리 씨께 진심으로 감사 말씀을 올린다.
나를 격려해준 친구들, 부모님, 내가 만났던 많은 분들, 인생은 좋은 것이라고 가르쳐주셔서 고맙습니다. 마지막으로 모리야마 후미노리 씨, 당신의 이야기를 들려줘서 고마웠습니다.

2019년 11월

- 《교토의 방문진료소 오지랖 일지京都の訪問診療所おせっかい日誌》, 와타나베 니시가모 진료소 편, 겐토샤
- 《죽음과 죽어감》, 엘리자베스 퀴블러 로스, 청미, 2018
- 《암 완화치료 최전선がん緩和ケア最前線》, 사카이 가오리, 이와나미신쇼
- 《집에서 죽는다는 것家で死ぬということ》, 야마자키 후미오, 가이류샤
- 《우에노 지즈코가 묻는다―오가사와라 선생님, 혼자 집에서 죽을 수 있나요?上野千鶴子が聞く 小笠原先生, ひとりで家で死ねますか?》, 우에노 지즈코·오가사와라 분유, 아사히신문출판
- 불교 웹 입문 강좌 https://true-buddhism.com/teachings/spiritualpain/
- 전국암센터협의회 가맹시설의 생존율 협동조사 http://www.zengankyo.ncc.go.jp/etc/seizonritsu/seizonritsu2010.html
- 와타나베 니시가모 진료소 https://www.miyakokai-kyoto.com/nishigamo-zaitaku

엔드 오브 라이프

초판 1쇄 인쇄 2022년 2월 10일
초판 1쇄 발행 2022년 2월 18일

지은이   사사 료코
옮긴이   천감재

편집인   이기웅
책임편집   안희주
편집   주소림, 김혜영, 양수인, 한의진
디자인   여상우
책임마케팅 정재훈, 김서연, 김예진, 김지원, 박시온,
           류지현, 문수민, 김소희, 김찬빈
마케팅   유인철
제작   제이오

펴낸이   유귀선
펴낸곳   ㈜바이포엠
출판등록   제2020-000145호(2020년 6월 10일)
주소   서울시 강남구 테헤란로 332, 에이치제이타워 20층
이메일   odr@studioodr.com

ISBN 979-11-91043-62-4 (03830)

스튜디오오드리는 ㈜바이포엠의 출판브랜드입니다.